АВАНТ**ЮР**ный
ДЕТЕКТИВ

Лучшее лекарство от скуки — авантюрные детективы
Татьяны Поляковой:

Деньги для киллера
Ставка на слабость
Тонкая штучка
Я — ваши неприятности
Строптивая мишень
Как бы не так
Чего хочет женщина
Сестрички не промах
Черта с два
Невинные дамские шалости
Жестокий мир мужчин
Отпетые плутовки
Ее маленькая тайна
Мой любимый киллер
Моя любимая стерва
Последнее слово за мной
Капкан на спонсора
На дело со своим ментом
Чумовая дамочка
Интим не предлагать
Овечка в волчьей шкуре

Барышня и хулиган
У прокурора век не долог
Мой друг Тарантино
Охотницы за привидениями
Чудо в пушистых перьях
Любовь очень зла
Неопознанный ходячий объект
Час пик для новобрачных
Все в шоколаде
Фитнес для Красной Шапочки
Брудершафт с терминатором
Миллионерша желает познакомиться
Фуршет для одинокой дамы
Вкус ледяного поцелуя
Амплуа девственницы
Эксклюзивный мачо
Список донжуанов
Большой секс в маленьком городе
Караоке для дамы с собачкой
Ангел нового поколения
Бочка но-шпы и ложка яда
Аста ла виста, беби!

Полякова Татьяна

Аста ла виста, беби!

МОСКВА
«ЭКСМО»
2005

УДК 82-3
ББК 84(2Рос-Рус)6-4
П 54

Оформление серии художника *С. Курбатова*

Серия основана в 2004 году

Полякова Т. В.
П 54   Аста ла виста, беби!: Роман. — М.: Изд-во Эксмо, 2005. — 352 с. — (Авантюрный детектив).

ISBN 5-699-09657-4

Ловить киллера «на живца» не самое подходящее занятие для очаровательной девушки. Но у Ольги Рязанцевой просто нет выхода. Убийца, прибывший в ее родной город, явно охотится на одного из двух дорогих ей людей. Самое печальное, что оба любят ее, так что и тот и другой попросту могли «заказать» соперника. Эта жгучая интрига категорически не нравится Ольге. Вот ей и приходится вступать в мир опасных мужских игр. Хорошо, хоть случайный знакомый — симпатичный и мужественный Стас — всегда вовремя приходит ей на помощь. Без него она давно бы пропала. Но почему-то Ольгу не оставляет смутное подозрение, что этот загадочный Стас, во-первых, когда-то встречался в ее жизни, а во-вторых, что, несмотря на свое обаяние, он очень опасный парень...

УДК 82-3
ББК 84(2Рос-Рус)6-4

И где-то хлопнет дверь,
И дрогнут провода.
Привет, мы будем счастливы теперь
И навсегда.

Я сидела в баре и тратила время на самое бестолковое в мире занятие: пыталась отыскать в жизни смысл. Нет, не в нашем пребывании на этой планете, так далеко я не замахивалась, а в своей собственной. То ли я плохо искала, то ли он был запрятан так, что не докопаешься, но я его не видела и почему-то здорово переживала из-за этого, хотя давно могла бы привыкнуть. Передо мной стояла чашка с капуччино, хотя мне отчаянно хотелось напиться. Но по опыту я знала, что это не поможет. Оттого и смысл жизни искала на трезвую голову, что, по определению, было просто бесперспективно.

— Придется жить без него, — констатировала я, взглянула на часы и убедилась: на глупое времяпрепровождение ушло полтора часа. Давно пора отправляться домой, но этого как раз делать мне не хотелось.

Собственно, именно потому, что дом некоторое время назад перестал быть моей крепостью, я и сидела в баре, занимаясь всякими глупостями.

— Надо ехать, — вздохнула я и непроизвольно поморщилась, а потом опять вздохнула: все в моей жизни было не так и неладно, как любит выражаться моя подруга Юлька, и, похоже, сделать с этим я ничего не могу.

Я уже взяла сумку, но вместо того, чтобы встать и уйти, подозвала официанта и попросила принести еще кофе. Был бы рядом Сашка, мы смогли бы поговорить об отсутствии у меня силы воли, но мой пес в настоящее время, скорее всего, прогуливается с Тагаевым. Как-то так вышло, что теперь это не моя собака, а наша. Почувствуйте разницу... «Я ревную свою собаку», — с грустью подумала я, придвигая чашку кофе поближе и вооружившись ложкой.

Кофе был мне не нужен. Я сама себе не нужна. Настроение ни к черту, но придется как-то пережить это. Скверно то, что подобное настроение в последнее время успешно перешло в разряд хронических. Не могу сказать, что, к примеру, полгода назад я смотрела на мир с восторгом. Восторги оставили меня довольно давно, но все-таки в этой жизни я все еще находила что-то приятное. Например, прогулки с Сашкой. Теперь мы прогуливались втроем, и ничего приятного для меня в этом не было. Опять же, выпивка в дружеской компании и... Приехали. Все, чего я лишилась, — это сидение дома в обществе все того же Сашки и вечерние прогулки в парке опять же с ним. Выходит, как не было смысла в моей жизни, так и не будет, не стоило и искать.

Я досадливо поморщилась и вновь собралась покинуть бар, но тут в поле моего зрения возник господин Ларионов. Я приросла к стулу и даже слегка вжала голову в плечи, надеясь, что он меня не заметит. Не скажу, что встреча с ним была для меня особо неприят-

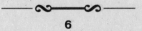

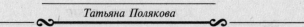

ной. Просто я находилась в том состоянии духа, когда слово сказать и то лень, а с Ларионовым одним словом не обойдешься, так что лучше пусть идет подобру-поздорову, главное, мимо.

Ларионов — начальник охраны Деда, а Дед в наших краях царь и бог, и это еще мягко сказано, а я при нем... затрудняюсь ответить кто. Когда-то была замом по связям с общественностью и по совместительству любовницей. Теперь вроде бы тоже зам, но без совместительства. Говорю «вроде бы», потому что официально я числюсь в долгосрочном отпуске и мой кабинет, по слухам, занял кто-то другой. Но Дед по старой памяти трижды в неделю зовет меня в дом с колоннами, я предстаю перед ним и получаю какое-нибудь задание. Не слишком сложное и подчас совершенно никчемное, но сие необходимо, чтобы я помнила, что он все еще мой работодатель, а Дед был уверен, что я об этом не забыла.

Я думаю, кабинет бы мне охотно вернули, если бы не одно обстоятельство: в настоящее время я делю кров с Тимуром Тагаевым. И хоть Дед рука об руку с Тимуром повышает свое благосостояние (в его интерпретации это звучит «отложить на старость»), однако до сих пор не может простить мою выходку. То есть то, что я не придумала ничего умнее, как закрутить роман с Тагаевым. Данная связь, с точки зрения общественности, порочит мою честь и достоинство, а так как, оскорбляя лошадь, мы, как известно, оскорбляем ее хозяина, то достоинство Деда тоже находится под угрозой. Оттого-то в доме с колоннами я появлялась, когда мне вздумается (точнее, когда вздумается Деду), хотя регулярно получала зарплату в голубом конвертике.

С Ларионовым мы друг друга терпеть не могли. После встречи с моим приятелем по фамилии Лукьянов, который без всякого почтения отнесся к должности Ларионова, в результате чего тот недосчитался нескольких зубов, его нелюбовь ко мне должна была бы выйти из берегов, но, странное дело, Ларионов заметно подобрел ко мне. Может, решил, что, не присутствуй я при том историческом событии, зубов бы и вовсе не осталось. Кстати, его догадка не лишена оснований.

Но, несмотря на его симпатию, неизвестно откуда взявшуюся, я к нему ответными чувствами не воспылала и продолжала считать его гнидой. Эта мысль отчетливо читалась на моем лице, и с этим тоже ничего нельзя было поделать. Оттого-то я и надеялась, что Ларионов пройдет мимо, не обратив на меня внимания, или у него хватит ума сделать вид, что он не обратил внимания.

Однако все-таки интересно, что ему понадобилось в кафе. Он был в одиночестве, а кафе не то место, где ему нравилось проводить досуг. Насколько мне известно, он предпочитает казино. Выходит, у него здесь назначена встреча.

Я быстро огляделась. Кафе маленькое, за столом у окна две девушки, напротив компания из четырех человек, за соседним столом молодая мамаша угощает свое чадо мороженым. Никого подходящего. Не считая меня. Так и оказалось. Ларионов шел ко мне, хотел улыбнуться, но вдруг передумал и нахмурился.

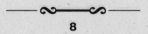

— Привет, — кивнул он, пододвинул стул, помедлил и спросил: — Можно?

— Отчего нет, стул принадлежит заведению, — не очень вежливо заметила я. Появление Ларионова мне не понравилось, а еще и озадачило.

— Настроение скверное? — усмехнулся он, но поспешно убрал усмешку, потому что в долгу я не осталась.

— Конечно, скверное, раз я вижу тебя.

— Скажи на милость, почему мы не можем поговорить как нормальные люди? — спросил он с досадой.

— Не можем, — согласно кивнула я. — И ты знаешь почему.

— В конце концов, мы в одной команде, — напомнил он. — Бывают случаи, когда следует забыть старые распри и объединиться.

— Звучит многообещающе, — еще больше насторожилась я и даже почувствовала смутное беспокойство. — Так что такого стряслось в нашей богадельне?

Ларионов поморщился, достал сигареты и вновь обратился ко мне:

— Не возражаешь, если я закурю?

— На здоровье, — съязвила я.

— А ты?

— А я внимаю предостережению Минздрава.

— Завидую твоей силе воле.

— Я ей тоже завидую, — согласилась я, Ларионов покачал головой, закурил и некоторое время пребывал в молчании, хмурился, разглядывал сигарету в своих руках и вроде бы забыл обо мне, чему я не препятствовала. Хотя Ларионов и сумел меня заинтриговать, однако беседовать с ним по душам в мои планы не входило. В основном потому, что я сильно сомневалась в наличии у него этой самой души. Следовательно, он будет врать и вкручивать, причем не просто так, а с какой-то целью. У меня же вовсе нет желания разгадывать его ребусы, к тому же я поклялась самой себе, что больше никто никогда не сможет втравить меня в свои делишки. Я буду мудрой и стойкой и заранее плевать хочу на все, что он вознамерился мне сказать.

— Ты не в курсе, у Деда есть проблемы? — вдруг огорошил он меня своим вопросом.

Задай этот вопрос кто-либо другой, я бы просто посмеялась, но слышать такое от Ларионова... Прежде всего о проблемах Деда, ежели они имеются, он просто обязан знать по долгу своей службы. И уж вовсе нелепо задавать подобный вопрос мне, потому что рассчитывать на мою откровенность он мог так же, как я на то, что он грудью закроет меня в перестрелке, при условии, что таковая, не дай бог, случится. То есть в этом вопросе не было никакого смысла, и я сочла его риторическим, просто как вступление к разговору.

Однако Ларионов выжидающе взирал на меня и вроде бы даже был слегка смущен.

— Может, он сказал тебе то, что не счел нужным сообщить мне? — вновь спросил он. Я изобразила удивление.

— Шутишь?

— Детка... извини, — поправился он и даже крякнул от досады, а может, просто вспоминал, как меня зовут на самом деле. Должно быть, вспомнил, потому что сказал: — Ольга... — вздохнул и задумался, затем перегнулся через стол ближе ко мне и перешел на шепот: — Я в затруднительном положении. Ты же знаешь Деда, его просто так не спросишь. Вроде бы у нас все спокойно, но кое-что... Вот я и подумал...

— Что я начну с тобой откровенничать? — искренне удивилась я.

— Речь идет о его безопасности. Или она тебя больше не интересует?

— Кто у нас начальник охраны? — продолжила удивляться я.

— Другими словами, пристрели его завтра, ты и...

— Подожди, — нахмурилась я. — Ты приходишь сюда... кстати, ты здесь случайно или топал за мной от конторы? — «Случайно» прозвучало издевательски. Ларионов пожал плечами.

— Все знают, что у тебя есть привычка заглядывать сюда.

— Все? Вот тебе и раз. Я и сама об этой привычке не знала.

— Так знай. Торчишь здесь каждый вечер до девяти часов. В одиночестве. Пьешь кофе и пялишься в стенку, потом садишься в свою тачку и примерно час катаешься по городу. Довольна?

— Более-менее, — вздохнула я. — И по этой причине ты решил развлечь меня и начал с дурацких вопросов?

— Я... мне необходим совет, — собравшись с силами, заявил он. — И я действительно считаю, что ситуация серьезная.

— Тогда расскажи мне о ситуации, — предложила я.

Он огляделся, вздохнул и вновь перешел на шепот:

— Два дня назад на улице подобрали избитого парня. Кто-то так над ним поработал, что на нем живого места не осталось. Документов при нем не было. Его отвезли в больницу. Парень в себя пока так и не пришел. Шансов выкарабкаться у него практически нет. По крайней мере, так утверждают врачи. В общем, вполне мог пополнить ряды неопознанных трупов в морге, если бы не одно «но»...

— Какое? — проявила я любопытство.

— В бреду он принялся болтать. Первой внимание на его слова обратила медсестра и позвонила в милицию, а уж оттуда один мой знакомый позвонил мне. Конечно, бормочет он бессвязно, но кое-что...

— Что? — не выдержала я.

— Парень болтал о киллере.

— Занятно, — кивнула я. — И что дальше?

— Говорю, его бред, как положено бреду, довольно бессвязный, но ясно одно: кто-то нанял киллера, и тот со дня на день должен появиться в нашем городе.

— А почему ты решил, что это имеет отношение к Деду? Он что, и его имя назвал?

— Нет. Но я подумал... Ты можешь потешаться сколько угодно, но у меня тревожно на душе.

— Поправь меня, если я чего-то не поняла. Парень лежит в больнице и что-то болтает про киллера. И ты идешь ко мне, чтобы спросить, как дела у Деда, то есть не хочет ли кто-то убить его ненароком?

— Рад, что тебя это так развеселило, — съязвил он.

— Напротив. Меня это опечалило. В любом случае

у нас есть люди, которые по долгу службы займутся парнем. А твое дело охранять Деда.

— Вот именно. Я по опыту знаю: если кто-то кого-то решил замочить, никто не убережет.

— Весьма оптимистичное для охранника заявление.

— Прекрати паясничать, — не выдержал он. — Мы должны играть на опережение, а я даже толком не знаю...

Я согласно кивнула: что верно, то верно. Когда начальником охраны Деда был мой друг Лялин, он знал все, но Дед предпочел держать возле себя этого прохвоста. Конечно, Лялин ушел сам, но Дед мог найти кого-нибудь посерьезнее, чем этот тип, что сидит напротив. Впрочем, у Ларионова бездна достоинств. С точки зрения Деда, разумеется.

— Чего ты хочешь от меня? Чтобы я раскинула карты или погадала на кофейной гуще? Есть у Деда проблемы или нет, я понятия о них не имею. Тебе должно быть прекрасно известно, своими планами, а также проблемами он делиться не любит, по крайней мере, со мной.

— Значит, ты не хочешь помочь? — вторично огорошил он.

Я, признаться, на мгновение лишилась дара речи, такое со мной бывает исключительно редко, девушка я разговорчивая. Вздохнула и сказала:

— Хочу.

Я была уверена, что после этого он, одарив меня гневным взглядом, поспешит удалиться, но он вновь поверг меня в изумление, потому что обрадовался.

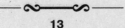

— Отлично. Может, для начала взглянешь на этого типа?

— Зачем?

— Ну... вдруг появятся какие-то мысли...

— Мысли у меня непременно появятся, — согласилась я. Поведение Ларионова теперь не просто удивляло, оно ставило меня в тупик. В нашем серпентарии ничего просто так не делается, и если Ларионову понадобилось, чтобы я... Кто слово давал, что не позволит втравить себя в историю? — Судьба у меня такая, — дурашливо изрекла я, направляясь к двери.

— Что? — не понял Ларионов, следуя за мной.

— Ничего, — отмахнулась я.

Вот таким образом вместо того, чтобы ехать домой, я оказалась в больнице «Скорой помощи». Парень, о котором рассказал Ларионов, находился в реанимации, но нас к нему пустили, снабдив халатами, тапками и марлевыми повязками. Как я уже говорила, Дед у нас всему голова и часть его всемогущества распространяется на его доверенных лиц, перефразируя древнюю пословицу: «Что не положено быку, запросто может Юпитер».

В сопровождении врача, молодой женщины с веснушчатым личиком и милой улыбкой, мы проследовали по коридору. Держа одну руку в кармане халата, а другой теребя стетоскоп на груди, она виновато сообщила, что состояние больного ухудшилось. Далее пошли медицинские термины, в которых я ничего не смыслю, но суть все же уловила: у парня травмы, несо-

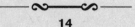

вместимые с жизнью, и просто удивительно, почему он до сих пор еще жив.

— Бывает, — философски заметила я, хоть меня никто и не спрашивал. Врач вроде бы растерялась, Ларионов нахмурился, а я пообещала себе больше рта не раскрывать.

Больница «Скорой помощи» — старейшая в нашем городе. Когда-то это было достоинством, в том смысле, что здесь работали отличные специалисты. Но времена сменились, в больнице тоже произошли перемены, и не в лучшую сторону. Многочисленные корпуса требовали ремонта, и не сегодня, а еще позавчера. В отделении реанимации в коридоре стояли тазы и ведра, потому что с потолка капала вода, что неудивительно: дожди, а крыша худая. «Не приведи господи здесь оказаться», — подумала я и затосковала. Отцов бы города сюда на месяц принудительного лечения. Впрочем, Дед о народных проблемах знал и о больнице на днях что-то говорил оптимистично и многообещающе. Следовательно, и я могу смотреть в будущее с оптимизмом. Привезут меня сюда, а здесь светлая память о тараканах, по две нянечки на каждую палату и никаких тебе тазиков.

Глупые мысли пришлось оставить, потому что мы приблизились к третьей палате, где лежал интересующий нас гражданин. Возле палаты я обнаружила милиционера. Сидя в кресле, он увлеченно читал потрепанную книжку. Подойдя ближе, я смогла убедиться, что он неравнодушен к отечественной фантастике, и порадовалась за него: дежурство с источником знаний проходит не в пример быстрее. На нас парень взглянул без особого интереса и продолжил чтение. Ларионов кашлянул, привлекая его внимание, и парень еще раз взглянул на него, прикидывая, стоит ли реагировать или нет. Что-то в лице Ларионова намекнуло, что стоит, потому что молодой человек поднялся, захлопнув книгу, и теперь стоял, переминаясь с ноги на ногу, знать не зная, что делать. Особо напрягаться при виде штатских вроде бы ни к чему, однако есть подозрение, что прибыло начальство.

— Я распорядился поставить охрану, — сказал Ларионов, обращаясь ко мне и выделив местоимение «я». Я пожала плечами, мол, правильно сделал, и стала ждать, что будет дальше.

Тут вслед за нами в коридоре появился милицейский капитан. Парень быстро сунул книжку под кресло и изобразил лицом готовность служить Отчизне изо всех сил. Капитан, не обращая внимания на подчиненного, раскланялся со мной и поздоровался за руку с Ларионовым.

— Новости есть? — на всякий случай спросил Ларионов.

— Никак нет, — с избытком рвения отрапортовал дежуривший у палаты парень и добавил вполне по-человечески: — Все тихо.

— Ну, что ж, давайте навестим больного, — предложил Ларионов. Повернулся к капитану и спросил: — Вы знакомы с Ольгой Сергеевной?

— Лично не довелось, но много раз видел по телевизору, — ответил капитан и довольно улыбнулся, после чего поспешил представиться: — Абрамов Сергей

Степанович. — Он протянул руку, и я ее пожала. Врач на происходящее взирала с завидным терпением.

— Пожалуйста, тише, — попросила она. — И по возможности не затягивайте визит.

Она открыла дверь, пропуская нас вперед, Ларионов шагнул первым, но вдруг решил быть джентльменом и отступил в сторону. Я вошла в палату.

Палата была небольшой, окно напротив приоткрыто, что меня удивило. В медицине я, конечно, не сильна, но, по-моему, в реанимации окон не открывают.

— Это что такое? — ахнула врач, она, как и я, тут же обратила внимание на окно.

— Ё... — буркнул капитан весьма эмоционально, и тогда я перевела взгляд на кровать: человек, который лежал на постели, был с головой укрыт простыней, а в том месте, где у него была грудь, на белой ткани расплылось красное пятно. Ларионов шагнул вперед, сдернул простыню, и я увидела мужчину неопределенного возраста с развороченной выстрелом грудью.

— Боже мой, — пробормотала врач и повторила: — Боже мой...

— Да я его, подлеца... — прошипел капитан и метнулся к двери. Ясно, что теперь любителю фантастики не поздоровится, хотя я не уверена, что, стой он у двери навытяжку, мы застали бы в палате иную картину.

— Парня пристрелили, — сказал Ларионов и досадливо покачал головой. — Хотя какой смысл, если он и так бы умер со дня на день?

— Значит, некто не был в этом уверен, — пожала я плечами.

Трупы мне не нравятся, и этот был мне совершенно

несимпатичен, но стало ясно, что теперь просто так повернуться и уйти не получится.

— Он должен был скончаться от побоев, — продолжила я. — Но не скончался. И это так кого-то расстроило, что он не поленился подняться на третий этаж.

Я подошла к окну и осторожно выглянула. Я не надеялась, что недавний визитер оставил следы, профессионалы следов не оставляют, но вдруг повезет и этот окажется не профессионалом. Врач покинула палату вслед за капитаном, и мы остались с Ларионовым вдвоем.

— Кстати, подняться сюда легче легкого, — вздохнула я. — Тут рядом какая-то труба, а в трех шагах дерево. Как по заказу.

— Теперь ты понимаешь, как это серьезно? — спросил Ларионов, и я кивнула:

— Еще бы.

Мы дождались прибытия оперативной группы, устроившись в коридоре. Пока нам никто не мешал, я решила поговорить с милиционером, что дежурил возле палаты. С разнесчастным видом он уже раз двадцать повторил:

— Там все тихо было, а в палату мне нельзя.

— Никакого шороха, который мог бы насторожить? — вмешался Ларионов. Парень отчаянно замотал головой. Стало ясно: мы напрасно теряем время.

— Кого ты видел в коридоре? — на всякий случай поинтересовалась я. На этот раз он ответил вполне осмысленно:

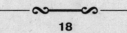

— Я три часа на посту. За это время в палату четыре раза сестричка заходила, Наташа, и два раза врач.

— Кто конкретно?

— Фамилии не знаю, этот, с бородкой. Но он точно врач, я его и вчера видел.

Я отправилась в ординаторскую искать врача с бородкой. Обстановка в ординаторской была близка к истерической, на меня смотрели настороженно. Мужчина лет сорока с бородкой клинышком счел нужным заметить:

— Черт знает что творится. Куда милиция смотрит?

— В основном в сторону прокуратуры, — ответила я, плюхнувшись на кушетку и с опозданием сообразив, что мое чувство юмора здесь по меньшей мере неуместно. Впрочем, один мой приятель, сейчас вроде бы покойник, утверждал, что с этим чувством у меня напряг и острю я на слабую троечку. Наверное, так и есть. — Простите, как вас зовут? — обратилась я к мужчине.

— Олег Валентинович.

— Очень приятно. Олег Валентинович, в котором часу вы заходили в третью палату?

— Заходил дважды. — Он взглянул на часы. — Второй раз тридцать минут назад и примерно за полтора часа до этого.

— Значит, тридцать минут назад парень был жив, — пробормотала я.

— Разумеется. Хотя его состояние не внушало особых надежд. Так что стрелять в него не было никакого смысла, — серьезно добавил он.

— Извините, — поднялась я, сообразив, что ничего

интересного более не услышу, и покинула ординаторскую. Ларионов курил на лестничной клетке.

— Ну, что? — спросил он.

— Опоздали минут на тридцать, — вздохнула я.

— Вот черт, — покачал он головой.

— Запись его речей в бреду у тебя есть? — поинтересовалась я.

— Кончай, а? — разозлился он.

— Что, никто не догадался сунуть парню под нос диктофончик, чтобы запечатлеть его слова для потомков?

— Я обо всем узнал только вчера, — начал оправдываться Ларионов, хотя вполне мог послать меня к черту. — Встретился со своим приятелем, и поначалу его рассказ впечатления на меня не произвел. Потом я вдруг...

— Да-да, тебя охватило беспокойство.

— Охватило. Я приехал сюда, распорядился поставить охрану. Менты и до этого не додумались, — сказал он с некоторой гордостью за себя и презрением к милиции, поморщился и продолжил: — На самом деле все, что он болтал, не производило серьезного впечатления. Привезли какого-то типа, чуть ли не бомжа, с пробитой башкой, ну, болтал чего-то в бреду...

— Жаль, что теперь невозможно узнать, что же конкретно он болтал.

Тут снизу послышались шаги. По лестнице довольно шумно поднимались трое мужчин. Всех троих я неплохо знала, оттого наша встреча вышла теплой.

— О, какие люди в Голливуде, — раздвинув рот до ушей, приветствовал меня Сергеев.

— Очень смешно, — ответила я.

— Уже не очень, — покачал он головой, — раз наша власть в вашем лице, так сказать, почтила. Ну что, хлопнули соколика? — спросил Сергеев, закуривая. Его спутники, поздоровавшись с нами, направились в отделение.

— Хлопнули, — кивнула я.

— Прибавил, гад, работы.

— От них только пакости и жди, — опять кивнула я. — Нет бы жили себе спокойно, дали отдых ментам.

— Ладно, ладно, — засмеялся он. — Все менты ленивые, тупые и ни на что не годные. Мне об этом жена каждый день твердит.

— Умная женщина. Установили, что это за тип? — спросила я.

Сергеев покачал головой:

— Скорее всего, кто-то из приезжих. Нашли его в подворотне, возле пивнушки на Герцена. Форменный бомж. Его вполне могли отделать без особой причины, то есть для местного контингента причина, конечно, наиважнейшая: бутылку не поделили. Но потом сестра разобрала в его бормотании слово «киллер» и позвонила нам, проявила бдительность. Я приехал, послушал. Вроде бред, а вроде похоже на правду.

— Что конкретно он сказал? — поторопила я.

— Болтал о киллере, о встрече в баре...

— В каком баре, когда?

— Бар «Витязь». Не знаю, где такой. Наверное, забегаловка из самых паршивых. При мне дату не называл, но медсестра утверждает, что это двадцать первого мая, после девяти вечера.

— И из его слов следовало, что там произойдет встреча с киллером?

— Не-а, — покачал головой Сергеев. — Ничего из его слов не следовало. Нормальный бред, то одно пробормочет, то другое. При известном старании можно, конечно, понять и так: «К нам едет киллер, и ждать его следует в баре «Витязь» двадцать первого мая после девяти». — «При известном старании» он выделил и выразительно взглянул на Ларионова. Тот усмехнулся, а Сергеев продолжил: — Теперь, когда парня замочили, его бред лично у меня вызывает уважение и даже трепет.

— Скоморох, — буркнул Ларионов, а Сергеев вздохнул:

— Ну не было, не было в его словах ничего такого, что могло бы всерьез насторожить. А то, что медсестра рассказала... может, правда болтал, а может, она присочинила, насмотревшись детективов.

— Задницу от стула оторвать было лень, так и скажи, — проворчал Ларионов.

— Виноват, исправлюсь, — отозвался Сергеев. — Что ж, пойдем глянем, что бог послал.

— Топай, — ответил мой спутник. — Мы уже насмотрелись.

Сергеев отправился вслед за коллегами, а Ларионов усмехнулся:

— Видела работничков?

— Сергеев мент правильный, дело свое знает, а то, что лишней работы не ищет, так это вполне понятно. Я ее, к примеру, тоже не ищу.

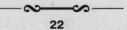

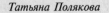
— Теперь у него работы прибавится, — ехидно заметил Ларионов.

— Это точно, — кивнула я.

— Пойдем где-нибудь посидим, поговорить надо, — предложил он.

Мозолить глаза людям на лестничной клетке и в самом деле не стоило, раз толку от этого ни на грош. Мы ушли из больницы. Через дорогу напротив было кафе, туда мы и направились.

Ларионов заказал пива, я решила, что меня тошнит от кофе, и попросила минералки.

— Может, водки выпьем? — предложил Ларионов. В народе имел хождение миф о моем алкоголизме, и мой добрый друг, должно быть, решил, что я вынуждена этот порок утаивать и оттого страдать. Я еще раз невольно сравнила его с Лялиным и покачала головой.

— Я ж в завязке, — заметила я обиженно. — Хлопну рюмку — и опять в запой. Дед давно грозился уволить меня, если за ум не возьмусь.

— Чего ты дурака валяешь? — рассердился Ларионов. — Из тебя алкоголик, как...

— Приглядываешь за мной, — перебила я. Он серьезно ответил:

— За всеми. Работа такая.

— Поговорим о работе, — предложила я. — Я так и не поняла, чем тебя этот парень насторожил? То есть с какой стати ты связал предполагаемое появление киллера с особой Деда? — Этот вопрос по-настоящему меня интересовал. Если верить Сергееву (а ему я верила), к словам парня можно было отнестись как к бреду, не более. Но если кто-то взял на себя труд сократить пребывание этого человека на земле, бред выглядел страшненько.

— Сам не знаю, — поморщился Ларионов. — Говорю, неспокойно как-то...

— Так не пойдет, — предупредила я.

Подошла официантка с заказом, и мы замолчали, но, как только девушка отошла, Ларионов вновь заговорил:

— Хорошо, хорошо, было кое-что... На днях один тип шепнул, что у Деда проблемы.

— Что за тип?

— Перестань. Ты же знаешь, что на этот вопрос я не отвечу. Вроде бы наш старик не очень-то считается с интересами некоторых людей, гнет свою линию и все такое.

— Насчет линии в самую точку, — усмехнулась я. — Ничего нового. Дед в своем репертуаре, и у него полно врагов.

— Наверное, ты права, и я дую на воду, но... просто так совпало: данный разговор, а потом еще этот тип. И я подумал, для кого мог понадобиться киллер-гастролер? В городе вроде тихо, всякая мелочовка по мелочам и разбирается, выходит, что...

— Ничего не выходит, — сказала я. — Но лучше дуть на воду, чем оказаться у разбитого корыта. Давай прикинем, что у нас есть: кто-то шепнул тебе о проблемах Деда. Человечек-то хоть стоящий?

— Не волнуйся, стоящий.

— Ага. Значит, он шепнул, и через пару дней... я права?

— Через три дня, — уточнил Ларионов.

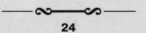

— Через три дня твой человек в ментовке сообщает тебе об этом парне. Парень получил побои, несовместимые с жизнью, и в бреду упоминает киллера и вроде бы даже дату. А сегодня его не поленились пристрелить. Из чего логично сделать вывод: кто-то считал, что парень обладает некой информацией, которую лучше унести в могилу. Он сказал «киллер», следовательно, скорее всего, информацию о киллере и хотели сохранить в секрете. Имеет это отношение к Деду или нет, в любом случае стоит разобраться.

— Вот и разберись, — совершенно серьезно заявил Ларионов. Я даже не нашлась, что ответить. Ларионов побил все рекорды, он поверг меня в изумление в третий раз за вечер.

— Кто у нас начальник службы безопасности? — наконец нашла в себе силы произнести я.

— Я помню, кто у нас отвечает за безопасность, — ответил Ларионов. — И меры, конечно, приму. Но я не оперативник, а здесь необходимо провести расследование. Или я что-то путаю?

— Расследование — это замечательно, а менты — самые подходящие для этого дела люди.

— Не уверен. Слушай, о чем мы спорим? Ты не раз проводила расследования по поручению Деда, а теперь, когда речь идет о его безопасности... Хорошо, возможно, речь идет о его безопасности...

— В милиции вряд ли придут в восторг, если я начну путаться у них под ногами, — напомнила я, но это не произвело на него никакого впечатления.

— Не смеши. Они уже давно привыкли. То есть я хотел сказать, что если бы путаться у них под ногами начал я, тогда другое дело, а ты для них свой человек. И им хорошо известно, как к тебе относится Дед. Так что рядовые сотрудники помогут тебе по старой дружбе, а начальство мешать не будет. Что скажешь?

Вообще-то Ларионов был прав. Не раз и не два я проводила расследование, когда это было угодно Деду, и друзья у меня имеются, которые захотят помочь, и начальство в самом деле не будет особо против. Но все равно меня переполняло желание послать Ларионова к черту хотя бы за то, что так торопился переложить свою головную боль на меня. Хотелось, но было одно «но» — речь шла о Деде, и теперь я думала: чем черт не шутит, может, он в самом деле кого-то так прижал, что этот «кто-то» всерьез решил от него избавиться?

Тут надо заметить, что наши отношения с Дедом простыми не назовешь. У меня самой не раз возникало желание избавиться от него. Не буду врать, что я столь кровожадна и мечтала о его кончине, меня бы вполне устроило, если бы мы просто больше никогда не встречались.

Но как только я допустила мысль о том, что ему угрожает опасность, беспокойство меня не оставляло. Даже думать не хотелось, что... У большинства людей редко прослеживается логика в желаниях и поступках, а искать ее у меня — и вовсе бесполезное занятие. Так что, сидя в кафе напротив Ларионова, я уже знала, что опять влезаю в какое-то дерьмо, хотя не далее как вчера клялась и божилась...

— Хорошо, — кивнула я без всякого намека на энтузиазм. — Пошарим, посмотрим, глядишь, чего-нибудь и нароем.

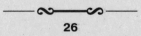

— Спасибо, — совершенно серьезно сказал Ларионов и даже похлопал меня по руке.

— Чудеса, — сказала я.

— Что? — не понял он.

— Ничего. С людьми творится что-то странное. Ладно, мы уже довольно долго мозолим глаза друг другу, пора и честь знать.

Он расплатился и спросил:

— Идем?

— Я еще немного посижу.

Ларионов кивнул на прощание и скрылся с глаз. Не успела я ощутить большую радость от его ухода, как зазвонил мой мобильный. Высветившийся номер ничего мне не сказал, но я по доброте сердечной решила ответить и голос узнала сразу. Звонил Сергеев, с которым мы не так давно простились в больнице.

— Говорить можешь? — незамысловато начал он.

— Я даже спеть могу.

— Это хорошо. Подскажи, дураку, что там у вас за дела такие, чтобы ненароком шишек не набить?

— Нет у меня дел, я почти что на пенсии.

— Брось. С какой стати нашу власть заинтересовало это убийство?

— Ты бы у власти и спрашивал, — съязвила я.

— Ты на Ларионова намекаешь? У меня нет ни малейшего желания иметь дело с этой крысой. Знать бы еще, кто из наших ему стучит, набил бы морду с большим удовольствием.

— Заодно и Ларионову набей. Я бы охотно поучаствовала, да боюсь, не будет мне такого счастья.

— Я тоже невезучий.

— Я знаю не больше твоего, — заговорила я уже серьезно. — Ларионов может знает больше, но он своими знаниями со мной не поделится.

— Даже с тобой?

— Со мной особенно. Так что начинай трудиться, исходя из следующего: парня дважды пытались убить. Второй раз успешно. И он что-то болтал о киллере.

— Сейчас я с медсестрой разговаривал, ни в дате, ни в том, что встреча состоится в баре «Витязь», она уже не уверена.

— Понятное дело, испугалась девчонка.

— Ты мне прямо скажи, тебя это дело интересует или нет?

— Интересует.

— Тогда предлагаю свою дружбу. Идет?

— Лучше бы руку и сердце, но я и против дружбы не возражаю.

— А что, появилась вакансия? — развеселился Сергеев, но тут же пришел в чувство и деловито добавил: — Будут новости, позвоню.

Мы простились, и я уставилась в пустой стакан за неимением другого интересного объекта. Не мешало бы поговорить с Дедом. Конечно, рассчитывать на его откровенность мне даже в голову не приходило, однако предпринимать какие-то шаги за его спиной тоже не годится. Надо явиться пред ясные очи, сделать необходимые ритуальные приседания и получить высочайшее разрешение. Хотя ради разнообразия он мог бы просто ответить: есть у него подозрения, что его собираются шлепнуть, или мы с Ларионовым предаемся фантазиям? Причем я предаюсь им с перепугу, а Лари-

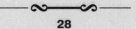

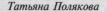
онов вполне может заниматься этим с неясной для меня целью. Деду он вроде служит верно, прекрасно понимая, что благополучие Деда напрямую связано с его собственным. Однако может играть и против Деда, если усмотрит в этом выгоду для себя. Но выгода должна быть существенной.

Был и третий вариант, Дед опять что-то затеял. Ларионов исполняет отведенную ему роль, может, зная о намерениях босса, а может, втемную. Дед на такие штуки мастер. Вот и гадай теперь...

Я не надеялась получить ответы на эти вопросы, поговорив с ним, но в любом случае встретиться придется. Я хотела набрать номер телефона Деда, но тут вспомнила о своем друге Лялине. Не худо бы для начала послушать умного человека. Опять же, мы давно не виделись, а теперь есть повод. И тут телефон чудесным образом зазвонил, и я увидела заветный номер.

— Тебе икалось, что ли? — поинтересовалась я.

— Неужто вспомнила о старике? — развеселился Лялин. — Чем занимается самая красивая девушка нашего города, страны и мира?

— Собираюсь испортить тебе настроение.

— Не удастся. На днях я отпустил тебе все грехи.

— А их много?

— Один был точно. Могла бы поздравить своего доброго дядюшку, мне вчера стукнул полтинник, и теперь я взрослый мальчик.

— Боже, — простонала я в тоске и отчаянии. — Я — свинья, дура без памяти, средоточие пороков и прочее, прочее... Позволь припасть к твоей груди и вымолить прощение.

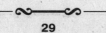

— Припадай ко всему, что тебе понравится. Можешь прямо сейчас. Я намереваюсь осесть в «Торнадо» и всерьез рассчитываю, что ты присоединишься ко мне.

— Лечу на крыльях любви, — заторопилась я. Настроение мое заметно улучшилось. Вечер в компании друзей... заодно кое-что обсудим, и домой теперь ехать не надо, то есть появился повод задержаться.

Выходя из кафе, я позвонила Тагаеву. Он ответил сразу, наверняка ждал звонка, однако сам не позвонил, терпел, не желая навязываться.

— Это я, — сообщила я с оптимизмом, как будто рапортовала, что мною только что покорены бескрайние просторы Вселенной.

— Привет, — отозвался он. В голосе минимум эмоций, хотя наверняка хотел многое сказать. К примеру, какого черта меня где-то носит, когда он сидит дома с моей собакой.

— Я сегодня задержусь, — сообщила я и мысленно вздохнула.

— Да? — вновь без всяких комментариев, даже если он и думал при этом: «А когда ты не задерживалась?», или еще вариант: «Ты бежишь от дома, как черт от ладана». Но Тагаев так не скажет, обойдется равнодушным «да».

— Ага. Как там Сашка?

— По-моему, скучает. И я, кстати, тоже. Когда думаешь появиться?

— Через пару часиков. — Тишина. Можно давать отбой, он больше ничего не скажет. Мне стало так тошно, хоть волком вой, и я сказала: — Вчера у Лялина был день рождения. Хочу поздравить.

— Вешнякову привет, — ответил Тимур и отключился.

— Черт, — чуть ли не крикнула я и повторила: — Черт, черт... — Легче мне от этого не стало.

Я шла к своей машине, кусая губы и торопясь поскорее выбросить из головы Тагаева, его терпеливое ожидание в моей квартире и нашу стойкую неспособность понять друг друга. Впрочем, его я понимала даже очень хорошо, только толку от этого никакого.

Двое подростков стояли возле моего «Феррари» и восхищенно его разглядывали. С точки зрения граждан, у меня есть все... С моей точки зрения — тоже. Абсолютно все, что может пожелать человек. А я, как на грех, ничего не желала или понятия не имела, чего желаю на самом деле. Все, о чем мне доводилось мечтать, оказывалось иллюзией, и я знать не знаю, что делать со своей жизнью.

— Все, хватит, — буркнула я. Ребятишки решили, что я обращаюсь к ним, и поспешно отошли.

— Классная тачка, — не удержавшись, заметил один. — Когда вырасту, куплю себе такую же.

Я улыбнулась и плюхнулась на сиденье, завела машину и махнула ребятам рукой. До места встречи на машине — минут пятнадцать. Я решила, что портить вчерашнему имениннику настроение кислой физиономией непростительный грех, и, выбросив из головы Тагаева, подумала о том, как замечательно встретиться с друзьями, и прочее в том же духе. После этих упражнений оптимизма во мне заметно прибавилось.

Я заскочила в винный погребок, купила Лялину в подарок бутылку коньяка, который он очень уважал, хотя и водку пил с удовольствием. Подъехала к бару, припарковала машину и, нацепив на физиономию улыбку, направилась к двери. Бар был большим, с двумя бильярдными залами, но при этом очень уютным. Пространство бара было поделено резными перегородками, желающие смотрели футбол на огромном экране недалеко от стойки, а кому футбол был неинтересен, могли спокойно поговорить.

Лялин очень любил это заведение, и с некоторых пор оно стало местом наших нечастых встреч. Я вошла и огляделась, высматривая своих друзей. Сегодня здесь не было многолюдно, однако из-за перегородок обнаружить Лялина оказалось не так-то просто. Я достала телефон с намерением позвонить, но тут очам моим предстал молодой человек и с улыбкой произнес:

— Здравствуйте, Ольга Сергеевна. Позвольте я вас провожу.

Как всегда, я недооценила свою популярность в родном городе. Я широко известна среди собак, вышибал и официантов. Прочие граждане тоже не оставляют меня своим вниманием.

Вслед за молодым человеком я миновала бильярдный зал и наконец-то увидела своих друзей. Лялин сидел, откинувшись в кресле с бокалом пива в руке, напротив с довольным видом устроился Вешняков.

Вешняков заметил меня первым, расплылся в улыбке и заявил:

— Красавица.

— Точно, — кивнул Лялин, поворачиваясь ко мне: —

Чем старше становлюсь, тем труднее лицезреть такую красоту платонически. К чему ты хотела припасть?

— К могучей груди, — ответила я. Мужчины поднялись, и к груди Лялина я все-таки припала, удостоилась объятий и братского поцелуя.

— Хорошо выглядишь, — сказал он серьезно, должно быть, решив, что я остро нуждаюсь в комплименте. Вешняков, продолжая улыбаться, запечатлел поцелуй на моей щеке и вернулся к пиву. — Что будешь есть? — деловито спросил Лялин.

— То же, что и вы.

— Я так и думал, — усмехнулся он. — И все уже заказал. Ну что, други милые, можете поздравлять.

Мы, конечно, поздравили, я вручила ему коньяк, мы выпили и закусили.

— Надо чаще встречаться, — выдал ценную мысль Вешняков где-то через час. Чувствовалось, что он абсолютно доволен собой и миром. Во мне вдруг заговорила совесть: не хотелось нарушать эту идиллию, оттого со своими новостями я не спешила, слушала чужие.

Лялин, который трудился в охранной фирме, после того, как два года назад покинул дом с колоннами, особо новостями не баловал. Похвалился успехами сына, учившегося в Англии, пожаловался на дочь, влюбившуюся весьма некстати, потому что экзамены на носу, и кивнул на Вешнякова:

— Глянь, как нашего подполковника от самодовольства распирает. Как звание получил, совершенно другим человеком стал. Брюхо отрастил, морда круглая, взгляд сытый, сразу видно: мент.

— А раньше что, не видно было? — хмыкнул Вешняков.

— И раньше репа твоя лучше всякой визитной карточки была, но до получения долгожданного звания ты выглядел ментом-трудягой, а теперь барином.

— На себя посмотри, — фыркнул Вешняков, и оба засмеялись.

— Хорошо, хоть не ноет, — сказала я.

— А чего ему теперь ныть, он у нас начальник, — подмигнул Лялин.

Артем скривил несчастную физиономию и махнул рукой:

— Надо мной еще начальников пруд пруди. И каждый норовит шею намылить.

— Обижают сироту, — поддакнул Олег.

— Не может человек не жаловаться, хоть генерала ему дай, — посетовала я.

Артем тут же ответил:

— И над генералом начальства полно.

— О господи, значит, будешь стонать до скончания века, — ужаснулась я.

— Брюхо и вправду растет, — с тоской заметил Артем. — Моя говорит, надо больше двигаться. Потащила меня к теще, грядки копать. Еле-еле сбежал в последний момент. Как раз Мишу Молчуна грохнули. Ну, я своей и говорю: отменяются грядки, видишь, что в городе творится.

— Выходит, тебе Молчуну надо спасибо сказать, — засмеялась я.

— Не ему, а тому, кто избавил его от земных хлопот. Но спасибо говорить не хочется, от грядок спас, так на работе одна нервотрепка.

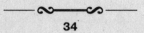

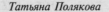

— Убийство заказное, тебе что за головная боль? — удивился Лялин.

— Ты что, не знаешь наших отцов-командиров? ЧП, куда смотрели, сограждане в панике, короче, шею мылили по полной, точно это я его пристрелил. Хотя всем прекрасно известно... — Тут Вешняков вдруг поперхнулся, а Лялин одарил его недобрым взглядом, который не укрылся от меня. Лялин тут же оптимистично заметил:

— Ничего, справишься.

— Да бог с ними со всеми, — вздохнул Вешняков, потянувшись к коньяку. — И с Молчуном, и с начальством. Давайте лучше за именинника выпьем.

Мы, конечно, выпили. Закусывая, я приглядывалась к своим друзьям. Лялин мужик крупный. И хотя он любил прикинуться сиротой, намекая на старость, но мог дать фору многим молодым. Кулаки-кувалды выглядели в высшей степени внушительно. Болтали, что Лялин легко гнет подковы. Я как-то раз попросила продемонстрировать, меня вежливо послали с формулировкой «глупостями не занимаюсь», но я не сомневалась, что подковы для него ерунда. Однако недюжинная сила далеко не единственное достоинство Лялина. Прежде всего он был наделен умом, большим и светлым, к тому же умудрился остаться порядочным человеком, что было вещью едва ли не фантастической, коли уж он несколько лет проработал начальником охраны Деда (каковы наши политики, никому объяснять не надо), и за это я Лялина особенно уважала. Он имел большие возможности для личного обогащения, занимая этот пост, но не воспользовался ими.

Мало того, ничуть об этом не жалел. А когда решил, что Дед слегка перегнул палку (на самом деле не слегка, конечно), Лялин покинул теплое местечко, что смог бы далеко не каждый, и ушел в охранную фирму. Правда, и там не бедствовал, потому что хозяину было доподлинно известно, какое сокровище удалось ему к себе заманить.

Лялин долгое время служил в разведке и, по моему мнению, был не только специалистом от бога, он обладал даром предвидения. Лично я в этом не сомневалась. Из-за рыжих усов, которые украшали его физиономию, он чем-то походил на добродушного моржа. Очень многие несведущие граждане ловились на эту удочку, забывая, как обманчива может быть внешность.

Вешняков, круглолицый, с большими серыми глазами и удивительной улыбкой, казался тем, кем и был в действительности: хорошим, добрым парнем, который искренне стремился жить в согласии со всем миром. Удавалось сие редко, ибо профессию он избрал далеко не мирную, и Артем очень страдал от этого. Был он принципиален, тверд, а иногда и упрям, точно стадо ослов, оттого с трудом дождался вожделенного звания. Начальство, как известно, предпочитает гибких сотрудников, а Вешняков ныл, жаловался, обещал все бросить и уйти к Лялину, но, когда было надо, стоял насмерть, похоронив личную выгоду и надежды на спокойную жизнь.

Сейчас эти двое торопились сменить тему и болтали без умолку, что слегка насторожило. Причину такового поведения я не видела и оттого слегка волнова-

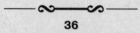

лась: что такое знают эти двое, чего пока не знаю я? Мысленно я вернулась к нашему разговору, вспомнила красноречивый взгляд Лялина и пришла к выводу, что все дело в неведомом мне Молчуне. До упоминания о нем мужики выглядели радостно-возбужденными, а когда Вешняков сообщил о безвременной кончине Молчуна, Лялин разозлился, а Артем стал ерзать, точно брякнул некстати то, о чем лучше помалкивать. Молчун был мне абсолютно безразличен в силу того, что сегодня я услышала о нем впервые. В конце концов я решила, что у меня и без этой загадки полно хлопот, и выбросила Молчуна из головы.

Полтора часа пролетели незаметно. Полтора часа счастья более чем достаточно, теперь вполне можно поделиться неприятностями и при этом не чувствовать себя распоследней свиньей.

— Сегодня я имела беседу с Ларионовым, — с пленительной улыбкой сообщила я, потому что все-таки стыдилась портить людям праздник.

— На какой предмет? — полюбопытствовал Вешняков, уплетая семгу. Он пока еще не ожидал подлости от судьбы, был всем доволен и в меру любопытен. Зато Лялин сразу насторожился. Не зря я подозреваю в нем дар предвидения.

— Утверждает, что едет к нам киллер, да не простой.

— Вона как, — кивнул Вешняков. — И чего ему у нас понадобилось?

— Ну... если учесть, что Ларионов проявляет озабоченность и даже снизошел до беседы со мной...

Вешняков нахмурился, и оба мы уставились на Лялина. Тот широко улыбнулся и дурашливо спросил:

— И чего?

— Как думаешь? — ласково спросила я.

— О чем?

— О возможности неких шагов некоторыми людьми, имеющими цель лишить нас отца народа и гаранта
демократии в областном масштабе.

— Ух ты, господи, — отложив вилку, пробормотал
Вешняков. — Ничегошеньки из твоих слов я по мало-
грамотности своей не понял, но уже перепугался.

— Ты умный, ты все знаешь, — подхалимски запричитала я, обращаясь к Лялину. — Скажи, такое в
принципе возможно?

— В принципе, все возможно, — продолжил вредничать он. — Дед — мужик жесткий, очень многим это
не нравится. Так что некие споры, конфликты и прочее...

— Но ничего конкретного? — не отступала я.

— Откуда? — удивился Лялин. — Я сижу в своей
фирме, никому не мешаю, никуда не лезу.

Вешняков иронически фыркнул, а я покачала головой:

— Брось придуриваться.

— Совершенная несправедливость, — закивал Лялин. — Я не придуриваюсь, я информацией не владею.
Дед многим наступил на горло — это факт. Очень многие мечтали бы увидеть его могилу — тоже факт. Но,
как известно, от мечты до суровой действительности...
Осуществление данной затеи — ЧП в масштабах всей

страны. Человек, который на это решится, должен быть либо круглым идиотом...

— Либо ему так припекло... — продолжила я, но Лялин перебил:

— Либо дважды круглым идиотом.

— То есть ты такую возможность в принципе отвергаешь? — Честно говоря, я порадовалась. Лялин приводил те же доводы, что и я в разговоре с Ларионовым, следовательно, беспокоюсь я напрасно, и предполагаемый киллер едет сюда по другой надобности. То есть надобность та же, но к Деду она никакого отношения не имеет.

— А чего за дела-то? — вертя головой от Лялина ко мне, спросил Вешняков. Я коротко рассказала о недавних событиях. — Сергеева я вчера видел, — кивнул Артем. — Ничего такого он не рассказывал, значит, особого значения болтовне этого типа не придал.

— А парня сегодня убили, — напомнила я. — Ларионов нервничает и намекает на некоего осведомителя, который сообщил, что якобы дела у Деда — хуже не придумаешь.

— Только не говори, что ты... — Тут Артема передернуло, точно после паленой водки, и он по обыкновению заныл: — Ну что ты за человек такой. Хоть бы раз спокойно посидеть, выпить, расслабиться. Обязательно настроение испортишь. Так, блин, хорошо сидели, и на тебе...

— Чего ты вопишь, как потерпевший? — напустилась я на него. — Могу я обсудить наболевшее с друзьями?

— «Обсудить», — передразнил Вешняков. — Непременно втравишь в историю. Хватает у человека совести... Я уже не мальчик, у меня брюхо растет, семья у меня, слышишь? Ну что за наказание?

— Помолчи, — махнула я рукой.

— Конечно, тебе что, тебе бы только...

Лялин во время нашей перепалки вертел в руках рюмку и о чем-то размышлял.

— Олег, скажи ты ей... — вновь заныл Вешняков, обращаясь теперь к нему.

— Озадачила ты меня, — серьезно ответил Лялин. — Просто не знаю, что и думать. Если честно, не верю я, что кто-то на такое отважится, а с другой стороны... В общем, не худо бы разобраться.

— Вот-вот, — тут же влез Артем. — Я ни в чем разбираться не буду. Это дело не мое, у меня своих дел выше крыши. Ну надо же так настроение испортить. Лучше б я поехал грядки копать.

— А тебя никто ни о чем не просит, — съязвила я. Артем презрительно скривился.

— Ой, ой, ой, не просит. Сергеев что-нибудь накопал? — без перехода спросил он.

— Пока нет. Надеюсь, если будет что интересное, сообщит.

— Сергеев мент толковый, и положиться на него можно. С Дедом ты говорила?

— А надо? — вопросом на вопрос ответила я.

— И как ты тогда собираешься искать киллера? На общественных началах? Может, все-таки оставишь это дело тем, кому такими вещами и положено заниматься? Нет? Впрочем, кто бы сомневался. Сама полезешь и нас втравишь. У меня заранее геморрой обостряется.

— Геморрой от сидячей работы, — усмехнулась я. — Вот и побегаешь, для здоровья полезно.

— Ничего про здоровье мне не говори.

Тут мы вновь посмотрели на Лялина, потому что он продолжал молчать, сдвинув брови к переносице и уставившись в одну точку. Вешняков притих и стал терпеливо ждать, что скажет старший товарищ.

— И все-таки у меня большие сомнения, — наконец изрек он. — Попробуем кое-что выяснить. — Тут он со значением взглянул на Вешнякова, и тот нахмурился, косясь в мою сторону.

— Если имеете что сказать, то говорите, — вздохнула я, потому что их переглядывание вконец достало меня.

— Нет, ничего, — поспешно ответил Артем, в очередной раз взглянув на Лялина.

— Как знаете, — буркнула я.

— Ну а теперь, может, выпьем спокойно? — предложил Вешняков.

Засиделись мы много дольше, чем предполагали вначале. О делах больше не говорили, точнее, об одном конкретном деле, которое меня в настоящее время так волновало. Мужчины предпочли футбольную тему, и я ее поддержала, хотя ничегошеньки в футболе не соображала. Мысленно я несколько раз возвращалась к нашему разговору, пытаясь отгадать, что от меня скрыли мои друзья? Наверняка цели их благородны, но от этого становится даже беспокойнее.

Домой я не спешила, и мои друзья, судя по всему,

тоже. Наконец Вешняков взглянул на часы и принялся ныть:

— Черт, время-то как бежит. Моя пришибет меня, и так уже еле терпит. Пора разбегаться, а то и вправду из дома выгонят.

Лялин расплатился, мы вышли на улицу и стали прощаться. Лялин сел в свой джип, Вешнякова, который прибыл на своих двоих, решила отвезти я. Уже в машине, после паузы, в продолжение которой он собирался с силами, Артем спросил:

— Как твои дела?

— Ты же слышал. И уже успел выразить возмущение и недовольство.

— Я не об этом.

— А о чем? — усмехнулась я.

— Как ты вообще, а?

Нет бы прямо спросил: как вы уживаетесь с Тагаевым под одной крышей? Однако стыдился и мялся в нерешительности, справедливо полагая, что я пошлю его к черту.

— Вообще нормально, — кивнула я.

— Да? — не поверил он.

— Да. А ты как думал?

— До чего ж ты тяжелый человек, — покачал Вешняков головой. — Спросишь по-дружески, так ты норовишь... Я ведь не из пустого любопытства спрашиваю. Ты мне человек не чужой, и я... — Договорить он не успел, я как раз притормозила возле его подъезда.

— Тагаев шлет тебе привет, — улыбнулась я, но ответной улыбки не дождалась.

— Спасибо, — буркнул Артем, вышел из машины,

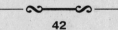

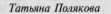

хотел хлопнуть дверью, но душевная доброта пересилила, он вздохнул и сказал: — Ладно, спокойной ночи. Пошел я. — Махнул рукой и удалился.

Теперь уже ничто не мешало мне вернуться домой, но я не торопилась. Прокатилась по городу, наблюдая мелькание огней за окном, и наконец свернула на свою улицу.

В гостиной горел свет. Я взглянула на часы и попробовала стать оживленной. Даже подготовила фразу, с которой войду в гостиную, чтобы наша встреча с Тагаевым была похожа на встречу любящих людей, каковыми мы должны являться, если уж живем в одной квартире. Впрочем, я была уверена, что заготовленная фраза не поможет.

Я загнала машину в гараж и поднялась в холл, здесь тоже горел свет, но, к некоторому моему удивлению, гостиная была пуста. Сашка не выскочил мне навстречу, виляя хвостом, а тишина в квартире намекала на отсутствие в ней обитателей. Я заглянула в кухню, ужин на плите, везде образцовая чистота.

Я плюхнулась в кресло, тупо рассматривала плитку под ногами, потом побрела к двери. Если Тагаева и Сашки нет дома, их, скорее всего, можно обнаружить в парке напротив. Туда я и направилась, хотя ничто не мешало мне дождаться их здесь. Но звенящая тишина тяготила меня, а еще больше тяготило чувство вины, которое, должно быть, навеки свило гнездо в моей душе и никак не желало испариться, хотя я и предпринимала шаги к его выселению.

Захлопнув дверь, я перешла дорогу и оказалась в парке. Он был небольшим, но очень уютным, три аллеи расходились лучами от центра, был фонтан. Сейчас из-за позднего времени он был отключен. Я шла по аллее оглядываясь и вскоре увидела Тагаева. Тимур сидел на скамейке в дальнем конце парка, плечи опущены, руки сцеплены замком, взгляд неподвижен. Возле ног лежал Сашка и жалобно на него поглядывал. Тагаев опустил руку и погладил пса, Сашка повесил нос и загрустил еще больше.

Подобная картина способна довести до слез даже менее чувствительного человека. Я не зарыдала, но вздохнула и закусила нижнюю губу. И Тагаев, и Сашка были со мной несчастны. Сашка был несчастен потому, что очень привязался к Тимуру и, будучи существом понятливым, чувствовал, что тому живется несладко, оттого и страдал. Мой пес здорово на меня сердился последнее время, потому что, с его точки зрения, ничто не мешало нам жить счастливо, а уж если счастья не наблюдалось, то виновата в этом, конечно, я.

У Тагаева причины были посерьезнее. Несколько месяцев назад он решил, что сможет игнорировать тот факт, что я любила другого человека. Тем более он был уверен: я считаю, что человек этот погиб. Хотя у меня на этот счет имелись сомнения. Сомнения не в том, что Лукьянов жив-здоров, это сомнений как раз не вызывало, а в том, что Тимур убежден, будто я считаю его покойником. Призрак Лукьянова неотступно стоял за спиной и портил наши отношения успешнее, чем живой человек из плоти и крови. Было похоже, что избавиться от него нам не удастся. По крайней мере, Тагаев свои силы явно переоценил.

Лукьянова я давно считала сволочью, и хотя по не-

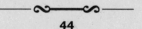

понятной причине некогда готова была за ним хоть на край света, но теперь по здравом размышлении поняла, что ничего хорошего из этой затеи не получилось бы. И остается лишь благодарить судьбу, а точнее самого Лукьянова, который на край света меня не позвал. Более того, обтяпал свое исчезновение из моей жизни так, что, будь я поглупее, точнее, знай я его не так хорошо, решила бы, как и многие другие, что он сложил буйную головушку в неравной битве с врагами. Лукьянов выбрал себе профессию доходную, но чрезвычайно нервную и опасную. Представители киллерского сословия легко отправлялись на кладбище, так и не успев выйти на пенсию. Но Лукьянов решил стать исключением и на пенсию вышел, устроив дело таким образом, что его записали в покойники.

Однако Тагаев, как и я, к доверчивым гражданам не относился. Он провел кое-какое расследование и пришел к тому же выводу, что и я, только гораздо раньше: Лукьянов исчез, но все еще пребывает в нашем мире. О том, что та же мысль посетила меня, Тимур не знал, но, скорее всего, догадывался. А так как формально соперник приказал долго жить, он появился у меня с признаниями в любви, в которой я, кстати, не сомневалась. Беда только в том, что любить его так, как он себе это представлял, я попросту не умела, оттого в настоящий момент мы и мучились все трое. Тимур считал, что я его не люблю, искал причину этому и быстро ее нашел: Лукьянов. Неважно, он сам или воспоминание о нем.

Тагаев был не таким человеком, чтобы устраивать допросы или закатывать сцены. Он вообще предпочи-

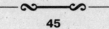

тал помалкивать, и это явилось самой большой проблемой. Он молчал, улыбался, при этом наблюдая за мной, взвешивая каждое произнесенное мною слово, каждый жест и взгляд, увлекаясь все больше и больше, пока это не стало для меня совершенно невыносимо.

Стоило мне сказать, что у меня плохое настроение, он сразу делал далеко идущие выводы. Мысль его была витиеватой, но для него вполне естественной: у меня плохое настроение, потому что рядом со мной он, Тагаев. Я с трудом переношу его общество, так как все еще люблю Лукьянова и жалею о том, что согласилась жить с ним, Тимуром, под одной крышей.

Несколько раз я давала себе слово поговорить с Тимуром. Возможно, мы бы поссорились и даже разъехались, но, приди нам охота съехаться вновь, смогли бы вести себя как нормальные люди, говорить о своих чувствах и обсуждать свои проблемы. Но каждый раз, пытаясь заговорить с ним, я вдруг лишалась всего своего словарного запаса, а он взирал на меня с удвоенной подозрительностью, и я торопилась сказать какую-нибудь глупость, лишь бы поскорее уйти от опасной темы.

Мы продолжали истязать друг друга, и конца этому видно не было. Общий язык легко находили только в постели. Вот там мысли покидали меня и если иногда являлись, то были весьма оптимистичны, то есть мне всерьез казалось, что я его люблю. Но как только я произносила какое-то слово, помимо невнятного бормотания, Тагаев начинал смотреть с настороженностью, и все повторялось. Все это было похоже на катящийся с горы снежный ком. Оттого я и придумывала

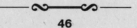

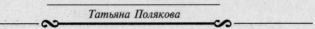
предлоги, чтобы попозже приходить домой. Ситуацию это отнюдь не улучшало.

Чем все это закончится, предугадать нетрудно. Я страдала от безысходности и неумения хоть что-то исправить. Тагаев тоже страдал и, должно быть, как и я, ждал, кто из нас первым отважится произнести роковое слово. «Что бы я ему ни сказала, он все равно не поверит», — подумала я, глядя на Тагаева. Он, точно очнувшись, резко поднялся, позвал Сашку и зашагал по аллее. Спину он держал прямо, шагал твердо, в нем чувствовалась непреклонная решимость все снести на своем пути.

Мы были странной парой, не очень гармоничной. То, что Тагаев до сих пор не покинул меня, хлопнув дверью, вызывало удивление. Он не относился к категории людей, готовых терпеливо сносить удары судьбы. Наверное, его любовь и впрямь была безгранична, но так как в мою он упорно не желал верить, все это в, общем-то, не имело значения. «Как люди могут испортить друг другу жизнь с самыми лучшими намерениями», — с горечью подумала я, собралась с духом и окликнула:

— Тимур!

Он не спеша повернулся и выдал мне улыбку. Разумеется, я тоже улыбалась. Думаю, так же искренне, как и он, то есть мы упорно продолжали валять дурака, исполняя роли в пьесе под названием «У нас все в порядке».

— Привет, — сказал он и сделал шаг мне навстречу. Сашка замер на месте, глядя на меня. Бедный мой пес здорово переживал. Подозреваю, если бы у него был

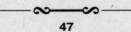

выбор, он бы предпочел остаться с Тагаевым, когда мы наконец расстанемся. Мысль об этом отравляла мое существование, и без того безрадостное. Выходило, что во всем виновата я. Возможно, так оно и было.

— Привет, — ответила я и поспешила им навстречу. Тимур наклонился и поцеловал меня. Если я не отвечу с энтузиазмом, он решит, что мне его поцелуи неприятны, если кинусь на шею, подумает, что делаю это нарочно. Так что я ограничилась еще одной улыбкой и поспешила спросить: — Давно гуляете?

— Минут сорок, — ответил Тимур.

— А я смотрю, свет горит, а вас нет. — Зачем я все это говорю? Глупые беспомощные слова... говорю потому, что молчание тяготит.

— Забыл выключить, — кивнул Тимур, быстро отводя взгляд.

«Что, тошно тебе?» — спрашивали его глаза. «Тошно, черт возьми, — хотелось ответить мне. — Тошно, когда тебя проверяют на вшивость двадцать четыре часа в сутки. Тебя не разубедишь, меня не переделаешь. Напиться бы с горя, а еще лучше — сбежать куда-нибудь. Напьюсь, решишь, что от горя, сбегу, подумаешь, что к Лукьянову. Полный бред».

Я взяла его под руку, и мы направились к дому. Я смотрела на его лицо, спокойное, с неясной улыбкой, и как будто читала его мысли. А он наверняка думал, что читает мои.

— Как твои друзья? — спросил он, поворачиваясь ко мне.

— Отлично. Лялин помолодел, а Вешнякова просто распирает от самодовольства. Тебе от него привет.

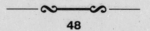

— Спасибо.

— Как у тебя прошел день? — поспешно спросила я.

— Неплохо.

О своих делах он предпочитал молчать. Может, думал, что его дела меня не касаются, а может, сохранил эту привычку с тех времен, когда распространяться о его бизнесе в самом деле не стоило. Теперь Тагаев числился в крупнейших предпринимателях области и исправно платил налоги. Некоторое время назад я думала, что он махнет в политики (Лялин утверждал, что натура у Тагаева деятельная и парню требуется развернуться по-настоящему), но Тимура эта идея не увлекла. Он занимался своими делами, избрав рабочим местом заднюю комнату ресторана «Шанхай», принадлежавшего ему. Хотя офис тоже имел место, однако там он появлялся редко. В семь вечера он обычно приезжал домой, гулял с Сашкой или смотрел футбол. Друзей у него не было, да и не могло быть: наличие друзей предполагает хоть какую-то откровенность, а Тимур человек закрытый, с душой, застегнутой на все пуговицы. Дважды в неделю он играл в карты, трижды ездил в фитнес-клуб. Наша совместная жизнь была размеренной и событиями похвастать не могла. Прогулки, игра в шахматы, ужин все в том же ресторане. По выходным мы ездили за город, катались в зависимости от времени года то на лыжах, то на лодке. В апреле он купил яхту, но отправиться на ней в путешествие мы пока так и не собрались.

Если бы не его взгляд инквизитора, меня вполне бы устроила такая жизнь. Почему сам Тагаев предпочитал жизнь пенсионера — для меня загадка.

Сашка плелся сзади, мы несколько раз останавливались, поджидая его.

— У тебя завтра выходной? — спросил Тимур. В оригинале это должно звучать так: «Ты и завтра смеешься на весь день, несмотря на субботу?»

Интересно, сколько он еще продержится? И сколько все это выдержу я? Разумеется, вслух я сказала совсем другое:

— Выходной. С утра у меня кое-какие дела, но к обеду я освобожусь. Может, испробуем твою покупку в деле? — растягивая рот до ушей, спросила я. Меня саму тошнит от моей фальшивой улыбки.

— Хорошая идея, — кивнул Тимур, подхватывая Сашку на руки, потому что тот опять по неизвестной причине замер, и мы зашагали к дому.

Оказавшись в холле, Сашка поплелся на кухню, продолжая укоризненно поглядывать на меня. Тимур снял куртку, помог мне и спросил:

— Будешь ужинать?

— Нет. Спасибо. Чаю выпью с удовольствием.

Мы устроились на кухне. Сашка, проверив свои миски, ушел в гостиную смотреть телевизор, а мы стали пить чай.

— У тебя новая кофточка, — сказал Тимур. Он наверняка хотел быть внимательным, но мне все равно казалось, что звучит это издевательски.

— Купила вчера, — поспешно ответила я. — Забыла тебе показать.

Он кивнул, а глаза говорили: «Неудивительно. Странно, что ты вообще обо мне иногда вспомина-

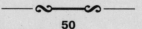

50

ешь». Я покосилась на часы, слава богу, время позднее, можно завалиться спать.

Я вымыла посуду, Тимур просматривал газету, но я-то знала, что газета интересует его мало. На самом деле это хороший способ наблюдать за мной. Его взгляд жег мне затылок. Стало трудно дышать от досады и горечи. Я швырнула чашку в мойку, она жалко звякнула.

— Черт, — пробормотала я.

— Что-нибудь разбила? — спросил он ласково. Так ласково, что захотелось запустить эту чашку ему в лоб. Я резко повернулась. Он опустил газету на колени и смотрел на меня, насмешливо улыбаясь. Его вид был красноречивее всяких слов. «Ну давай, скажи мне, как тебе все это осточертело. Скажи, чего уж там, я переживу. Скажи, и эта дурацкая комедия наконец-то прекратится».

— Чашка выскользнула из рук, — ответила я, подхватив полотенце. Тщательно, не торопясь, вытерла руки и подошла к нему. На языке тела нам удается говорить гораздо лучше. Я свернула газету, бросила ее на стол и устроилась у Тагаева на коленях. Провела рукой по его волосам, обняла его и потянулась губами к его губам. На мгновение настороженность покинула его взгляд, но лишь на мгновение. — Я соскучилась, — сказала я.

— Я тоже, — ответил он, а взгляд говорил другое: «Вкручивай. Ты целуешь меня, а думаешь о нем. Зря ты считаешь меня идиотом, я тебя насквозь вижу».

«Какого черта тот придурок не снес мне половину башки, — с отчаянием подумала я. Зареветь бы громко, с причитанием. — Забудь ты о нем, — хотелось сказать мне. — Раз я смогла, какого черта ты не можешь?»

Это не поможет. Не поможет. Что бы я ни сказала, он ничему не поверит.

— Ты мне сегодня приснилась, — прошептал он мне на ухо. — Ты мне часто снишься.

— Это хорошо?

— Наверное.

— Ты меня любишь?

— Люблю.

— Я скучаю без тебя.

— Я тоже.

Опять эта усмешка. «Если скучаешь, могла бы почаще заглядывать домой», — говорили его глаза.

— Тимур, — прошептала я.

— Да?

— Я люблю тебя. Я в самом деле тебя люблю.

Утром я проснулась часов в девять. Тимура рядом не было. Я слышала, как льется вода в ванной, таращилась в потолок и думала о том, что, если бы мы вдруг разучились говорить и исчезла бы необходимость подниматься с постели, жизнь можно было бы считать счастливой. Я встала и пошлепала на кухню. Сашка вертелся возле приоткрытой двери в ванную. Он так дорожил Тагаевым, что глаз с него не спускал.

— Подлая ты псина, — сказала я в досаде. — Совершенно игнорируешь меня. Предатель.

— Проснулась? — услышала я. Тагаев брился, стоя перед зеркалом. Я подошла, обхватила его и уткнулась носом в его спину.

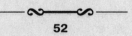

— С добрым утром.

Вот так бы стоять и ничего не говорить. Он повернулся, обнял меня, и мы замерли под строгим Сашкиным взглядом. Наши мысли были на редкость схожи.

— Когда собираешься уходить? — спросил Тимур. — Успеем погулять с Сашкой?

— Успеем.

Я вышла из ванной, сварила кофе.

— Для разнообразия могла бы приготовить завтрак, — буркнула я. И в самом деле приготовила.

Когда Тимур появился на кухне, мы с Сашкой уже ждали его.

— Семейство в сборе, — хохотнул он, но в его словах не было насмешки. Я придвинула Сашке стул поближе к столу. Пес вредный и чудовищно избалованный, но с этим тоже приходилось мириться.

— Сейчас позавтракаем и пойдем гулять, — сказала я ему.

— Во сколько тебе надо уйти? — спросил Тимур. Хотя отчего бы не поинтересоваться: «Куда ты идешь и зачем?» Но он не спросит, гордость не позволяет.

— Я хотела встретиться с Дедом, — сказала я, не выдержала и отвела взгляд.

Упоминать Деда при Тагаеве, конечно, не стоило. Когда-то мы с Дедом были очень близки. Тагаев об этом знал, и особого удовольствия ему данное обстоятельство не доставляло. К тому же, вопреки моим утверждениям, что между нами давно все кончено, Тимур считал, что мы по-прежнему остро нуждаемся друг в друге, что, в общем-то, не было совсем уж лишено оснований. Мы с Дедом уже давно жили по известной пословице «Вместе тесно, а врозь скучно». С Тагаевым их связывали общие дела, но оба от совместного бизнеса открещивались и на публике обожали делать вид, что даже незнакомы. Друг без друга они, похоже, обойтись не могли, но особой дружбы между ними тоже не было, чему имелись причины объективные. Со стороны Деда, лица официального и, как он любил выражаться, «государственного», было бы довольно неосторожно афишировать свою связь с Тагаевым, которого в городе, несмотря на занятие вполне легальным бизнесом, считали мафиози. Тагаев же был мудр и дружбу с властью не демонстрировал. Кроме объективных причин, имелись и субъективные, и одной из них, к моему величайшему сожалению, стала я сама. Дед хоть и болтал в припадке словоблудия, что хотел бы видеть меня счастливой рядом с молодым человеком, и даже что-то говорил о моих детях, которых мечтал держать на коленях, однако появление такового молодого человека в реальности не приветствовал, объясняя это тем, что Тагаев пара для меня неподходящая. Впрочем, подходящей он не видел, на что горько сетовал. То есть он хотел бы моего счастья, но, так как оно в принципе невозможно, мне лучше быть одной и рядом с ним. Тагаев о его мнении на этот счет знал или догадывался и, само собой, благодарности за таковое к нему не испытывал. При этом оба считали, что имеют на меня все права, а у соперника их попросту нет. Хотя считать Деда соперником довольно глупо, раз наши отношения благополучно зашли в тупик еще задолго до появления Тимура.

То, что я не ушла из команды, Дед считал своей за-

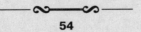

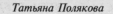

слугой, а Тимур, соответственно, доказательством того, что Дед занимает в моей жизни слишком большое место. И тот и другой были по-своему правы, и в наших отношениях, на мой взгляд, сам черт не смог бы разобраться при всем желании.

Я упомянула о Деде, желая сделать наш разговор с Тимуром более доверительным. Мол, я охотно и без принуждения рассказываю о своих делах и моя откровенность доказывает, что утаивать мне нечего. Дед — мой работодатель, и встречаться с ним время от времени мне приходится, хоть я к этому и не стремлюсь.

Но моя откровенность Тагаеву была без надобности. Он опять-таки все расценил по-своему и вместо вопросов: «Почему бы не поговорить с ним на работе?» и прочих в том же духе, обошелся коротким: «Да?» — и замер, предоставив мне самой решать, стоит ли что-то объяснять или нет. Разумеется, я решила, что не стоит, потому что все объяснения в глазах Тимура выглядели бы неуклюжими оправданиями. Его «да» повисло в воздухе. Мы надолго замолчали, и недавняя идиллия приказала долго жить, судя по всему, до вечера, точнее до ночи, когда мы опять начнем неплохо понимать друг друга.

Я быстро вымыла посуду. И мы отправились на прогулку, где обменялись несколькими репликами по поводу погоды и сошлись во мнении, что Сашка не по-собачьи умен и невероятно красив (Сашка все это слушал с явным удовольствием). Через полчаса мы вернулись домой, Тимур устроился в кресле с газетой, а я, поцеловав его, направилась в гараж. В последний момент я решила взять с собой пса и позвала:

— Сашка.

Тот вроде бы устремился за мной, но на полдороге замер, взглянул на Тагаева, который не соизволил оторвать взгляд от газеты, и, повесив голову, надеюсь, что все-таки от стыда, побрел к Тимуру.

«Свинья, — сказала я, правда, мысленно. — И поделом мне. Собственной собаке рядом со мной тошно».

Я выехала из гаража и сразу же почувствовала себя гораздо лучше. Открыла окно, подставив лицо весеннему ветру, и принялась беспричинно улыбаться. Правда, тихое счастье длилось недолго. Деду я не позвонила, намереваясь застать его врасплох, и сейчас жалела об этом, потому что была уверена: меня постигнет очередное разочарование, ибо старого змея застать врасплох невозможно. То есть в любом случае он начнет хитрить, изворачиваться и правды не скажет.

Хотя сегодня суббота и у нормальных людей выходной, вовсе не факт, что я обнаружу его дома. У слуг народа дел невпроворот. Он вполне мог служить отечеству и по субботам. А если все-таки у него выходной, ничего не мешает ему отправиться на дачу с какой-нибудь девицей, которых у него пруд пруди. Будучи вдовцом, он мог не опасаться общественного мнения, но предпочитал встречаться с дамами в местах уединенных. «Хороша я буду, если он изменил своим правилам и я им кайф поломаю», — с опозданием подумала, сворачивая во двор дома, где жил Дед.

Дом был малоквартирным, с подземным гаражом и охранником, которого именовали консьержем. При виде меня охранник обрел бравый вид, улыбнулся и

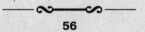

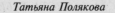

вежливо поздоровался. Я появлялась здесь редко, но меня он, конечно, узнал.

— Игорь Николаевич у себя? — спросила я с ответной улыбкой.

— Так точно, — доложил консьерж и вызвал мне лифт, хотя на второй этаж я могла бы подняться и на своих двоих. В доме всего три этажа, зато два лифта. Я решила не отказываться от благ цивилизации и вошла в кабину.

Когда я поднялась на второй этаж, Дед ждал меня возле распахнутой двери своей квартиры. В том, что охранник предупредил его о моем визите, я не сомневалась, а гостеприимству Деда порадовалась. Судя по улыбкам, которые он расточал, мой благодетель пребывал в хорошем настроении. Впрочем, как я уже говорила, хорошее настроение на его откровенности никак не сказывается.

— Рад тебя видеть, — заявил он, заключив меня в объятия. — Отлично выглядишь.

— Спасибо, ты тоже, — не осталась я в долгу, и, кстати, сказала чистую правду, Дед и впрямь выглядел отлично. Есть мужчины, которых возраст украшает. То есть Дед и двадцать лет назад выглядел хоть куда, но седая шевелюра и сеточка морщин возле глаз придавали ему шарм, смягчив холодный взгляд и твердость подбородка, который он имел привычку выпячивать, когда злился или был просто чем-то недоволен. Теперь он вполне мог сойти за мудрого человека, снисходительного к чужим проступкам и глупости. Очень удобная маска для хищника, каковым Дед являлся в реальности. Впрочем, иногда он был способен на благородный поступок, и мудростью его бог не обидел. И то, и другое он умело использовал в своих целях.

Я не встречала человека, который равнодушно отнесся бы к Деду. Его либо ненавидели, либо обожали. И те, и другие не знали меры, негодуя или восхваляя его. Пожалуй, никто не знал его так хорошо, как я, а я его знала с тех самых пор, как начала глядеть на этот мир осмысленно. Могу сказать, что он одинаково достоин и ненависти, и любви. Он был другом моего отца, когда-то я его боготворила. Если бы наши отношения не развились в сторону, далекую от дружеских, возможно, я бы и по сей день относилась к нему с обожанием, но он стал моим любовником. Иногда это позволяет узнать человека так хорошо, что от прежних иллюзий ничего не остается. В моем случае иллюзии исчезли, а любовь осталась. Я не смотрела на него с обожанием, не жаждала его прикосновений, но вместе с тем он был очень близким мне человеком, и с этим уже ничего нельзя было поделать. Я перестала бороться и научилась с этим жить.

— Проходи, — сказал Дед, выпустив меня из объятий, и повел в гостиную. — Рад, что ты пришла.

Что их роднит с Тагаевым, так это терпение. Он делал вид, что мой приход — вещь обычная, и не торопился спросить, с какой стати я явилась утром в субботу к нему домой, не соизволив заранее предупредить по телефону.

— Ты один? — спросила я не без язвительности.

— Конечно, — удивился он, точно пребывал в монашестве, о чем, безусловно, известно всему миру. — Хочешь кофе? Или чай?

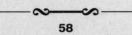

— Лучше чай, — кивнула я и вместе с ним прошла на кухню.

Дед принялся суетливо сновать по кухне, заглядывая в многочисленные шкафчики. Не очень-то хорошо он знал, что и где у него хранится. Я поднялась и сама приготовила чай, потому что, в отличие от него, все прекрасно помнила. Впрочем, не такая уж это заслуга, если учесть, что с тех самых пор, как Дед въехал в эту квартиру, здесь ничего не менялось. Он был консервативен и не особо жаловал перемены. В своем быту уж точно не жаловал.

— Ты отлично завариваешь чай, — счел он своим долгом заметить.

Когда Дед в хорошем настроении, он любит говорить мне что-нибудь приятное, но в хорошем настроении я его видела не часто, хотя он убежден, что это только моя вина. Скорее всего, и сегодня традиция не будет нарушена. Вряд ли Дед очень обрадуется, когда узнает, с чем я явилась.

— Спасибо, — улыбнулась я, желая показать, как ценю его стремление сделать мне приятное. Как известно, доброе слово и собаке в радость, а я почти так же чувствительна. В холодильнике нашлись пирожные, из чего я заключила, что кто-то из дам не так давно был здесь. Конечно, Дед в состоянии купить пирожные и сам, но только для гостьи, потому что к еде он был равнодушен, а ходить по магазинам просто ненавидел.

Чай мы пили в молчании, одаривая друг друга нежными взглядами. Дед наверняка гадал, что привело меня к нему, а я прикидывала, как бы половчее донести до него мысль о том, что ко всеобщему благу иногда полезно поделиться с ближними кое-какой информацией. Ни он, ни я первым заговаривать не собирались, но Дед приглядывался ко мне теперь с особым вниманием.

Через минуту выяснилось, что наши мысли были довольно далеки и несхожи, потому что он все-таки спросил:

— У тебя все в порядке?

В голосе слышалось беспокойство и неподдельный интерес. Тут до меня с опозданием дошло, что мой визит в субботу к нему домой, а не в кабинет в рабочее время, откуда Дед руководил народом, дал повод думать, что привела меня сюда не забота о его благе, а личные проблемы. Обидели сироту, и я прибежала к благодетелю жаловаться на жизнь. Так и есть. Дед взял мою руку, легонько сжал.

— Что произошло?

— В мире много чего, — бодро ответила я, кляня себя на чем свет стоит за бестолковость. — В городе тоже, наверное, есть события. У меня лично — никаких.

Руку он выпустил и нахмурился.

— Я думал, что имею право... — недовольно начал он, но я перебила:

— Возможно, я испорчу тебе настроение, но мои чувства к тебе заставляют меня идти на такой риск, потому что...

— Заткнись, — прервал Дед поток моего красноречия. Хорошее настроение как ветром сдуло. Он смотрел на меня сурово, с явным недовольством, и я вздох-

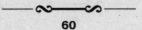

нула, демонстрируя покорность судьбе. — В чем дело, черт возьми?

— Этот вопрос очень бы хотела задать тебе я, да боюсь как всегда не получить ответа. — Я скроила страдальческую физиономию. — Но надежда умирает последней, и я все-таки пришла. Можешь выгнать меня сразу, а можешь чуть позже. Лучше чуть позже.

— Иногда ты бываешь совершенно невыносима, — покачал он головой.

— Ты тоже, — вздохнула я.

— Ну, что у тебя? Говори.

— У меня, точнее у нас, труп.

— О господи... — Дед раздраженно отодвинул чашку. Я даже забеспокоилась, что он возьмет да и треснет по столу кулаком. Обошлось. — Я думал, ты пришла... еще обрадовался, старый дурак. Думал, соскучилась. Посидим, поговорим по душам...

— Я по душам как раз и не отказываюсь, — торопливо влезла я. — Если бы ты вдруг открыл мне душу... не всю целиком, рассчитывать на такое моего нахальства не хватит, а всего-то по одному-двум пунктам. Это бы значительно облегчило мне жизнь.

Дед продолжал смотреть на меня с неодобрением.

— И что труп? — поинтересовался он сердито.

— Труп сам по себе совершенно обыкновенный, но обстоятельства, связанные с ним...

— Тебе-то что за нужда с трупами возиться? — поморщился Дед. — Ты мой пресс-секретарь, и трупы совершенно не твое дело.

— Это как посмотреть, — вздохнула я. — Можно я тебе о нем поподробнее расскажу?

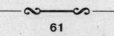

— От черта молитвой, а от тебя ничем, — махнул он рукой. — Рассказывай.

— Спасибо большое. Так вот, пару дней назад в больницу «Скорой помощи» привезли паренька с травмами, несовместимыми с жизнью.

— Это дело милиции, — не удержался Дед. — Тебе что, нечем заняться?

— Не мог бы ты выслушать мое повествование до конца, не отвлекаясь на комментарии?

— Мог бы.

— Еще раз спасибо. Итак, парень лежит в реанимации и, как это часто бывает, бредит. Кое-что в его бредовых высказываниях медсестру насторожило, и она сообщила в милицию. На звонок отреагировали, в больницу пришли, но услышанным не впечатлились.

— А надо было? — не выдержал Дед, как и большинство людей, он иногда был любопытен. — Что он болтал?

— Что-то про киллера, который вот-вот должен прибыть в наш город.

— И что? — Теперь он выглядел искренне удивленным. Я даже подумала: может, у меня в самом деле крыша съехала и всюду мерещатся заговоры?

— Ну... вроде бы киллер не простой, а из дорогих, так что цель у него должна быть серьезная.

— И ничего толковее у него вызнать не удалось?

— Не удалось. Бред, он и есть бред, а парень вдруг скончался. Он пули в сердце.

— Прискорбно, — совершенно серьезно заметил Дед. — Только я по-прежнему не пойму, тебе-то что за дело до всего этого? Мне известна твоя нездоровая страсть вечно лезть куда не просят, но... Говоришь, в милиции не впечатлились? Так, может, в его словах ничего и не было?

— Я бы тоже так подумала, если б не его преждевременная и насильственная кончина.

— Хорошо, допустим, кто-то от кого-то решил избавиться, и с этой целью наняли киллера. Я-то здесь при чем?

— Я испытываю обоснованное беспокойство. Точнее, поначалу его испытывал Ларионов, а теперь уж мы вместе. Ларионов — это начальник твоей охраны, если ты успел забыть.

Дед смотрел на меня с недоумением, полминуты смотрел, не меньше, потом вдруг рявкнул:

— Вы что, спятили? Вместе с Ларионовым?

— Он спятил первым, — поторопилась наябедничать я. — Я уже позднее и под впечатлением. Слушай, не смотри на меня так. Я понимаю, что тебе хочется запустить в меня чем-нибудь тяжелым, но...

— Ты что, всерьез решила... — Дед вроде бы от гнева лишился дара речи. — Черт-те что... А этот идиот... — Идиот, надо полагать, Ларионов. — От безделья совсем спятили.

— Разделяю твое возмущение, — удалось вставить мне словечко. — Но ведь на все это можно взглянуть иначе, под другим углом зрения. И тогда выйдет, что начальнику твоей охраны вполне естественно проявлять беспокойство и даже предпринимать кое-какие шаги.

— И он не придумал ничего умнее, как втравить в это дело тебя?

— «Втравить» все-таки сильно сказано, — поправила я. Хотя я и не испытывала добрых чувств к Ларионову, зато обладала развитым чувством справедливости, так мне по крайней мере казалось. — Он обратился ко мне, потому что, зная твой характер, нетрудно предположить, что ты ему скажешь, надумай он обратиться к тебе. А мы с тобой вполне могли бы поговорить по-семейному. Это не я, это он так думает.

— Поторопился спихнуть ответственность на чужие плечи, — хмыкнул Дед. — Я Ларионова знаю так же хорошо, как и он меня. Так что не старайся запудрить мне мозги. Начальнику охраны незачем являться ко мне с подобной историей, а вот узнать, что к чему... и не втравливать в это тебя...

— Игорь, — вздохнула я. — Скажи мне, пожалуйста, могут наши догадки иметь хоть какое-то основание в действительности? Ты бы очень мне помог.

— Хочешь, чтобы я ответил, есть ли люди, желающие моей смерти? А то ты сама не знаешь? Таких пруд пруди. Но одно дело желать...

— А мог кто-то так пожелать, что даже забыл о благоразумии?

Дед нахмурился и некоторое время сверлил меня взглядом. Я с честью выдержала испытание.

— Все-таки я не понимаю, — изрек он. — С какой такой стати ты решила, что появление в городе киллера может быть связано со мной?

— Ну... кое-какие слухи... смутные, но беспокоящие. Такой ответ тебя устроит?

— Слухи? — насторожился он. — Очень интересно. И ты...

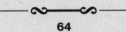

— Я пришла к тебе, чтобы услышать, есть ли у тебя проблемы, которые кто-то желал бы разрешить определенным образом. Я думала, что ты для разнообразия ответишь откровенно. И, как всегда, оказалась не права. Это я считаю тебя близким человеком, а у тебя на этот счет свое мнение. — Я встала с намерением покинуть его. Ясно, что ничего он мне не скажет, а заниматься пустой болтовней мне уже надоело. Дед сердито махнул рукой, призывая меня вернуться в кресло. Я со вздохом села и принялась разглядывать чашку.

— Этот парень, там, в больнице... что конкретно он сказал?

— Конкретно не знаю. Когда я его увидела, он был уже мертв. И никто не потрудился записать его слова на диктофон.

— Может, тогда и не стоит воспринимать его бред серьезно? — как-то неуверенно произнес Дед.

— Хорошо. Не стоит так не стоит. Мне пора. У меня запланирован визит к косметологу.

— Детка, — поморщился он, — я говорю серьезно. Если ничто в его словах не указывало на меня, с таким же успехом возможной мишенью могут быть еще пять десятков людей в нашем городе. Разве нет?

— Могут, — охотно согласилась я. — Но, в отличие от тебя, оставшиеся сорок девять меня волнуют не так сильно. То есть я бы могла сказать, что они меня вовсе не волнуют, но звучит это как-то невежливо.

Дед поднялся, обогнул стол и возложил руку на мое плечо.

— Я понимаю. И не думай, что не ценю это.

— А в знак понимания и светлой дружбы ты не мог бы...

— Все это глупости. И Ларионов дурак, что сунулся к тебе. Я абсолютно убежден, что твои опасения напрасны. Такой ответ тебя устроит?

— Он бы меня устроил, знай я наверняка, что ты вполне объективен. А если нет?

Я ожидала хорошей затрещины, но Дед рассмеялся.

— В этом вся ты. Тебе мало услышать ответ, тебе непременно надо во всем разобраться и уж тогда самой решить... Разбирайся на здоровье, — совершенно неожиданно закончил он. — В конце концов, береженого бог бережет. Так что займись этим делом. Найди киллера, засади его в тюрьму, заодно узнай, кто его нанял.

— Ты серьезно? — не поверила я.

— Конечно. Ты ведь все равно полезешь. Чего ж понапрасну отговаривать тебя от этой затеи. Предотвратишь преступление или хотя бы убедишься, что... Довольна? — спросил он с усмешкой.

— С чего это мне быть довольной? — буркнула я. — Просто мне было бы гораздо спокойнее... Я тебя предупредила, а там пусть менты преступления предотвращают.

— Ну уж нет, — покачал он головой. — Теперь я настаиваю... Короче, ты поняла. Выясни, в чем там дело.

Признаться, такое поведение Деда меня разозлило. Гадай теперь, что все это значит: есть у него неведомые враги или нет. Или он решил загрузить меня работой, чтобы глупостями не досаждала? Разумеется, Дед и раньше давал мне задание «разобраться», и я неоднократно проводила для него расследования и так подна-

торела в этом, что часто, переусердствовав, получала
по шее. Именно излишнее усердие, которое подчас
шло вразрез с интересами Деда, и послужило причиной того, что я в свое время покинула дом с колоннами
и до сих пор до конца туда не вернулась, так и не решив, стоит ли это делать. Однако прежде цель хоть и
смутно, но все же маячила на горизонте. Сейчас я вовсе ее не видела. Если Дед, все-таки опасаясь за свою
жизнь, дал мне это задание, логично намекнуть... Впрочем, ждать от него такой милости глупо. Дед — это
Дед, и ход его мыслей проследить невозможно, особенно такому существу с ограниченным мышлением,
как я. Человек, который опасается за свою жизнь, все-
таки должен вести себя иначе. Просто обязан насторо-
житься. Впрочем, старый змей, когда хотел, умело
скрывал эмоции. А если он возомнил себя великим до
того, что просто не в состоянии поверить, что кто-то
отважится и посягнет? Очень многие типы, помешав-
шиеся на своей исключительности, теряли ощущение
реальности и прямехонько оказывались на кладбище.
Мог Дед так заиграться? Черт его знает. С другой стороны, если он уверен, что ничегошеньки ему не грозит, зачем посылать верного оруженосца, то есть меня,
для прояснения дела. Тем более, по его собственному
утверждению, для этого существуют менты, которым
стараниями Деда недавно прибавили зарплату? Нет, тут
положительно что-то было. Дед так просто ничего не
делает. Я даже не удивлюсь, что господин Ларионов
возник в баре, где я коротала вечер, отнюдь не по собственной инициативе, а по мудрому наущению работо-
дателя. Я мысленно скривилась, однако понять, что за

хрень творится в Датском королевстве, мне захотелось даже больше.

— Давай сменим тему, — бодро предложил Дед, приглядываясь ко мне. — Расскажи, как ты живешь?

— Хорошо живу, — поспешно отозвалась я и добавила, пока он не начал строить из себя отца родного: — А ты как думал?

Разумеется, Деду это не понравилось, не то, что я хорошо живу, хотя и тут возможны варианты, а то, что не даю ему возможности проявить отеческую заботу. Однако он постарался скрыть раздражение за понимающей улыбкой.

— Ты счастлива? — не унимался он.

— Вчера точно была счастлива, пока не обнаружила труп, потом уже не очень, потому что труп имеет место быть, а ты, по обыкновению, темнишь и недоговариваешь.

— Не говори глупости, — посуровел он, но тут же отеческая улыбка вновь преобразила его черты. — Ты в самом деле счастлива с этим типом?

Ну, вот, приехали. Разговоры по душам я ненавидела еще больше трупов, особенно когда сказать друг другу давно нечего.

— Нет, — покачала я головой. Дед насторожился.

— Нет?

— Ты ведь это хотел услышать? Я сделала ошибку и теперь орошаю подушку слезами. К тому же стыжусь, что пала столь низко в глазах твоего электората...

— Прекрати, — разозлился Дед. На этот раз он злился всерьез, но тут же в его голосе появилась досада. — Скажи на милость, почему я не могу тебя спросить, а ты просто ответить?

— Этим вопросом я задавалась полчаса назад, — кивнула я.

— Я тебя о личном спрашивал.

— Я тебя тоже.

— Не хочешь, не говори, — отмахнулся он. — Но счастливой ты не выглядишь. Каждый вечер сидишь в баре. Пьешь?

— Ты же знаешь.

— Все равно. Бар неподходящее место для счастливой женщины.

— А парк?

— Что — парк?

— Парк подходящее? Я могу переместиться туда, чтобы доставить тебе удовольствие.

— Ты доставишь мне удовольствие, когда порвешь с этим типом.

— Вона как... — присвистнула я. — Я думала, вы друзья, точнее — деловые партнеры. Как-то невежливо...

— Прекрати паясничать, — отмахнулся Дед. — Дело совершенно не в том, что твой Тагаев... Хотя, прежде чем связываться с таким типом, не худо было бы подумать об общественном мнении. Впрочем, для тебя общественное мнение чепуха. Так вот, дело даже не в том, что мой помощник по связи с общественностью открыто живет с недавней шпаной (Дед Тагаева иначе как шпаной не именовал, очень ему нравилось это словечко), а в том, что ты сделала никуда не годный выбор. Вы не подходите друг другу, и, даже если ты сто раз скажешь, что счастлива, я все равно не поверю.

— Еще бы... Я тоже предпочитаю не верить в то, что мне не нравится. Вот сейчас, к примеру, я не верю, что пятнадцать минут назад ты злостно пудрил мне мозги... — Дед поморщился, а я продолжила: — И жить с ним открыто в самом деле не стоило. То ли дело втихаря, это бы общественное мнение не покоробило. А по поводу «не подходим» тоже не факт, крайности, как известно, совпадают.

— Я понимаю, — мягко сказал Дед, глядя на меня с печалью. — Тебе нелегко признаться... Но если ты просто боишься порвать с ним... Он что, угрожал тебе?

Я поднялась и пошла к двери.

— Ты ни за что не поверишь, но мне нравится этот парень, — весело сообщила я, и, между прочим, говорила правду, он мне в самом деле нравился. Другое дело, что сам Тагаев поверить в это, как и Дед, не в состоянии. «Как они, в сущности, похожи», — некстати подумала я.

— Иногда очень трудно признаться в своих ошибках, — глубокомысленно изрек Дед.

— Это мне знакомо, — согласно кивнула я.

— Хочешь, пообедаем вместе? — засуетился Дед, что ему, в общем-то, несвойственно. — Или съездим куда-нибудь? За город? Хочешь? Погуляем в лесу. Сейчас в лесу должно быть прекрасно...

— Но наслаждаться этим придется кому-нибудь другому, — вздохнула я. — Хочу побеседовать с медсестрой. Может, узнаю что путное, раз ты предпочитаешь играть в молчанку.

— Детка...

— Я, конечно, давно привыкла к этой милой кличке... — натягивая кроссовки, заметила я. Могу поклясться, он покраснел. От этого зрелища у меня глаза на лоб полезли. Воспользовавшись моей растерянностью, Дед обнял меня и запечатлел на моих устах поцелуй. Лишь с очень большой натяжкой его можно было назвать отеческим.

— Не думай, что я не ценю твоего отношения ко мне, — тихо сказал он. — Напротив, очень ценю. И я прекрасно понимаю, какие чувства тобой движут. Ты боишься за меня. Потому что любишь. Так ведь?

— Конечно.

— И я тебя люблю.

— С каждым разом в это все труднее и труднее поверить.

— Скажи, если я попрошу, если я очень попрошу, ты его бросишь?

— Зачем? — искренне удивилась я и нарвалась. Дед, конечно, разозлился.

— Что касается любовников, ты всегда умудрялась сделать наихудший выбор.

— Ты же не себя имеешь в виду?

— Все равно не поверю, что ты его любишь, — сказал Дед, а я пробормотала, покидая его квартиру:

— Похоже, мне никто уже не верит. Люди стали недоверчивы. В них умерла романтика, остался сплошной материализм.

Хоть я и не ожидала всерьез узнать от Деда что-нибудь, способное прояснить ситуацию, однако наш разговор меня огорчил. Особенно в той его части, что касалось Тагаева. Деда я знала хорошо и не могла не отметить, что о моем возлюбленном он говорил с горячностью и злостью, вовсе неподходящими его сединам, и оставить Тагаева предложил мне всерьез. Если это ревность, то еще полбеды, а если... Вот об этом «если» думать мне совершенно не хотелось, особенно в свете последнего задания.

Если деловые партнеры ссорятся, то, как правило, всерьез, а если предмет ссоры большие деньги (а в нашем случае они большие-пребольшие), то и головы летят совсем легко. Очень может быть, что Дед заподозрил Тагаева в коварстве, оттого-то и поручил мне разобраться с предполагаемым киллером. И про чувства спрашивал. Ох, как не жалую я такие задания, начнешь копать на свою голову. Я даже замерла на последней ступеньке от внезапно открывшихся неприятных перспектив.

— Мама дорогая, — промычала я и тут сообразила, что охранник смотрит на меня с недоумением. Я выдала ему свою лучшую улыбку и поспешила покинуть дом.

Уже в машине я подумала: а почему бы не поговорить с Тагаевым, чтобы выяснить его мнение на этот счет? И тут же отвергла подобную идею. Говорить с Тагаевым о его делах еще затруднительнее, чем с Дедом. Тот слова в простоте не скажет, юлит и изворачивается, а этот просто молчит, как пень с улыбкой Моны Лизы. Значит, придется приложить старание и разобраться самой. Теперь у меня есть занятие, за что могу сказать спасибо близким людям. Удружили.

Если разговор с Дедом меня, мягко говоря, озадачил, то последующие события и вовсе вызвали изумление. Удивляться я начала в основном в понедельник, но и суббота в этом смысле тоже кое-чем порадовала.

Оказавшись в машине, я первым делом позвонила Сергееву. Он скромно напомнил, что суббота считается выходным днем, по крайней мере, у нормальных людей. Я ответила, что в нормальность ментов все равно никто не поверит, с чем он поспешно согласился. Через полчаса он ждал меня возле больницы, прогуливаясь у дверей, курил и всем своим видом демонстрировал скуку и покорность судьбе.

— Привет, — сказал он мне без энтузиазма, когда я припарковала свою машину рядом с его тачкой. Выглядела она так паршиво, что оставалось лишь гадать: то ли машина за древностью лет начала разрушаться сама по себе, то ли ездок Сергеев совершенно никудышный.

— Нравится мне твоя машина, — задумчиво изрек он.

— А мне твоя нет.

— Еще бы, — радостно фыркнул он и спросил: — Знаешь, сколько ей лет?

— Знаешь, сколько лет Шер? А выглядит прекрасно.

— А это чего такое?

— Это американская певица. Беда с вами, ментами, самый темный народ на свете.

— Вот только и дел мне на певиц смотреть. — Сергеев отбросил сигарету в кусты, хотя неподалеку радовала глаз урна, и с постным лицом вздохнул, тем самым давая понять, что болтовня кончилась и мы приступаем к разговору. — Значит, все-таки будешь участвовать в следствии? — вежливо спросил он. Артем в таких случаях говорил «будешь везде совать свой нос» и «путаться под ногами».

— А тебе Ларионов больше нравится? — не удержалась я, хотя и боролась с собственной язвительностью, которая нет-нет да и давала себя знать.

— Что ты, что ты, — в притворном испуге замахал он рукой. — Ты мне нравишься гораздо больше.

— Вот видишь, значит, можно считать, что тебе повезло. Давай рассказывай, чего нарыли.

— Особо порадовать нечем. Отпечатков никаких, никто ничего... правда, девчушка из соседнего отделения пошла покурить вон в те кусты и видела парня в серой куртке, который свернул за угол, и вроде бы карман у него топорщился. — Сергеев скривился.

— Думаешь, девчонка фантазирует?

— Почему? — пожал он плечами. — Вполне могла кого-то видеть. Не скажешь, что здесь особо оживленно, но люди все-таки ходят.

— Чего тебе не нравится? — спросила я, приглядываясь к нему. Сергеев на мгновение замешкался, точно прикидывая, стоит отвечать или нет, потом кивнул: — Идем. — И повел меня к торцу здания.

Два ряда окон и труба, то ли газовая, то ли еще какая-то, не очень я в этом разбираюсь. Водосточная труба тоже имелась, но она была довольно далеко от окна. Пожалуй, слишком далеко. Сергеев стоял рядом, как и я, задрав голову, и молчал. Потом не выдержал и подал голос:

— Ну, как тебе?

— Да-а, — протянула я. — А как он окно открыл?

— Разбил стекло, — вздохнул Сергеев.

— Затейник, — покачала я головой.

— Ага. И все это в светлую пору, а не под покровом ночи.

— И руки у парня должны быть обезьяньи, чтобы за трубу держаться, да еще стекло разбить.

— Да так аккуратно разбить, что никто шума не услышал, — поддакнул Сергеев.

— Значит, окно, скорее всего, ложный след, — подвела я итог. — И мент у дверей палаты врет, что никуда не отлучался.

— Может, врет, а может...

— Чего может? — нахмурилась я, некоторая маета Сергеева меня все-таки насторожила. Он взглянул на меня, нахмурился, после чего с минуту помалкивал.

— Тут ребятишки в костюмах понабежали и очень рекомендовали версию с окном. И девушку, что парня видела, они нашли. То есть данная версия их очень устраивает.

— Почему? — не удержавшись, задала я глупый вопрос.

— Я надеялся, может, ты знаешь, — вздохнул Сергеев.

— Думаешь, ребятишки в костюмах имеют какое-то отношение к убийству?

Сергеев пожал плечами и вновь нахмурился.

— Тебе лучше знать, что может, а что нет. Ты у нас с властью в дружбе, а мы что... Нам сказали, убийца по трубе поднялся, значит, так и есть. Наше дело...

— Твое дело выполнять работу, за которую тебе деньги платят, — разозлилась я. Сергеева так и подмывало ответить, но он смолчал. А я продолжала теряться в догадках. — Ладно, — по прошествии некоторого времени, в продолжении которого мы стояли, разглядывая стену, произнесла я, — пойдем с народом потолкуем.

— Пойдем, — не без яда отозвался Сергеев. Понимать это надо было следующим образом: «А то без тебя не говорили». Так оно, конечно, и было, но теперь я совсем не была уверена, что кто-то очень старался.

Мы поднялись по ступенькам к центральному входу. В больнице, несмотря на субботний день, царило оживление. Пациенты отделения устроились возле телевизора на посту медсестры, сама медсестра отсутствовала. Зато в ординаторской мы нашли врача. Увидев нас, он непроизвольно поморщился. Все яснее ясного, достали человека вопросами.

— Чем обязан? — со вздохом поинтересовался он.

— Простите за назойливость, — сиротски начала я, — но у нас есть еще вопросы.

— Задавайте. Только вряд ли я что-то новое смогу сказать.

— Мы, собственно, хотели бы еще раз осмотреть палату, — улыбнулась я. — Это возможно?

— Конечно. Она в настоящий момент пустует. Идемте.

По коридору мы прошли в отделение реанимации. Здесь все было, как в прошлый мой визит, только милиционер не сидел на стуле возле палаты. Врач распахнул дверь и пропустил нас вперед. Окно было закрыто, разбитое стекло успели заменить. Я пододвинула табурет, открыла окно и взобралась на подоконник под критическим взглядом Сергеева.

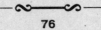

— Ну, что? — спросил он.

— Ну, если парень работал в цирке...

Я спрыгнула на пол, оглядела палату. Чисто теоретически убийца, конечно, мог проникнуть сюда через окно, мог и стекло разбить, вообще много чего мог, и среди киллеров действительно встречаются циркачи, но почему-то теперь в это упорно не верилось.

— Рядом точно такая же палата? — спросила я.

— Да, — ответил врач, — но там сейчас ремонт. Месяц назад штукатурка отвалилась, хорошо, хоть никто не пострадал. После этого решили привести это крыло в порядок.

— Можно посмотреть?

— Да ради бога, — пожал он плечами.

Мы вышли из палаты, и я подумала, что следов ремонта в коридоре почему-то не видно. Врач уверенно прошел мимо соседней двери, мы миновали коридор, он открыл дверь (ключ торчал в замке), и мы оказались на лестничной клетке. Тут ремонт шел полным ходом. Мы спустились на один пролет и вновь поднялись, но уже по другой лестнице. Здесь тоже был коридор, дверь распахнута, рабочих не наблюдалось, но следы их деятельности были: повсюду груды мусора, рабочий инструмент. Мы прошли коридором мимо нескольких дверей, пока возле одной не остановились.

— Это здесь, — сказал врач, распахивая ее.

Палата напоминала ту, в которой мы только что были, за тем лишь исключением, что эта была пуста. Окно прикрыто пленкой, чтобы не забрызгать стекла при покраске. Справа еще одна дверь, тоже закрыта пленкой.

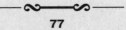

— Я правильно поняла, у палаты два входа? — пытаясь разобраться в хитросплетении архитекторской мысли, спросила я.

— Как видите. Сейчас эту дверь закрыли, чтобы не таскать в отделение грязь.

Я подошла и подергала дверь, в самом деле заперта. Сергеев наградил меня очередной насмешливой улыбкой.

— Одна дверь выходит в один коридор, другая в другой, — кивнул он. — А окно с торца. Можешь убедиться.

Я подошла к окну, так и есть.

— Занятно, — пробормотала я.

— Занятно, только ничего это нам не дает. С таким же успехом парень мог и по трубе подняться.

— Это точно, — не стала я спорить.

Однако теперь я была уверена: киллер, кто бы он ни был, вряд ли проник в палату через окно. Он прошел в отделение, воспользовавшись этой лестницей, для профессионала хлипкий замок в двери не проблема. Но было два «но»: рабочие, которые могли обратить на него внимание, что для киллера нежелательно, и мент, что дежурил возле палаты. С рабочими вопрос разрешился сразу. По словам Сергеева, они обычно работали до 17.30, а в пятницу ушли на час раньше, и к моменту убийства здесь никого не было.

— Ты здесь еще постоишь или можем идти? — спросил Сергеев.

— Идем, — кивнула я. — А этот коридор куда ведет? — спросила я врача, когда мы покинули палату.

— На другую лестничную клетку, — ответил он.

— То есть весь этаж можно обойти по кругу? При этом на каждом этаже четыре лестницы?

— Пять. Одна пожарная. Эта как раз в конце коридора.

— Можно взглянуть?

На этот раз он ничего не ответил, просто пошел вперед, указывая нам дорогу.

Дверь, выходящая на пожарную лестницу, была наполовину стеклянной, стекло в двух местах треснуло. К моему удивлению, она оказалась не заперта.

— Ее что, никогда не запирают?

— Понятия не имею, — отозвался врач. — Может, открыли, чтобы проветрить помещения, краской пахнет невыносимо.

Конечно, запах сильный, и дверь могли открывать, чтобы не задохнуться, но, когда рабочих нет, логичнее ее все-таки запирать. Хотя больничные порядки мне неизвестны.

— Рабочие по выходным не приходят?

— Не знаю. Это вам лучше у завхоза выяснить.

— Он сейчас здесь?

— Возможно. Спуститесь в полуподвал, там его кабинет.

— Если не возражаете, мы бы еще раз заглянули в палату, где произошло убийство.

Врач опять пошел вперед, не отвечая. По дороге я приметила поллитровую банку с остатками какой-то жидкости и прихватила ее. В банке оказалась вода пополам с побелкой.

— Где это можно вымыть? — обратилась я к врачу.

Чувствовалось, что он сыт по горло общением со мной, но продолжал проявлять терпение.

— Вон там туалет.

Когда я вернулась из туалета, мужчин в коридоре уже не было, я нашла их возле дверей палаты.

— Если я больше не нужен... — сказал врач и, не дожидаясь ответа, зашагал в ординаторскую.

— Ну, что дальше? — спросил Сергеев.

— Стой возле двери, — вздохнула я, вошла в палату, достала из сумки платок, завернула в него банку и с размаха ударила ею по подоконнику. Дверь тут же открылась, и Сергеев спросил:

— Чего разбила?

Я продемонстрировала платок и выбросила осколки банки вместе с платком в мусорную корзину в туалете напротив.

— Звук был негромким, но ты услышал, — сказала я со вздохом.

— Потому что слушал. А парень что делал?

— Книжку читал.

— Вот-вот, — вздохнул Сергеев. — Да все правильно ты говоришь, — поморщившись, продолжил он. — Ясно, что мент куда-то отлучался, сам или попросил кто. И в окно киллер не влезал, зачем? Вон она дверь, рядом. Появился из коридора никем не замеченный и сразу в палату, сделал выстрел и опять нырнул в ту же дверь. Пост медсестры довольно далеко, со своего места обе эти двери она видеть не может, я проверял. Застрелив парня, киллер вышел на пожарную лестницу и спустился по ней. Кстати, с той стороны деревья и заросли сирени, идеальное укрытие.

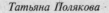

— Ну и что ж тогда ты мне голову морочишь? — хмыкнула я.

— Это не я, — покачал он головой. — Это наши общие друзья и коллеги.

— Скажи, что ты об этом думаешь?

— Ох ты, господи. — Он засмеялся, вышло зло, а вовсе не весело. — Я думаю, это убийство никому не интересно. Я бы даже подумал, что тебя мне специально подсунули, чтобы мы толком ничего не искали, если б не одно «но».

— Какое?

— Вешняков отзывается о тебе как об исключительно порядочном человеке. И вообще, бытует мнение в народе, что ты на нашу власть плюешь с высокой башни и все делаешь по-своему. Правда?

— На них, пожалуй, плюнешь, — хмыкнула я. — Слюной подавишься.

— Тоже верно. Короче, тебе лучше знать, почему профессионалы говорят откровенные глупости и не замечают очевидных вещей.

— Ты с персоналом беседовал?

— Конечно. Никто ничего... У меня даже сложилось впечатление, что их кто-то проинструктировал и граждане чего-то опасаются.

— Шутишь?

— Если бы... Но это лишь мое мнение, которое не так уж много значит, как выяснилось. Я носом землю рыть не буду, а ты попробуй, если хочешь.

— Чего ж сам-то?

— А тебе Вешняков не рассказывал? Нет? Ну так

спроси у него, как меня парни в костюмах уму-разуму на всю жизнь научили. Могу и сам рассказать.

— Без надобности, — вздохнула я. — Догадаться не трудно. Ладно, извини, что испортила настроение в субботний день. Отдыхай.

— Премного благодарен. — Он протянул мне сложенный лист бумаги. — Здесь краткие сведения обо всех опрошенных. Мент в списке идет первым. Далее медсестра, на нее я бы тоже обратил внимание. Ну и еще несколько граждан.

— Личность убитого так и не установили?

— Ты бы об этом первой узнала, — хохотнул Сергеев. — Нет, не установили. Хотя на предплечье у него типично уголовная наколка. И на пальце. Думаю, привлекался. И в местечке его интересном подобрали, неподалеку пивнушка, где собираются бывшие зэки. Тебе туда, конечно, лучше не соваться, но если есть кое-какие связи... Ладно, я пошел. — Сергеев пожал мне руку и направился к выходу из отделения, а я пошла разыскивать медсестру, которая дежурила в вечер убийства.

Медсестра оказалась дородной женщиной лет сорока. Я по опыту знала, как недоверчивы бывают такие тетки, и мысленно вздохнула. Однако женщина, взглянув на мое удостоверение (документы у меня имеются на все случаи жизни, иногда близость к сильным мира сего идет на пользу), приветливо улыбнулась.

— Меня уж обо всем расспрашивали. Да я и не видела ничего, если честно. Ужас-то какой, — вздохнула она. — Теперь по ночам дежурить страшно, сидишь здесь одна на все отделение.

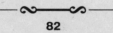

— А почему одна? — поинтересовалась я, устраиваясь напротив.

— Так ведь людей не хватает. У нас, к примеру, вместо двенадцати сестер только девять. Вот и приходится друг за друга дежурить. Раньше разрешали по две ставки брать, так и работали, а сейчас полторы, ну и кто тут за копейки надрываться будет?

— Вчера вы тоже одна дежурили?

— Нет. До девяти мы втроем, а уж ночью по одной остаемся.

— Вы из отделения не отлучались?

— Нет. Да и незачем мне было. Татьяна иногда к соседям ходит чай пить, а я не любительница.

— Отсюда дверь палаты не видна, значит, вы не можете сказать, был охранник все время на месте или...

— Он из отделения ни ногой. Ответственный. Очень жаловался, что покурить нельзя. Мучение, говорит.

— Да, представляю. Может, он в туалет покурить ходил?

— Нет, что вы, у нас строго. И я бы запах сразу почувствовала. У меня, знаете, в семье никто не курит, так я на табак всегда реагирую.

— Значит, не курил. Но ведь парень мог выйти на лестничную клетку, а вы бы не увидели.

— Мог, конечно. Но говорю же, он ответственный. Приятель к нему зашел, так он и тогда из отделения не вышел.

— Какой приятель?

— Да откуда ж мне знать? Окликнул его кто-то.

— Вот об этом прошу вас поподробнее, — насторожилась я.

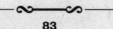

— Да о чем говорить-то, я и не знаю. Я укол делала в четырнадцатой палате, дверь была приоткрыта, я и услышала, как они разговаривают.

— Милиционер и его приятель?

— Выходит, что так. Он его назвал «Юрик». А мы уж к тому времени познакомились, и я знала, что так парнишку зовут, ну, милиционера этого. Значит, его звали.

— Почему его? Может, кого-то из больных?

— У нас нет больного с именем Юра. У меня память хорошая, я всех быстро запоминаю.

— Его мог окликнуть кто-то из больных. Ведь у вас в отделении посещение разрешено до шести, а было гораздо позднее, и посторонних в отделении быть не могло.

— Разрешено, конечно, только до шести, но, если честно, приходят и позднее, мы на это глаза закрываем, если не устраивают концертов, как на днях в одиннадцатой палате. До двенадцати часов с коньяком и песнями. Хорошо, хоть девиц не привели.

— А кто у нас в одиннадцатой палате? — улыбнулась я.

— Шохин. Говорят, из этих... — Тут дама закатила глаза и склонила голову набок, понимать это можно было как угодно, оттого я и задала наводящий вопрос:

— Из бандитов, что ли?

— Ну... из бизнесменов. А рожа у этого бизнесмена такая, что вечером на улице встретишь, перекрестишься. Хотя он, в общем-то, тихий и не привередливый. В тот раз к нему друг приехал из Грузии, вот они коньяка выпили и заголосили, голосил-то друг, ну а Шохин утром всем сестрам конфет, врачам коньяк, а шофер его телевизор привез, вон он стоит. Подарок.

— Выходит, неплохой человек этот Шохин, — улыбнулась я.

— Выходит. Да я о нем просто к слову вспомнила... А чего это я о нем заговорила? — нахмурилась она. — Хоть убей, не вспомню, а вроде память хорошая.

— Память у вас и правда хорошая, а вспомнили мы его потому, что нашего Юру-милиционера кто-то окликнул и я предположила, что этот «кто-то» из больных, потому что для посетителей время уже было позднее.

— Может, и из больных, но я сильно сомневаюсь, — покачала головой женщина. — Он тут особо ни с кем не разговаривал, потому что на посту. Да и окликнули его по-дружески... Знаете, вроде бы не виделись давно.

— Просто окликнули по имени или что-то еще сказали?

— Вроде бы что-то в самом деле говорили, но я сейчас уже не вспомню точно, я ведь не очень прислушивалась.

— Но Юра ему ответил?

— Да. Разговаривали точно, хотя о чем, не скажу.

— А время, когда это случилось, помните?

— Конечно. Я ж Абрамову укол делала. Вот и в журнале...

Тут выяснилось, что укол Абрамову делали как раз минут за двадцать до нашего появления в больнице. Примерно тогда неизвестного и застрелили. Это могло быть совпадением, но лично у меня такие совпадения вызывают недоверие.

— А где палата, в которой лежит Абрамов? — спросила я.

— Четырнадцатая палата. Идемте, я покажу.

Мы прошли к палате, и рассказ медсестры показался мне еще интереснее.

— Где, по-вашему, стоял человек, который окликнул Юру?

— Ну... в коридоре, конечно.

— Справа, слева?

— А я ведь шаги слышала, — обрадовалась женщина. — Точно, но никого не видела. Выходит, мимо палаты не проходили.

— Значит, человек был примерно здесь?

— Наверное. Встань он дальше, вряд ли бы я их услышала.

Я огляделась. Неподалеку от двери в палату стена образовывала выступ, небольшой, что-то около метра, его украшал горшок с цветком, довольно безобразным на вид, возможно, на растение плохо действовал больничный воздух, выглядело оно тоже больным. Рядом с выступом — дверь одиннадцатой палаты и выход из отделения. Я прикинула расстояние до палаты реанимации. Что ж, очень похоже, что я на верном пути. Юру кто-то окликнул, он подошел, а в это время киллер спокойно проник в палату, пользуясь тем, что медсестра отсутствовала. Впрочем, с того места, где расположен ее пост, она бы все равно не смогла его заметить. Теперь у меня есть шанс узнать от Юры, с кем он здесь беседовал.

— Очень хорошо, — пробормотала я.

Юра утверждал, что пост не покидал. Возможно,

забыл, что отлучался. И в самом деле мог забыть. Опять же, по его мнению, он пост вроде бы и не покидал, раз находился тут же, в коридоре. Однако мог и не забыть, а сознательно утаить сей факт. Вот это мне и предстоит выяснить.

— Спасибо вам большое, — улыбнулась я женщине.

— Да не за что, — пожала она плечами.

По дороге к машине я заглянула в бумаги, что дал мне Сергеев. Климов Юрий Витальевич проживал на проспекте Космонавтов. Туда я и отправилась, не особо, впрочем, надеясь застать парня дома, все-таки суббота и погода прекрасная. Я предалась размышлениям на тему: что за радость парням в костюмах, как изысканно выразился Сергеев, мутить воду в таком деле? Радость должна была быть большой, иначе не срастается. Хотя, с моей точки зрения, пока здесь вообще ничего невозможно понять.

Дед вроде бы дал «добро» на мое участие в деле. Иными словами, он желал бы знать, что происходит, а чтобы ответить на этот вопрос, необходимо выяснить, кто и по какой причине убил этого несчастного парня. О причине я более-менее догадываюсь, если убиенный всерьез говорил о киллере и медсестре не показалось, а ему не привиделось в бреду. Но если спецслужбы не желают замечать очевидных вещей, следовательно, у них есть свой интерес. Какой? То есть, по большому счету, мне это по фигу, но если это имеет отношение к Деду, то уже нет. Спецслужбы тоже ходят под богом, и Дед об их деятельности обязан знать, однако он дал мне задание, идущее вразрез с их интересами. Либо старый змей по обыкновению мудрит и затевает чрезвычайно сложную комбинацию, которую я, по скудоумию, разгадать не берусь, либо получается страшненько: кто-то действительно задумал его убрать. Причем этот «кто-то» так могуществен, что не только имеет связи в соответственных кругах, но и может их задействовать, наплевав на то, что Дед местный бог. Тогда реакция Деда вполне естественна, он хочет, чтобы расследованием занялась я, потому что никому не может доверять.

Я даже не знала, какая из версий мне не нравится больше. Тут я очнулась от тяжких дум, потому что свернула на проспект Космонавтов. Нужный мне дом оказался возле универмага, я въехала во двор и без труда пристроила машину. Двор, куда выходили подъезды двух девятиэтажек, был пуст, если не считать «Москвича», притулившегося возле кустов сирени. Но, судя по внешнему виду, ему уже лет тридцать, и десять из них он стоит здесь, как крейсер «Аврора», на вечной стоянке. Народ еще вчера рванул на родные дачи, так что город непривычно тихий, а дворы пусты.

Я подошла к подъезду, с опозданием вспомнив, что код подъездного замка мне неизвестен. Но тут выяснилось, что замка на двери нет, то есть он был когда-то, но теперь вместо него в двери зияла дыра. Я решила рассматривать это как намек на везение.

Лифт не работал, но Юра жил на четвертом этаже, так что на судьбу жаловаться не стоило. Вскоре я звонила в дверь, прикидывая, повезет или нет. За дверью раздались шаги, затем щелкнул замок, и дверь приот-

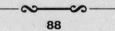

крылась. В образовавшуюся щель на меня недобро смотрел Юра.

— Чего надо? — спросил он. Потом, должно быть, узнал меня, не подобрел, но заговорил вежливее: — В чем дело?

— Дело все в том же, — вздохнула я и добавила: — Поговорить надо.

— Так уже... Выходной сегодня, и я плохо себя чувствую.

— Я тоже. Но поговорить все равно надо.

— Ладно, заходите, — буркнул он и распахнул дверь.

Я вошла в узкую прихожую, парень направился в кухню, и я за ним. На столе следы вчерашнего застолья. Соображали, судя по количеству посуды, на двоих, пепельница полна окурков, запах отвратный, форточка была открыта, но толку от нее мало, погода теплая и безветренная.

Юра поспешно собрал посуду в мойку, переставил пепельницу на подоконник и устроился за столом, хмуро поглядывая на меня.

— В одиночестве дни коротаете?

— Сейчас один. А что, это так важно?

— Нет. Обычное любопытство, — пожала я плечами. Конечно, мой визит утром, да еще когда парень страдает с перепоя, не бог весть какая радость. Но Юра как-то чересчур враждебно держался, что наводило на мысль: его что-то беспокоит.

— Неприятности у меня, — точно отгадав мои мысли, буркнул он. — Доказывай теперь, что от палаты ни на шаг... все равно не поверят. Не усмотрел, значит, виноват. А как усмотришь, если он в окно? Я же в коридоре, а не в палате...

— И вы не слышали, как разбилось окно? — спросила я. Он поморщился, вероятно, этот вопрос ему задавали раз двадцать.

— Не слышал. Не могу понять, как это произошло. В палате было тихо, как в могиле. Я же у двери сидел, должен был слышать.

— Может, так увлеклись книгой...

— Допустим, увлекся. Допустим, не услышал бы шорох, но стекло...

— А может, убийца проник в палату не через окно?

— Это уж вовсе чепуха. Зачем тогда стекло выбивать?

— Чтобы подумали, что это чепуха, — улыбнулась я.

— Ага, — он усмехнулся, потом поморщился, встал, налил себе кружку воды из-под крана и выпил. Счастье в его лице не угадывалось, но парню стало немного легче. — Я не услышал, как разбилось стекло, и даже не увидел, как убийца прошел мимо меня. — Тут он нахмурился, посмотрел на меня с сомнением и одновременно с надеждой и спросил: — Вы что, думаете, это врач? Или медсестра? Это кто-то из них застрелил, да?

— Честно говоря, такая мысль не кажется мне особо перспективной. Скажите, а когда вы отлучались в туалет, кто присматривал за палатой?

— Ясно, куда вы клоните, — покачал он головой и ядовито продолжил: — Когда я в туалет отлучался, у этого типа в палате была медсестра. Оба раза отлучался, когда она ему уколы делала. А курить не ходил. В туалете запрещено, можно только на лестнице. Приказ я не нарушил и поста не покидал. Уши пухли, так курить хотелось, но я терпел.

— Значит, вы все время сидели и читали книгу. Уверена, книга интересная, но читать несколько часов подряд все-таки утомительно.

— А что еще делать?

— Ну... можно с кем-нибудь поболтать. С медсестрой или с каким-нибудь знакомым.

Он собирался ответить, но вдруг замер, глядя на меня настороженно и с тревогой. И тут в глубине его глаз появился страх. Парень попытался его скрыть и даже отвернулся, делая вид, что ищет сигареты, но это не помогло. Он был напуган и сам понимал, что не сумел скрыть этого.

— У медсестры для болтовни особо времени нет, — наконец ответил он. — Да и не любитель я болтать.

— Но со знакомым все-таки о чем-то поговорили. Поздоровались, узнали, как дела. Так ведь?

— Чего-то я не пойму, — сглотнув, спросил он и сделал попытку разозлиться, но даже на это его не хватило, Юра уперся взглядом куда-то в пол и задумался.

— Чего же тут не понять. Кто-то из ваших знакомых случайно проходил мимо, увидел вас, окликнул, и вы подошли к нему...

— Кто это вам сказал? Что это еще за выдумки? Никуда я не ходил, и никто меня не окликал.

— Вот это вы напрасно, Юрий Витальевич. Вы мне лучше скажите, что это за знакомый в больнице оказался?

— Да не было никакого знакомого... Да если бы

был, что вы думаете, кто-то прошел бы мимо меня в палату, а я бы не заметил?

— Нет, конечно, заметили, если бы мимо проходил. Вы как стояли к палате, спиной или боком?

— Где стоял? — спросил он презрительно.

— В коридоре. Где выступ и окно рядом. Помните? Так как вы стояли и, главное, с кем?

Какой-то миг мне казалось, что он ответит, но он нахмурился, посмотрел на меня с ненавистью и сказал:

— Не знаю, откуда у вас такие сведения, но, по-моему, вы меня на испуг берете, проверяете. Так вот, ни с кем я не стоял и никакого знакомого не видел. И вообще, сегодня у меня законный выходной, и я...

— Да-да, конечно, — согласилась я, поспешно поднимаясь с табурета. Парня надо было дожимать. — Только ты сам мент, законы знать обязан, а также понимать: сокрытие от следствия фактов, способствующих раскрытию преступления... дальше ты помнишь. Так что подумай. Разумеется, есть другой вариант: ты в сговоре с убийцей, оттого и звон стекла не услышал. То есть предпочел не услышать. Что тебе больше нравится? Подумай и позвони мне.

Я направилась к выходу, Юра шел за мной, у двери он не выдержал и заговорил:

— Зря вы так, честное слово, я от палаты ни шагу.

— Ты бы мне имя назвал, — вздохнула я. — Просто скажи имя. И будем считать, что ты в самом деле ни при чем.

— Да вы что, — делано засмеялся он. — Никого не было. Честно.

— Юра, — я притормозила возле двери и с печалью

взглянула на него, — они ведь тебя уберут. Соображаешь? В противном случае есть шанс, что ты в конце концов все расскажешь. Хороший свидетель — мертвый свидетель. Это классика.

— Должно быть, вам толстуха чего-то наболтала, — быстро сказал он. — Медсестра эта, да? У нее язык как помело. Только имейте в виду, она все выдумывает...

— Хорошо, если так, — кивнула я. — Значит, мне не придется беспокоиться о твоей безопасности. Постарайся жить долго, — оптимистично пожелала я на прощание, протягивая ему свою визитку. — А если вдруг поумнеешь, позвони. Хорошо?

Я вышла из квартиры и направилась к лестнице. Дверь за моей спиной не хлопнула. Юра продолжал держать ее открытой и смотрел мне вслед. Я шла не торопясь, очень надеясь, что здравый смысл победит. Но глупость, как ни печально, в очередной раз восторжествовала. Он предпочел молчать.

Оказавшись в машине, я выехала со двора, однако покидать квартал не спешила. Объехала по кругу и пристроила машину с другой стороны двора за детской площадкой. Я не знала, куда выходят окна Юриной квартиры, и не хотела рисковать. С моей точки зрения, парень сейчас должен связаться со своим знакомым. Судя по его беспокойству, запугивала я его не зря и он впечатлился. Я набрала номер домашнего телефона Юры и смогла убедиться, что он занят.

— Интересно, — буркнула я, за неимением Сашки вынужденная говорить сама с собой.

Разумеется, Юра мог удовлетвориться беседой по телефону, но большинство людей предпочитают важные вещи по телефону не обсуждать, так что я решила выждать и посмотреть: не захочется ли Юре нанести кому-нибудь визит? Через двенадцать минут подъездная дверь распахнулась, и появился Юра. С решительным видом он направился к тому самому «Москвичу», который я не так давно списала в металлолом, сел в кабину, и, к моему величайшему удивлению, машина не только заработала, но и весьма ходко покинула двор.

— А еще говорят, что у нас машины делать не умеют, — прокомментировала я необычайную резвость реликта и отправилась следом, стараясь держаться от Юры на расстоянии.

Итак, Юра двигал в сторону северного района, а я пристроилась за ним. Вскоре мы прибыли к убогого вида пивной со странным названием «Альпинист». С моей точки зрения, сочетать экстремальные виды спорта с пивом вещь не только бесперспективная, но и опасная, однако тот, кто придумал это название, наверняка думал иначе.

Юра бросил машину возле гастронома напротив и поспешно вошел в пивную, теперь он нервничал даже больше, чем в тот момент, когда покидал подъезд своего дома. Мне соваться в пивнушку было неразумно, на меня там сразу же обратят внимание, потому я осталась в машине, хотя и изнывала от любопытства.

С интервалом в три минуты появился джип, который пристроился перед «Москвичом», из машины вышел дюжий молодец, пнул переднее колесо ногой, неодобрительно взглянул на «Москвич» и не спеша направился в пивную. Только старая привычка, которая, как известно, вторая натура, могла привести обладателя такой машины в подобное заведение: значит, не всегда он раскатывал на дорогих иномарках, доводилось и пешочком передвигаться, и разбавленного пивка отведать. Почему-то я была уверена, что этот молодой человек прибыл на встречу с Юрой.

Выждав минут десять, я решила проверить свою уверенность и с этой целью отправилась через дорогу. Окна в пивной отсутствовали, то есть они когда-то были, но, так как находилась она в подвале и окна оказались ниже асфальта, их закрыли зелеными щитами с надписью: «Хочешь пивка? Заходи». Я не хотела, но зашла. Прямо напротив входной двери располагался туалет и пахло здесь соответственно. Справа был небольшой зал, столов на десять, стойка, за которой с гордым видом стоял молодой человек в кепке с точно такой же надписью, как и на щитах. Юру я заметила не сразу, его закрывала от меня широкая спина обладателя джипа, что я сочла несомненной удачей, Юру я видела, а он меня нет. Я поспешила покинуть заведение, пока кто-нибудь из сидящих за столом не обратил на меня внимание.

Вернувшись в машину, я настроилась долго ждать, решив, что разговор у ребят будет долгим. Но я ошиблась. Не прошло и десяти минут, как на улице появился здоровячок, а вслед за ним и Юра. Они пожали друг другу руки, расселись по машинам, джип лихо развернулся и скрылся с глаз. Юра не спеша поехал к дому. Выражение лица, когда выходил из пивной, он имел умиротворенное, следовательно, мордастый его утешил. Теперь сомнения меня оставили: Юра имеет прямое отношение к убийству. Мое внимание ему не понравилось, и он поспешил к друзьям, то есть к другу, пожаловаться на мою назойливость.

На светофоре я свернула вправо, решив двигать по параллельной проспекту улице. Во мне созрело желание еще раз поговорить с Юрой, но для начала я хотела убедиться, что у него не назначено других встреч. Если бы я не свернула на Чехова, запросто могла бы проглядеть «хвост»: машины появились из переулка, одна пристроилась за Юриным «Москвичом», ребята на другой страховали первую. Не скажу, что профессионально, но вполне толково.

— Опа, — сказала я, потому что мой сценарий слегка перекосило.

Парни, что сидели в машинах «сопровождения», к спецслужбам или милиции отношение иметь не могли, те работают иначе. Зато они могли иметь отношение к мордастому на джипе, и тогда для Юры ситуация складывается весьма плачевно. Я решила не рисковать, обогнала «Москвич», посигналила, предлагая притормозить. Юра принял предложение весьма неохотно. Я вышла из машины и направилась к нему, преследователи поспешно скрылись в переулке. Юра открыл окно, а я сказала, наклоняясь к нему:

— Не возражаешь, если мы немного поговорим?

— Говорили уже, — ответил он нервно, с неприязнью глядя на меня. Красивую девушку, каковой я, несомненно, являюсь, такое пренебрежение больно ранит.

— Точно, — кивнула я. — Но в прошлый раз ты мне так ничего и не рассказал о своем друге.

— Каком? — нахмурился он. Его взгляд нервно метался по сторонам, чувствовалось, что он лихорадочно соображает, что же теперь делать. Я обошла машину и уселась рядом с ним.

— Мне бабушка всегда говорила, — начала я со вздохом, — не умеешь, не ври. И ты завязывай.

— Я не вру, — огрызнулся он.

— Ага. А чего тебя тогда ребятишки пасут?

Он хотел презрительно усмехнуться, но вместо этого заволновался.

— Какие ребятишки? — спросил он, помедлив.

— Юра, кто тебя в больнице от паренька в палате отвлекал? Этот мордастый, с которым ты сейчас встречался?

— Встречался, ну и что? Что, уже нельзя пива в выходной попить?

— Можно даже водку, — вздохнула я. — Юра, ты же мент, ну так начинай соображать, что к чему. Тебя заранее предупредили, что от двери в палату надо отойти, или ты в самом деле доверчиво отправился поздороваться с другом? Одно несомненно: тебя пасут. Догадайся с трех раз: с какой целью?

— Кто меня пасет?

— Тебе лучше знать. Пасут на двух тачках, — глядя в окно, ответила я. — Номера назвать? Заметив меня, они нырнули в переулок. Но вряд ли надолго. Ты понимаешь, что это значит? Сообщники вы или ты попался, как распоследний лох, но ты им теперь не нужен. И они от тебя избавятся. А чтобы этого не произошло, для того, чтобы данная затея была лишена смысла, тебе надо срочно отправиться в милицию и дать показания: кто отвлекал твое внимание в больнице и прочее, прочее. Я толково объясняю?

— Подождите, — он в отчаянии замотал головой, точно пытался избавиться от некой мысли, как от назойливой мухи. — При чем здесь...

— Как дружка зовут? — перебила я. — Я ведь все равно узнаю, раз тачку видела, да и рожа у него характерная...

— Это в самом деле мой друг, — заторопился Юра. — То есть приятель... хороший знакомый. Мы в одной школе учились и жили рядом. Вот иногда встречаемся, чтобы пива выпить. Что здесь такого?

— Ничего. В больнице он был?

— Допустим, был. Я же от палаты отошел всего на несколько метров и почти все время за дверью следил.

— Про «почти» расскажи, — ласково попросила я.

— Что?

— Ты почти все время следил за дверью, — терпеливо повторила я его слова. — А когда не следил, что делал?

— Да Славка мне часы показал, купил часы за штуку баксов.

— Это первый раз. А второй?

— Второй? Ничего. Попрощались, и все.

— Когда прощались, ты, конечно, смотрел другу в лицо, а не на дверь?

— Послушайте, Славка здесь совершенно ни при чем. Я тоже о нем плохо подумал, ну когда вы пришли и стали выспрашивать. Вдруг, думаю...

— Ты ему позвонил, он назначил тебе встречу и просил не переживать. Мол, он совершенно ни при чем и вообще — ни слухом ни духом. И зачем ему какой-то мужик, который неизвестно откуда взялся. И рассказывать о вашей встрече не стоит только по одной причине: чтобы избежать неприятностей, к нему менты цепляться начнут, а тебе, чего доброго, пришьют соучастие. Так?

Юра сидел молча, не шевелясь, но и без слов было ясно, что именно об этом и говорил ему мордастый.

— Что ж ты темный какой, — вздохнула я. — А еще мент. Дружок твой к тебе поехал, но перед этим кое-кому шепнул, куда направляется. Вели тебя от самой пивнухи, и знаешь зачем? Неужто даже не догадываешься? — удивилась я. — Так вот, пасут они тебя с одной целью, чтобы избавить себя от хлопот при первом же удобном случае. А дружок твой будет отсиживаться в общественном месте, чтобы на момент твоей безвременной кончины иметь твердое алиби.

— Он мне сказал, если хочешь, можешь рассказать своим, что я там был. Просто, мол, не советую, потому что теперь будут крайнего искать, и крайним можешь оказаться ты.

— Как Славина фамилия? — спросила я.

— Кислицын, — неохотно ответил Юра.

— А чем он занимается?

— Бизнесом, — теперь отвечать ему и вовсе не хотелось.

— С таким-то лицом? — присвистнула я.

— А что, он боксер...

— Юра, я же все равно узнаю, уже сегодня...

— У него своя бензозаправка, но, конечно, болтали всякое...

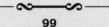

— Ага. А в больнице он как оказался? Захворал или навещал соседа по бензоколонке?

— В одиннадцатой палате его босс лежит. Шохин. Слышали, наверное?

— А у него какой бизнес? — Юра отвернулся. Я вздохнула. — Ладно, не буду сыпать соль на твои раны. Поедем в милицию, где ты все как есть расскажешь. Под протокол. Тогда ребятишки к тебе интерес потеряют и начнут о своей заднице думать.

— Да не верю я, что Славка...

— Для мента ты чересчур сентиментальный, — удивилась я. — Короче, так, ты мужик, к тому же мент, водить тебя за руку я не собираюсь. Хочешь испытать судьбу, валяй. Но я бы не советовала.

— Что ж мне, в субботу с похмельной рожей... До понедельника нельзя подождать?

— Как знаешь. — Я вышла из машины, посмотрела на него и добавила: — Поезжай сейчас.

Вряд ли он последовал моему совету. Итак, дело вроде бы сдвинулось с мертвой точки. По крайней мере становится понятно, каким образом был убит неизвестный. Некто Слава отвлек милиционера, а в этот момент его сообщник проник в палату и пристрелил недобитого врага. Если Шохин действительно из криминала, то бандиты, скорее всего, таким образом решают свои проблемы, до которых мне дела нет. Криминальный авторитет, имени которого я до сей поры никогда не слышала, вряд ли замахнется на Деда, даже если ему изрядно прижмут хвост. Так что, похоже, «много шума из ничего», бандитские разборки. Нашли

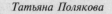

безымянного страдальца в весьма подходящем для него месте, так что все сходится.

В схему не укладывается лишь повышенная нервозность Ларионова. С чего это он так перетрусил? А еще — стойкое нежелание господ в костюмах видеть очевидные вещи. Ларионов создание глупое, хоть и зловредное, боится за свое место, вот и перестраховывается, а «костюмы» могли иметь свои виды на Шохина. Решив все это, я с облегчением вздохнула. Вот тут-то и выяснилось, что беспокойство за жизнь Деда все же имело место и отравляло мне выходной. Теперь ничто не мешало отдохнуть до понедельника, а там с божьей помощью я быстро разберусь с этим убийством и смогу отрапортовать Деду, что у нас по-прежнему все спокойно.

Я позвонила Сергееву и сообщила ему о беседе с Юрой.

— Парень не спешит в ваши объятия, — заметила я, печалясь по поводу чужой несознательности. — А отношение у этих людей к нему серьезное. Ты бы выделил кого-нибудь для охраны.

— Я ему выделю, — грозно ответил Сергеев. При этом он жевал. Как видно, у него с личной жизнью был порядок, выходной проводил в кругу семьи, и мой звонок энтузиазма у него не вызвал.

— Чего ты, — вздохнула я. — Предотвратишь преступление и парочку ребят хоть на время определишь за решетку, где им самое место. Ладно, дело ваше, — вновь вздохнула я, так и не дождавшись благодарности.

Тут я взглянула на часы и заторопилась домой. Тагаев не звонил, но это вовсе не значит, что ему очень нравится сидеть весь день дома, ожидая, когда я наконец появлюсь.

Однако дома меня никто не ждал. Сашка не вышел в холл продемонстрировать унылым видом свое отношение к тому, как я провожу свой выходной, и Тагаев на мой зов не откликнулся. Оба покинули квартиру, но, судя по Сашкиной миске в кухне и тапочкам Тагаева в холле, все-таки не навсегда.

— И поделом мне, — сказала я, плюхнувшись в кресло перед телевизором. Можно, конечно, позвонить, но не хотелось. Терпеть не могу чувствовать себя виноватой, а сейчас как раз такой случай.

Я включила телевизор и немного поскучала, глядя на экран.

— К Вешнякову придираешься, а сама не приспособлена для семейной жизни, — буркнула я и попробовала сосредоточиться на том, что происходило на экране. Однако через пару минут поняла всю бесполезность этой попытки. Если уж мне нечем занять себя в выходной, стоит выяснить, кто такой Шохин. Было бы просто прекрасно, если бы заодно я узнала, что они не поделили с убиенным.

Я взяла трубку и набрала номер своего приятеля Алексея. Конечно, у него на субботу свои планы, но если он в городе, то немного поболтать со мной не откажется. Когда-то я оказала ему услугу, с тех пор он считал себя мне обязанным, а я этим бессовестно пользовалась.

— Привет, — отозвался Алексей.

— Привет. Хочешь пива?

— За компанию с тобой и бензин сгодится.

— А что, бензин тоже пьют? — насторожилась я.

— Да вроде еще нет. Я пошутил.

— Слава богу. Я боялась, что совсем отстала от жизни. Когда сможешь приехать?

— Часа через полтора. Встретимся в баре на Тракторной. Помнишь?

— Конечно.

Я повесила трубку и стала думать, как убить полтора часа. В конце концов отправилась в парк напротив, где бродила по аллеям, глядя себе под ноги. С Сашкой гулять не в пример интереснее. Прежде всего появляется смысл: я выгуливаю свою собаку. А что сейчас? На душе было скверно. Я достала мобильный и все-таки набрала номер Тагаева. Ответить мне не пожелали. И правильно. Я бы тоже не пожелала.

Я вернулась домой, выпила кофе и наконец с облегчением поняла, что пора отправляться на встречу с Алексеем.

Я приехала раньше, чем он, заняла столик в углу, заказала пиво и стала ждать своего друга. Вскоре Алексей появился в зале, махнул мне рукой и улыбнулся. Несколько лет назад он состоял в какой-то группировке (эта сторона жизни нашего города никогда меня особенно не волновала, и я о ней мало что знала), теперь у него авторемонтная мастерская, но связи в определенных кругах остались, оттого я и надеялась, что кое в чем он сможет меня просветить. Алексей подошел, поцеловал меня и устроился напротив.

— Извини, если нарушила твои планы, — на всякий случай сказала я. Он махнул рукой, что можно было понять двояко: и бог с ними, с планами, и «что с тобой поделаешь». Первое мне все-таки нравилось больше, и я на нем остановилась.

— Ну, что у тебя? — спросил Алексей. Принесли заказ, я придвинула к себе кружку и взглянула укоризненно.

— У меня пиво.

Алексей засмеялся.

— У меня тоже. Только не каждый день ты мне звонишь.

— Хочешь, я тебе и завтра позвоню?

— Хочу, — кивнул он. — А также послезавтра и всю оставшуюся жизнь. Но ты не позвонишь, а я хоть и грущу по этому поводу, но считаю это своим большим везением.

— Очень толково, — фыркнула я, выслушав эту речь.

— Уж как умею.

— И как я должна понимать вышесказанное?

— Ты женщина моей мечты, но мечта хороша на расстоянии, — засмеялся он. Мне вдруг сделалось обидно. В основном потому, что в его словах была некая правда, не в смысле мечты, а в том смысле, что человек я для совместного проживания малоприспособленный, оттого даже моя собака предпочла мне Тагаева.

— Насчет мечты в самую точку, — кивнула я.

— У тебя что-то случилось? — нахмурился Алексей.

— Шутишь? — усмехнулась я. — Что у меня может случиться?

— И все же?

— Моя собака ушла из дома с посторонним мужчиной. Ужас.

— Ладно, я не хотел совать нос в твои дела. Нечаянно получилось.

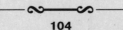

— У меня такое часто бывает, — кивнула я, и тема была закрыта. После паузы, в продолжение которой мы пили пиво, я спросила: — Ты что-нибудь знаешь об убийстве в больнице «Скорой помощи»?

— Нет, — покачал головой Алексей. — А в чем дело?

Я вкратце рассказала то, что знала сама, умолчав о Юре и его роли в этом деле.

— Про мужика, что отоварили в пивнушке на Герцена, я слышал. Один тип рассказывал, как там выеживался какой-то фраерок, ну, местные ему объяснили, что к чему.

Сообщение показалось мне очень интересным.

— Драка точно произошла в пивнушке?

— Ну... деталей я, конечно, не знаю. Если парень оказался в больнице, значит, сумел здорово разозлить тамошнюю публику. Если ты не в курсе, в пивнушке любят ошиваться те, кто недавно вышел из зоны. Хозяин сам из бывших зэков, точнее, заправляет всем его жена, та еще ведьма. Краденое скупает, наркотой снабдит... менты наверняка в курсе. Так что место самое подходящее для того, чтобы лишиться здоровья, особенно если нет ума вести себя прилично.

— А что ты знаешь о господине Шохине?

— Этот тебе зачем? — удивился Алексей.

— Он сейчас тоже в больнице, со здоровьем проблемы. Лежит, страдалец, по-соседству с палатой, где парня укокошили.

— Случайность, — подумав, отмахнулся Алексей. — И шпана иногда болеет.

— Что он за тип?

— Так... человечек... но любит строить из себя крутого. На самом деле всю жизнь на подхвате, то у одного, то у другого. Но один талант у него есть: как таракан, живучий. Умеет вовремя сменить хозяина.

— Как считаешь, он смог бы организовать заказное убийство?

— Борька? Смотря что называть заказным убийством. Если пальнуть какого-нибудь лоха с бабками, на это и его ребята годятся, а если что-то серьезное... нет и еще раз нет. Как бы Боря ни пыжился, он просто винтик, за ниточки дергает кто-то другой. А кто-то другой может Борю использовать, но по-настоящему серьезное дело ему не поручит. Конечно, ты понимаешь, я сейчас многого знать не могу, только вряд ли что-то изменилось. Вряд ли Боря стал лицом самостоятельным.

— А кто сейчас может дергать за ниточки этого Борю? — вздохнула я. Ответ неожиданно вызвал затруднение. Алексей взглянул на меня с неудовольствием, помялся, нахмурился и отвел взгляд. — Чего это тебя так ломает? — удивилась я. — Это что, страшная тайна?

— Сейчас он под Валей ходит, — наконец ответил Алексей.

— Кто такой Валя?

Тут он покачал головой и засмеялся:

— Валя — это Коваль Лев Сергеевич. Очень уважаемый в определенных кругах человек. К нему идут поступления с криминального бизнеса, от проституции до торговли арбузами.

— Арбузы что, тоже криминальный бизнес? — растерялась я.

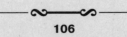

— Темнота, — хмыкнул Алексей. — Просто жалко тебя.

— Подожди, подожди, — замахала я руками, и в самом деле осознав всю свою непроходимую дремучесть. — А как же народная молва? Говорят, что в нашем городе всем эдаким ведает...

— Твой друг, — кивнул Алексей. — Точно. Народная молва права как всегда. Валя трудится на ТТ. Это знают даже дети, которые моют тачки на объездной дороге.

— Неужто и с детей деньги собирают? — сурово спросила я.

— А ты думаешь, миллионы легко наживаются? Копеечка к копеечке.

— А кто такой Миша Молчун? — озарило меня. Алексей вроде бы удивился.

— Так его на днях грохнули.

— Точно. Вот мне и любопытно стало.

— А Миша с какого бока в этом деле?

— Не знаю, но хотела бы знать.

— Молчун большой друг Вали и, разумеется, тоже работал на ТТ. Впрочем, здесь все на него работают, чтоб ты знала.

— Ага. И вот такого человека просто так взяли и шлепнули... — вздохнула я, наблюдая за Алексеем. Тот вновь нахмурился.

— Был слух, что с ТТ у них разногласия. Вроде бы ТТ не все в настоящем положении дел устраивает, и он кое-что решил изменить.

— И начал с соратников? — усмехнулась я.

— Сегодня соратники, а завтра... знаешь, как оно бывает.

Теперь загадочные взгляды, которыми обменивались мои друзья во время празднования юбилея Лялина, стали мне понятны. Берегли мою чуткую душу, не тревожили.

— А не могли его шлепнуть по другой причине? — спросила я.

— Вряд ли, — подумав, пожал плечами Алексей. — Тут бы такое началось. ТТ не из тех, кто позволит кому-то за милую душу отстреливать своих людей.

— Значит, по слухам, Молчуна завалил ТТ, а Шохин, переволновавшись, оказывается в больнице, неподалеку от палаты, где лежит доселе неопознанный паренек с затейливым бредом о киллере.

— ТТ киллер ни к чему, — покачал головой Алексей. — Молчуна убили возле дома, прямо в машине, он, видишь ли, шофера за сигаретами послал. Очень может быть, что шофер знал о том, что, вернувшись, хозяина в живых не застанет. Человек со стороны без надобности, свои пристрелят.

— Оптимистично, — кивнула я. Однако в отличие от Алексея вовсе не была уверена в том, что появление в больнице подручного некоего Вали совпадение. Очень сомнительно. Слава отвлек милиционера, чтобы киллер мог прошмыгнуть в палату: это можно считать фактом. Если едва живого парня поспешили убрать, значит, боялись, что кое-какая информация просочится. Она и просочилась. О том, что шептал парень в бреду, узнали, и это послужило причиной того, что ему не дали умереть своей смертью. Однако усомниться в словах Алексея у меня тоже повода нет. Со своими врагами Тагаев способен разобраться, задействовав собственные кадры. Это если речь идет о Молчуне. А если... Вот тут мне и сделалось не по себе. Что, если Дед такое развитие сюжета предвидел, оттого и предложил мне разобраться? Большое ему за это спасибо. Впрочем, сама напросилась, так что поделом мне, нечего совать свой нос куда не просят. Тагаев Деду необходим. Дед имеет свой процент с криминального бизнеса, при этом не может сам пачкать руки, а Тагаев человек проверенный. Тагаеву союз с Дедом тоже выгоден. Имея такого покровителя, он может чувствовать себя в полной безопасности. Допустим, Тагаев вызвал недовольство Деда, и тот решил его заменить. Мог Тимур в этом случае решиться на расправу с бывшим компаньоном? Если бы компаньон был простым смертным, безусловно. Но Дед у нас практически небожитель. Опять же, подвинуть Тагаева даже Деду совсем непросто, то есть это связано с определенными трудностями, которые будут все увеличиваться. Если верить Вешнякову, благодаря ТТ наш областной центр пережил эпоху передела собственности относительно спокойно. Стреляли самую малость и по великой необходимости. ТТ имел авторитет и, по большому счету, всех устраивал. Если он вдруг уйдет, на месте одного правителя появится десяток князьков, которые сразу же затеют грызню друг с другом. Это мы еще в школе проходили на уроках истории. Называется сие междоусобица. Для бизнеса это плохо, а про политическую обстановку в области и говорить нечего. Криминальные разборки Деду явно ни к чему. «Чепуха все это, — решила я. — Алексей прав, совпадение и ничего больше». Лучше не забивать себе голову страшилками, а найти убийцу и выяснить мотив, после чего жить себе спокойно.

— Спасибо, — сказала я Алексею. — Ты мне очень помог.

— Серьезно? Ну что ж, если так, то я рад.

Еще полчаса мы потратили на болтовню бесполезную, зато приятную. Алексей дважды взглянул на часы, стараясь делать это незаметно. Во мне заговорила совесть. У человека с личной жизнью порядок, и торчать в пивной весь выходной день ему без надобности.

Мы простились. Можно было ехать домой, я позвонила и убедилась, что дома меня не ждут. Перезвонила Тагаеву на мобильный, мне вновь не ответили. В общем, вместо того чтобы вернуться домой и пялиться в телевизор, я отправилась в пивнушку на Герцена, неподалеку от которой был обнаружен едва живой парень, которого поторопились застрелить в больничной палате.

Я не успела проделать и половины пути, как мне позвонили. Если честно, я надеялась, что это Тимур. Оказалось, Сергеев. Может, и у него напряг с личной жизнью?

— Так, — сказал он, в голосе деловитость, абсолютно несовместимая с выходным днем. — Докладываю. Вячеслав Иванович Кислицын, тридцать два года, ранее судимый, трудится в фирме «Светлана». Название-то какое придумали! Может, у Шохина подругу так зовут?

— Это ты меня спрашиваешь? — удивилась я.

— Короче, шпана из шохинских. Сам Борис Валентинович в больнице по важному делу, операцию мужику сделали, и, между прочим, довольно серьезную. Так что лежит на законных основаниях в отдельной палате, как и положено почетному гражданину нашего города. Братва навещает его ежедневно, в том числе и Кислицын захаживает.

— Ты с ним говорил?

— С Кислицыным? Побойся бога. Сегодня суббота.

— А наблюдение за Юрой организовал?

— Возле его дома двое ребят в машине. Довольна?

— Еще бы. Спасибо, что выполнил свою работу.

— Ой, как с тобой невесело. Удивляюсь, чего это Вешняков тебя любит.

— У меня есть достоинства. Будешь хорошо себя вести, я тебе о них расскажу.

— Лучше покажи.

— С удовольствием, но это строго по воскресеньям. Готов убить еще один законный выходной?

— А в понедельник никак нельзя?

— По понедельникам я обычно начинаю новую жизнь, в которой всяким ментам нет места.

— Понятно. Можно спросить, чем ты сейчас занимаешься?

— Пытаюсь сделать то, что должен был сделать ты.

— Слава богу. Без таких, как ты, Россия погибнет.

Я засмеялась, и мы простились. Я посмотрела на телефон в своей руке и, помедлив, еще раз набрала номер Тагаева. Ответить опять не пожелали.

Пивная не имела названия. Одноэтажное здание из красного кирпича притулилось в подворотне. Слева — обувная мастерская, справа — склад магазина «Трио», а между ними это чудо архитектурной мысли. Окна со ставнями, тяжелая дверь и небольшая площадка с натянутым над ней тентом. Под тентом с трудом умещались четыре стола из пластмассы. Пахло здесь скверно, вид тоже глаз не радовал. Чуть дальше начиналась улица Володарского, одна из старейших в городе, дома там тоже были старые, во многих давно никто не жил.

С улицы Герцена свернуть в подворотню было нельзя, пришлось двигать в объезд, повернуть возле банка, а потом еще колесить по переулкам. Возле мусорных баков была импровизированная стоянка, в настоящее время пустая. Моя машина необыкновенно украсила подворотню. Я немного прогулялась. Где точно подобрали парня, я не знала, но была уверена в одном: здесь где угодно можно пробить человеку голову без риска, что кто-то обратит на это внимание.

— До чего же место паршивое, — констатировала я, возвращаясь к пивной. Однако стоило миновать подворотню, и вас ожидала совсем другая картина. Особняки девятнадцатого века, огромное здание банка, вековые липы вдоль тротуара. Контрасты большого города.

Под тентом устроились двое парней. Не спеша пили пиво. Заметив, что я направилась к двери, замерли, приоткрыв рты. Должно быть, женщины здесь редкость или я не укладываюсь в их представление о настоящих женщинах.

Я толкнула дверь, сделала шаг и всерьез забеспокоилась о своем здоровье. Воздух в пивной был таким плотным, хоть ножом режь. Точнее, воздуха здесь не было вовсе, зато запахов хоть отбавляй. Пахло дешевым пивом, немытыми телами, мочой, табаком и черт знает чем еще. Глаза защипало, и я подумала, что без противогаза запросто могу хлопнуться в обморок.

Вдоль правой стены тянулся длинный стол, возле которого пристроились человек шесть мужчин. Ставни закрыты, свет с улицы сюда не проникал, его заменяли три лампы дневного света. От этого мужчины, что сидели за столом с остекленевшими глазами и испитыми лицами, казались клиентами морга.

Моя неуместность здесь была очевидна, так что не приходилось удивляться, что мое появление вызвало волнение. Все дружно уставились на меня, наблюдая, как я двигаю к стойке, которая с трудом угадывалась где-то впереди. Я прикинула, что произойдет раньше: я лишусь сознания или доберусь до стойки? Шансы примерно одинаковые. Возможности своего организма я недооценила: я не только добралась до стойки, я даже передумала падать в обморок, слегка привыкнув к вони. Этому способствовал тот факт, что за стойкой стояла женщина. Что может она, смогу и я.

Женщине на вид было около пятидесяти, высокая, дородная, с красивым хищным лицом и взглядом добермана. Белый фартук был кокетливо украшен кружевом, кстати, он был действительно белым, то есть чистым. Кофта с большим вырезом, грудь того и гляди выпадет. Женщина безусловно и не без оснований гордилась своим бюстом. В ложбинке между грудями на золотой цепочке пристроился изумруд, тоже выдающихся размеров. Стало ясно: передо мной сама хозяйка, о которой говорил Алексей.

— Здравствуйте, — вежливо сказала я, глядя на

женщину с большой приязнью. Она не ответила мне взаимностью, нахмурилась и спросила:

— Чего надо?

— Пиво есть?

— Есть. Но вы такое не будете.

— Чего ж вы всякой дрянью торгуете? — по-прежнему улыбаясь, спросила я.

— У меня хорошее пиво.

— Тогда, может, оно и мне понравится?

— Не понравится, — отрезала тетка и взглянула куда-то вбок. Оттуда материализовался молодой человек, ничем не выдающийся, если не считать синих от наколок рук, которые выглядели невероятно неряшливо. Парень оперся правой рукой на стойку и сказал, обращаясь ко мне:

— Деточка, ты что, не поняла, наше пиво не для тебя.

— Теперь поняла, — кивнула я. — Хорошо, бог с ним, с пивом, давайте просто поговорим.

— Ты дверь видишь или тебя проводить? — поинтересовался парень. Я кивнула:

— Можно и проводить, но лучше не торопиться. Еще лучше послушать, что я скажу, и желательно наедине. Не мне, вам желательно, — пояснила я женщине и улыбнулась, на этот раз совсем не ласково.

С полминуты мы пялились друг на друга, а паренек тосковал рядом, не зная, что предпринять, женщина на свое желание никак не намекнула, а своих у него не было.

— Ну, идем, — сказала она, когда я уже потеряла надежду услышать хоть слово. Приподняла верх стойки, распахнула дверцу, приглашая меня войти. Парень с недоумением на челе последовал за мной.

За стойкой была дверь в небольшую комнату, выглядевшую, в отличие от заведения, вполне прилично, мягкая мебель, стол на колесиках, а главное — кондиционер, который работал, поэтому здесь можно было дышать.

— Садитесь, — кивнула женщина, с сомнением глядя на меня. Парень пристроился в кресле и оттуда продолжал демонстрировать полное непонимание происходящего.

Я не торопясь достала удостоверение и протянула его женщине, но она интереса не проявила, кивнула и сказала спокойно:

— Я вас узнала. И что вам здесь понадобилось? Неужто больше делать нечего, как ходить по пивным и...

— Тут неподалеку от вас паренька нашли, — перебила я, решив сэкономить время. — Он меня очень интересует.

— Если ты из ментовки, — вдруг ожил парень, — так нам по барабану, кого здесь нашли, и вообще...

— Помолчи, — поморщилась женщина. Он хотел разгневаться, но передумал.

— Что за дела, а? — спросил он неуверенно.

— Как вас по отчеству? — повернулась ко мне женщина.

— Можно просто Ольга.

— А меня Зинаидой зовут. Это муж мой, Василий.

Честно говоря, последнее сообщение меня несколько удивило, парень годился ей в сыновья. Впрочем, это не мое дело. Кто в семье главный, было ясно без слов, и потому я целиком сосредоточилась на Зинаиде.

— Менты у нас были, — продолжила женщина. — Расспрашивали. Даже пугали. Мол, я краденое скупаю и все такое. Если в чем виновата, то пусть докажут. Я за свои грехи отвечу хоть перед людьми, хоть перед богом.

Я улыбнулась, давая понять, что ее слова мною поняты и оценены.

— Мало ли кто тут рядом валяется, — вновь вмешался Василий. — Нам что с того? Мы не в ответе за то, что на улице творится, а у нас в заведении тихо, и никаких к нам претензий.

— В зале есть кому за порядком присмотреть? — заботливо спросила я. — А то пока мы здесь болтаем...

— Вася, пригляди, — кивнула женщина. Василий с сомнением уставился на нее, но возразить не посмел, поднялся и не спеша покинул комнату, то и дело оглядываясь.

— Я думаю, женщинам легче понять друг друга, — заметила я.

Зинаида на это никак не отреагировала.

— Вам-то что за дело до какого-то мужика? — подумав, спросила она. — Ментам понятно, им надо галочку поставить, дело закрыть. А вам зачем?

— Вы знаете, кто я?

— Конечно, — с усмешкой пожала она плечами. Стало ясно: знает она много, и вряд ли то, что она знает, мне понравится, приди ей в голову мысль рассказать мне об этом.

— Хорошо, — кивнула я. — Это значительно упрощает ситуацию. Так вот, я бы хотела получить ответы на несколько своих вопросов. И была бы вам исключительно благодарна, если вы ответите на них искренне. Заметьте, совершенно конфиденциально, потому что вы верно заметили — к милиции я отношения не имею, так что никаких протоколов и прочего. Вы мне верите?

— Допустим.

— Если же вы по какой-то необъяснимой причине не захотите открыть мне душу, я обещаю, что приложу максимум усилий, и ваше заведение закроют в ближайшее время. Причину я найду, и не одну. А еще позабочусь, чтобы вы в этом городе никогда больше не получили лицензию. Впрочем, не только в городе. Это я поскромничала. В области. А в это вы верите?

— Верю, — кивнула женщина, глядя на меня совершенно спокойно, в лице ни намека на неприязнь. Я невольно прониклась к ней уважением. Умная. И с выдержкой у нее полный порядок. Впрочем, по-другому и быть не могло, иначе как бы она управлялась с местным сбродом. — Спрашивайте.

— Спасибо, — кивнула я серьезно, а она вроде бы удивилась, но лишь на мгновение. — Я знаю, что парень был в вашем заведении и кому-то пришелся здесь не по душе. Меня бы это совершенно не взволновало, не реши кто-то пристрелить его в реанимации. Вам об этом известно?

— Слышала, — пожала она плечами. — Мужики болтали. Никто в толк не мог взять, кому такое понадобилось.

— Вы этого парня хорошо знали?

— Нет. Один раз видела, а знакомиться мне с ним

ни к чему. Сюда пришел с Шелей. Шеля дурак, каких свет не видывал, особенно когда пьяный, а трезвым он не бывает. Пришли, выпили. Шеля стал цепляться к мужикам, те не обращали внимания, сколько могли, потом мой Васька вышвырнул его за дверь. Тут его дружок встал и давай права качать. Пушку вытащил, грозился всех перестрелять. У нас этого не любят. Вышвырнули его вслед за Шелей.

— Просто вышвырнули? — улыбнулась я.

— Просто вышвырнули. Но ведь он на этом не успокоился. Возможно, кто-то из мужиков так разозлился, что и пинка дал. Шеля — тот похитрее, сбежал, когда понял, чем дело пахнет, ну а этот...

— Кого он особенно достал?

— Есть тут один любитель кулаками махать. Трижды уже сидел за это самое дело, но ему все мало.

— У вас не сложилось впечатления, что кто-то попросил его об этом? — Женщина с удивлением взглянула на меня, вроде бы даже не поняв вопроса. — Я хочу сказать, не мог кто-то, воспользовавшись потасовкой, разделаться с парнем таким образом, чтобы это выглядело пьяной дракой?

Теперь женщина отнеслась к вопросу серьезно, наверное, вспомнив, что парня застрелили в больнице.

— Нет. Ерунда. Шеля цеплялся ко всем подряд. Наши этого придурка хорошо знают, и никто на него внимания не обращал. А этот на рожон полез, когда Шелю выкинули. Он меня своей матерщиной вконец достал. Не могу сказать, что я из благородных девиц, но всему должна быть мера. Ну я Ваське и сказала: убери отсюда эту пакость. — Тут женщина досадливо поморщилась, решив, что мужа упоминать не стоило. — Когда этот стал вопить, Васька ему сказал: «Сиди тихо, а то тоже пойдешь на воздух». Вот тут он пушку вытащил, да еще Ваге по зубам ею заехал. У того все зубы вперемешку на пол: и свои, и золотые. Вага у него пистолет выбил и давай его молотить. Тот на карачки, Вага его за шиворот и выбросил во двор. Тут бы все и угомонились, но этому дураку в грязи не лежалось, он в дверь ломиться начал. Шеля тоже осмелел, оба крик подняли. И тут нелегкая принесла дурака Сему.

— Это который трижды сидел?

— Ну... Он идет полупьяный, оттого особо злой, а парень этот его обозвал ни за что, да еще въехал по морде. А у Семы кулаки как кувалды, он и пошел его месить... Потом уж мужики поняли, что добром это не кончится, оттащили. Шеля еще раньше сбежал, а этот чуть живой. Выволокли его к гаражам. Я Ваську послала посмотреть, что с ним. Он вернулся, говорит, парень вроде не дышит. Ну, я испугалась, «Скорую» вызвала. Хоть и дурак, а все равно жалко. Пушка его до сих пор у меня спрятана. На всякий случай. Думала, вдруг явится. Теперь, конечно, не явится, — вздохнула она. — Но если вам интересно мое мнение, никто его здесь убивать не собирался. Пьяная драка. Здесь что ни день кто-нибудь кому-нибудь башку прошибет. Придурки. Убили его по другой причине, здесь не ищите. Только время потеряете.

— Что вы о нем знаете? Может, мужики что говорили?

— Зовут Генка, я слышала, его так Шеля называл. Приезжий. Сидел. Думаю, вместе с Шелей и сидел, оттуда и дружба. У нас здесь почти все сидели, но этот не из блатных. С пушкой таскается, разговор другой, да и вообще... часы дорогие, одет прилично, и деньги у него водились. Он скорее из этих, из братков. Наверняка от своих у Шели прятался, но они его нашли и пристрелили.

— Это так мужики говорят?

— Ага. Голову ломали, кому надо было огород городить из-за такого придурка. Вот и надумали.

— Что ж, очень может быть, что так оно и есть. Где найти Шелю? Как его, кстати, зовут по-человечески?

— Черт его знает. Шеля и Шеля. Они же как собаки, все по кличкам. Мой к имени года два привыкал, а все равно иной раз будто не слышит, а рявкни: «Пятерня», сразу уши торчком. Живет где-то на Пушкарской, точнее не скажу.

— Шеля после драки здесь не показывался?

— Нет. Он теперь недели две не появится. Может, и больше, если узнал, что дружка убили.

— Понятно. Пистолет где? — помедлив, спросила я.

Женщина встала и вышла из комнаты. Когда вернулась, в руках у нее был сверток.

— Что ж, — сказала я, поднимаясь. — Большое спасибо за то, что уделили мне время.

— Пожалуйста, — усмехнулась женщина, и мы вместе вышли в зал.

Василий устроился за стойкой и откровенно скучал. Увидев нас, насторожился, взглянул на жену, но, не обнаружив на ее лице следов недовольства, успокоился. Проводил меня взглядом, его примеру последовали все посетители. Взгляды были скорее любопытными, чем враждебными, но и против враждебных я не возражала, в конце концов, взгляды — это только взгляды.

Оказавшись на улице, я прикинула, как далеко отсюда Пушкарская. Вроде бы недалеко. Машину, пожалуй, лучше оставить здесь, дабы не привлекать лишнего внимания. Я направилась в переулок, поглядывая на редкие таблички на домах с названиями улиц. Наконец обнаружила нужную и свернула. Пушкарская улица небольшая, застроенная двухэтажными домами. По одной версии, здесь когда-то лили пушки, по другой — стоял какой-то полк, у которого эти самые пушки были в ходу. Не знаю, как раньше, а сейчас улица выглядела исключительно мирно. Липы, кусты сирени, акация в палисадниках. Тихие дворики, на скамейках старушки, сплошная идиллия. «Сашке бы здесь понравилось», — подумала я, а заодно принялась гадать, где сейчас мой пес.

Заглянув в один из двориков, я увидела компанию мужчин, игравших в домино под липой. Патриархальность здешних нравов умиляла. Я подошла и вежливо поздоровалась, мужчины при моем появлении смолкли и смотрели на меня с интересом.

— Я ищу Шелю, — сообщила я. — Кто-нибудь знает, где он живет?

— Кольку, что ли? — спросил самый старший.

— Наверное, — пожала я плечами.

— Да Колька, Колька, — кивнул его сосед справа. — Через два дома по этой стороне, первый этаж, там спросите.

Я поблагодарила и пошла дальше. Дом, где жил Шеля, тоже оказался двухэтажным, дверь единственного подъезда была распахнута настежь, но в подъезде было чисто, у двери постелен полосатый половичок. Я позвонила в ближайшую квартиру. Дверь открыла молодая женщина с ребенком на руках.

— Вам кого? — спросила она с удивлением.

— Николая. Не подскажете, в какой он квартире живет?

— Колька? — Она быстро оглядела меня с ног до головы, теперь удивление просто переполняло ее. — А вы кто?

— Я из милиции, — со вздохом сообщила я. Ребенок неожиданно заплакал, хотя до той поры был увлечен пластиковой рыбкой, а женщина вроде бы тоже приготовилась реветь вслед за ним.

— Чего он опять натворил?

— Может, мы поговорим в квартире? — внесла я разумное предложение.

— Скотина безмозглая, — прошептала женщина. — Ведь сколько раз ему говорила... Вы проходите, проходите, вот туда... — Она отступила в сторону, пропуская меня, и кивнула на дверь. — Вон он, красавец, отсыпается. Работать у него, видишь ли, здоровья нет, а пить да жрать сколько угодно. Убила бы сволочь... — Говоря все это, она трясла ребенка в надежде, что тот успокоится. — Да замолчи ты! — рявкнула на него женщина. — Вылитый папаша. Еще один алкаш на мою голову. — Мальчонка, которому от силы было месяцев десять, от такого прогноза разом присмирел.

На диване возле окна лежал мужчина лет тридцати, в трусах и одной тапке. Под головой вместо подушки почему-то был тулуп. В маленькой комнате, кроме дивана, с трудом уместились шифоньер, стол, с зажатой между ними детской кроваткой, тумбочка с телевизором и холодильник. Женщина положила малыша в кроватку и повернулась ко мне:

— Чего он натворил-то?

— Дружка его убили, — ответила я, оглядываясь. Женщина извлекла из-под стола табуретку и подвинула мне, сама села на диван, ткнув благоверного кулаком в бок, чтобы подвинулся.

— Это которого? — спросила она с интересом.

— Гену.

— Какого Гену? А, это который из Москвы приехал?

— Из Москвы, — кивнула я. — Давно он здесь объявился?

— В воскресенье. Ну, мой сразу и смылся. Я дверь заперла, так он в окно, сволочь. Первый этаж. Да он бы и со второго сиганул.

— А зачем Гена сюда пожаловал, не говорил?

— Так Гена этот местный. После отсидки в Москву подался, вроде у него там родственники. Хотя... черт их знает, пьяниц проклятых. Пришел, принялись обниматься, дело ясное, мой опять в запой сорвется. Я его в комнату запихнула, на ключ заперла и Гену этого отправила восвояси. Говорю, чтоб духа его не было. А Колька в окно. Явился с разбитой мордой. Вон, взгляните, до сих пор живого места нет. Лыка не вяжет, свалился у порога и до утра спал. Пока я с мальчишкой в поликлинику ходила, опять набрался и всю неделю точно невеляшка. Встанет, глазом не успеешь моргнуть, уже исчез, а является чуть живой. Разведусь я с ним, — вздохнула она. — Нет больше сил терпеть. Еще дружки эти... сам дурак дураком, а дружки форменная шпана.

— Про Гену он ничего не рассказывал?

— Какое там рассказывать, говорю, лыка не вяжет. А чего с Геной этим? Кто убил? За что? Мой-то дома ночевал, он, конечно, дурак, но зачем ему с дружком ссориться?

— Они драку в пивной устроили, ваш сбежал, а Гена в больнице оказался.

— Ох ты, господи. И что, умер? Но ведь мой-то не виноват...

— Я поговорить с ним хотела. Вы не знаете, где Гена в нашем городе остановился?

— В гостинице. В какой, не скажу, но слышала, как про гостиницу говорил.

— А фамилию его знаете?

— Генкину? Понятия не имею. У этого дикобраза что ни пьянь, то друг, всех запоминать памяти не хватит.

— А зачем он приехал, не рассказывал?

— Сейчас я разбудить его попробую, — вздохнула женщина. — Только это не так просто.

Она сняла с ноги мужа тапку и для начала огрела его по голове, он взвизгнул, но глаз не открыл. Тогда она поднялась и начала колотить его с невероятным рвением, увлекаясь все больше и больше. Я было решила, что он так и погибнет, не приходя в сознание, но Шеля вдруг ожил. Момент пробуждения явился полной неожиданностью. Шеля открыл глаза и заорал:

— Да я тебя, курва...

Женщина стремительно отпрыгнула, ткнула в меня пальцем и сказала:

— Милиция. Допрыгался, скотина.

Шеля перевел мутный взгляд на меня и спросил:

— Ты кто?

— А ты? — в свою очередь проявила я интерес. Вопрос его смутил.

— Я — это я. Я здесь живу, между прочим. И, между прочим...

— Гену когда последний раз видел? — быстро спросила я.

— Которого? — нахмурился Шеля.

— Того, что из Москвы приехал.

— А... Шестакова. Вчера. Нет... А сегодня какой день?

— Суббота. Вчера была пятница. Позавчера четверг. Еще есть среда, вторник, понедельник. И воскресенье. Оно будет завтра.

— Тогда не знаю. Ленка, когда Генка был? — обратился он к жене.

— В воскресенье.

— Ну, если Ленка говорит, значит, так и есть. А чего с дружком-то?

— Убили его.

— Кого?

— Ты давай просыпайся, не то в отделение поедем. Отдохнешь там месяцок.

— С какой-такой стати?

— А так, чтоб в мозгах прояснилось.

— Допрыгался, урод. Я тебе говорила... — запричитала жена.

— Да заткнись ты, — шикнул он и повернулся ко мне: — Я-то здесь при чем? Меня, между прочим, так отделали... вот, посмотрите. И ребра сломаны, штуки три. Может, даже четыре. И башка пробита. Какие-то отморозки на улице пристали.

— Поедем в отделение, — кивнула я. — Забыл, кто драку в пивной затеял?

— Ну, затеял... Только, между прочим, я Генку вмешиваться не просил. А он разошелся, так, мол, и так, вы тут... Ленка, воды дай. — Женщина вышла из комнаты, а он тяжко вздохнул. — Чего с Генкой-то? Здорово досталось?

— На «Скорой помощи» увезли.

— Ух ты, мать честна...

— У кого он здесь остановился?

— В гостинице. В «Заре». И номер комнаты говорил, да я не запомнил.

— А зачем он к тебе приехал? Что за дело предлагал?

— Да вы чо? — испугался Шеля. — Какое дело? Нет у меня никаких дел. У меня семья, я на работу устроился... почти. В понедельник пойду устраиваться.

— Значит, просто решил старого дружка навестить, соскучился.

— Я сам удивился, когда он пришел. Ей-богу. Два года не виделись. Ни слуху ни духу, и вдруг пришел. Я, конечно, рад был. Старый товарищ все-таки.

— Что, так и не сказал, зачем пожаловал?

— Нет. Знаю, что Славку Кислицына навещал. Сам мне сказал. Я говорю, надо к Славке сходить, повидаться, а он: виделись, мол.

— Кислицын с вами сидел?

— Ага.

— Ты с ним часто видишься?

— Со Славкой? Вообще не вижусь. Как освободился, зашел к нему, а он давай пальцы гнуть, весь такой при делах. Ты, говорит, запойный, у меня для тебя работы нет. Буржуй хренов.

— Вот так вот дружки-то, — поддакнула вернувшаяся Лена с литровой банкой воды в руках. — Только пить вместе, а помощи никакой. Допьешься, укокошат, как дружка.

— Молчи... Кого укокошили? — насторожился он и взглянул на меня.

— Дружка твоего в больнице застрелили, — сообщила я. Новость произвела на него впечатление. Шеля замер, открыл рот и вроде бы отключился. — Так по какой надобности он сюда приехал? Неужто так ничего и не рассказал?

— Это... плохо мне. Голова... и сердце того гляди остановится. Вы меня лучше повесткой, в понедельник, я все как на духу... А сейчас мне совсем худо. Не помереть бы. — Он бухнулся на тулуп и закрыл глаза.

— Колька, — забеспокоилась жена, — ты чего? Смотри и вправду не подохни.

Колька упорно не желал подавать признаков жизни, зато заголосил малыш, решив, что о нем забыли.

Я поспешила ретироваться, правда, недалеко. Памятуя о том, что Шеля часто пользовался окном вместо двери, я устроилась во дворе на скамейке возле кустов акации, наблюдая за этим самым окном. Где-то минут через двадцать окно открылось и на улицу выбрался

Шеля, в джинсах, кроссовках и рубашке в клеточку, он прикрыл окно и очень ходко покинул двор. Я пошла за ним, жалея, что оставила машину возле пивной. Хотя, может, оно и к лучшему, машину на пустынной улице Шеля мог бы заметить. На меня же он внимания не обращал, шагал целеустремленно, ни разу не оглянувшись. Путь он держал к троллейбусной остановке, запрыгнул в первый же подошедший троллейбус, а я остановила такси. Через две остановки Шеля вышел, я решила поберечь ноги и осталась в машине, которая малой скоростью двигалась за Шелей. Он свернул на улицу Танеева и вскоре вошел во двор огромного дома. Квартиры здесь не из дешевых, так что оставалось только гадать, что Шеле здесь понадобилось.

Он юркнул в третий подъезд, а я сделала один звонок и получила подтверждение, что в этом доме в квартире семнадцать прописан Вячеслав Кислицын, что меня ничуть не удивило после рассказа Лены.

— На Герцена, — кивнула я таксисту, который пребывал в некотором волнении, то ли я ему совсем не нравилась, то ли происходящее.

Моя машина по-прежнему радовала глаз на стоянке возле мусорных баков. Я расплатилась и пересела в «Феррари», выехала на проспект и позвонила Сергееву.

— Даже неловко тебя беспокоить, — сказала я.

— Да что ты, ради бога. Неужели нашла убийцу?

— Скоро только сказка сказывается. Нашего покойничка зовут Гена, фамилия Шестаков. Вроде бы он приехал из Москвы, но опять же вроде бы уроженец нашего города или области. Сидел вместе с Кислицыным и неким Шелей, завсегдатаем пивной на Герцена.

Далее я коротко сообщила то, что мне удалось узнать. Сергеев что-то невнятно пробормотал, и я с ним простилась. То, что Коля быстро ожил и полез в окно со жгучим желанием встретиться с дружком, наводило на кое-какие мысли. К примеру, Шестаков мог все-таки рассказать, зачем пожаловал в наш город. Шеля бросился к дружку предупредить, что в его жизни появилась я и заинтересовалась Кислицыным. Хотя возможен и другой вариант: парень просто хотел погреть на этом деле руки, мол, предупредил и заслужил награды. Если учесть, в каком он состоянии, второе даже вероятнее. В любом случае вырисовывалось нечто любопытное. Шестаков приезжает сюда по некоему делу, в котором фигурирует киллер. Очень возможно, что Кислицын к этому делу тоже имеет отношение, прямое или косвенное. Шестаков навещает бывшего дружка, и в результате обоюдной глупости они попадают в переделку. Шелю спасают ноги, а Шестаков оказывается в больнице и начинает бредить. Кому-то становится известно содержание бреда, и от парня спешат избавиться, при этом задействовав все того же Кислицына. Возле палаты дежурит знакомый Кислицыну милиционер, так что отвлечь его и освободить дорогу убийце дело двух минут. Пока вроде бы складно. Двигаем дальше. По словам Алексея, Шохин, чьим доверенным лицом является Кислицын, серьезным человеком не был, следовательно, если киллер не бред, Шохин в этой истории лишь винтик. Значит, берем выше. Выше у нас, по словам того же Алексея, некто Валя. Зачем Вале понадобился киллер? Например, он желает разрешить некую проблему. И пусть себе. Но Валя обязан согласовывать свои действия с ТТ, как народная молва окрестила моего сердечного друга Тимура Тагаева, и тогда выходит, что киллер понадобился ТТ. Если Шестакова застрелили, не дождавшись, когда он умрет сам, киллер человек серьезный и его берегут, а, следовательно, цель у него тоже чрезвычайно серьезная. Кто? Вот тут мне вновь сделалось не по себе, потому что в сочетании с беспокойством Ларионова и Дедовым «разберись» все выстраивалось в некую схему. Однако в кровожадность Тимура мне упорно не верилось. Он вовсе не обязан знать, что вытворяют его подопечные, и уж тем более не обязан участвовать в их делишках. Если бы я могла задать Тимуру вопросы, а он на них ответить, многое бы прояснилось. Но об этом и мечтать не приходится.

Я направилась к своему дому, наблюдая в окно за стайками молодежи, возбужденными и вроде бы даже счастливыми в этот теплый субботний вечер. «Вот именно вечер», — взглянув на часы, вздохнула я. Сворачивая к дому, я надеялась увидеть свет в гостиной. Но окна были темными. Машины Тимура в гараже нет, как нет в квартире его самого и Сашки. Я прошла на кухню, вспомнила, что весь день ничего не ела, и разогрела ужин в микроволновке, поглядывая на телефон. Сняла трубку и набрала номер. На этот раз Тимур ответил. Голос его звучал ровно, ни намека на недовольство.

— Ты где? — спросила я.

— На даче.

— Я несколько раз звонила.

— Да, я видел. Мы только что вернулись, катались на яхте. Мобильный забыл на причале.

— Как прогулка?

— Отлично. У тебя как дела?

— Собираюсь ужинать. Мне приехать?

— Думаю, нет смысла. Рано утром я поеду в город, а ты любишь поспать. Встретимся завтра.

— Как там Сашка?

— Яхта ему не понравилась. Кажется, он на меня здорово разозлился. Целую.

Тимур отключился, а я с тоской посмотрела на телефон, продолжая держать трубку в руке. Потом поужинала и решила лечь спать. Беда в том, что я не только терпеть не могу рано вставать, но и рано ложиться. Уснуть все равно не удастся. Однако я все-таки устроилась перед телевизором, прикрыв ноги пледом, и закрыла глаза. Выдержала минут сорок, затем спустилась в гараж.

До дачи Тимура тридцать километров, я преодолела их в рекордные сроки, запрещая себе думать, что скажу ему при встрече. Ничего не буду говорить, сяду рядом, выпью чаю...

Дом был двухэтажный, с открытой верандой. Я подняла голову, веранда была пуста. Я бросила машину возле ворот и вошла в калитку. Дверь в дом открыта, из гостиной доносился женский голос. Сердце вдруг сжалось, и я замерла на месте, прежде чем сообразила, что это работает телевизор.

— Черт, — сказала я, удивляясь самой себе, и вошла в гостиную.

В камине догорали поленья, Тимур с Сашкой играли в шахматы, то есть Сашка сидел в кресле напротив и

таращил глаза на шахматную доску. Тимур подпер голову руками, пробормотал:

— Должен тебе сказать, ты очень умный пес.

Умный пес наконец-то обратил на меня внимание и робко тявкнул. Тимур сказал, не поворачивая головы:

— Привет. Все-таки приехала?

— Конечно. Что мне в пустой квартире делать? Сашка выигрывает?

— В третий раз.

— Он гений.

— Я ему об этом уже говорил.

— Можно мне доиграть партию за эту гениальную собаку?

— Если он не возражает.

Я не очень вежливо подвинула Сашку и устроилась в кресле. Мне было далеко до его гениальности, выиграл Тимур.

— Знаешь, — сказала я, когда мы пили чай, — я услышала женский голос и здорово испугалась. Подумала, вдруг ты...

— Это самолюбие, — равнодушно заметил Тимур. — Ничего общего с любовью не имеет.

— У меня к тебе большая просьба, — сказала я со злостью. — Не отпихивай меня обеими руками.

— У меня такое чувство, что я вцепился в тебя обеими руками, а ты изо всех сил стараешься вырваться.

— Это не так.

— Наверное, мне просто кажется.

— Тимур...

Но он перебил меня:

— Знаешь, в чем твоя беда? Ты хороший человек,

Ольга. Ты не любишь делать больно. Другим. Только себе.

Мне очень хотелось подойти к нему, обнять и зареветь. И сказать, что мне действительно очень больно, но не потому, что я желала бы вырваться, а потому, что не умею сказать, как хотела бы остаться. Но я знала, что буду сидеть в кресле, допью свой чай, болтая о пустяках.

— Опять какое-нибудь убийство? — спросил Тимур.

— С чего ты взял?

— Ты хмуришь лоб.

— По-твоему, я способна думать только об убийствах?

— Наверное, нет. Это имеет отношение к убийству в больнице?

— Ты знаешь?

— Слышал, — пожал он плечами. — В конце концов, мы живем в одном городе. Так я угадал?

— Да.

— И что интересного в этом убийстве? Разумеется, я не твой интерес имею в виду, а интерес Кондратьева. Ведь это он просил тебя им заняться?

— На самом деле я сама напросилась. Тимур, я тебя никогда ни о чем не спрашиваю, но сейчас...

— Вот и не спрашивай, — сказал он, поднимаясь. — Если не возражаешь, я лягу. Завтра рано вставать.

Однако утром он никуда не поехал. Я проснулась раньше, чем он, и разбудила его, но вовсе не затем, чтобы он отправился по своим делам. Позже выяснилось, что дела того и не стоили.

У воскресенья был лишь один недостаток — оно пролетело слишком быстро. Мы гуляли в лесу, играли в шахматы, я пыталась приготовить торт и едва не сожгла дачу, забыв его в духовке. Торт нам доставили из ресторана, зато я смогла без происшествий приготовить обед. Сашка носился как очумелый и был совершенно счастлив. Тагаев улыбался, не стараясь проникнуть взглядом в мою душу.

Мы остались ночевать на даче и в город поехали утром после десяти. Тимур отправился в офис, а я вспомнила про пистолет Шестакова и позвонила Сергееву. Он служил отечеству в родном кабинете, и я поехала к нему, прихватив Сашку, который наотрез отказался остаться дома.

Избавившись от пистолета, я устроилась на стуле в кабинете Сергеева, ожидая, чем он порадует девушку. Но он не спешил радовать, перекладывая бумаги, надувал щеки и иногда бурчал что-то нечленораздельное.

— Ну? — не выдержала я.

— Чего «ну»? — удивился Сергеев. — Пушку проверяют, будет что рассказать, расскажу.

— И это все?

— А тебе что надо? — ахнул он и даже всплеснул руками.

— Завтра двадцать первое, — скромно напомнила я.

— Точно, — ткнув пальцем в календарь, согласился он.

Я сложила руки на коленях с видом примерной школьницы и доверчиво улыбнулась. Он еще немного повозился с бумагами, попыхтел, погримасничал, обратил внимание на Сашку, который вылез из моей сумки, и прошелся по кабинету.

— Он здесь не нагадит?

— Гадят в основном менты по скудоумию, а Сашка пес гениальный. Ну, так что у нас завтра?

— Вторник, — охотно ответил Сергеев, закатил глаза, крякнул и заговорил с печалью: — Если ты по поводу киллера, то, похоже, ничего не готовится.

Я решила, что ослышалась, и спросила:

— У них или у нас?

Сергеев поморщился:

— Нам сказали не лезть. А «костюмы» к делу, судя по всему, интерес не проявили.

— Что так?

— А нет никакого дела, — развел руками Сергеев. — Есть убийство Геннадия Шестакова, дважды судимого, члена некой московской группировки. У него наметились разногласия с товарищами, и он спешно покинул столицу. Здесь встретился со старыми друзьями, по пьяному делу оказался в больнице, где враги обнаружили его и застрелили. Что очень печально само по себе, но неудивительно.

— Это ты сам придумал или подсказал кто?

— У меня и фантазии-то сроду не было, — обиделся Сергеев.

— Значит, это официальная версия?

— Вполне.

— И киллер никому не интересен?

— Какой киллер? — вытаращил глаза Сергеев. — Ну, болтал что-то в бреду паренек, но ведь даже неизвестно что. Нет показаний, нет киллера. И вообще ничего нет. Только труп. Но чего в нем такого особенного? Бандитов иногда стреляют, это каждый знает.

— Ага, — кивнула я. — А как там наш друг Юра?

Сергеев вздохнул:

— Исчез Юра. Парни возле его дома сутки просидели, потом решили проверить...

— И в квартире его не оказалось?

— Так же, как и в любом другом месте.

— Ну, где-то лежит, — не поверила я. — Может, и найдем.

— Ольга... — вздохнул Сергеев и взглянул серьезно: — Ты что, не понимаешь? Шестакова убили из-за каких-то московских дел собственные дружки. Исполнителя вряд ли найдем, да его и искать никто не будет. Все. Считай, дело закрыто.

— А Юру тоже искать не будут?

— Почему? Поищут. Но если он пособник бандитов, то сейчас в бегах.

— Или зарыт в ближайшем лесочке, — поддакнула я. — С Кислицыным беседовали?

— Конечно. Больного товарища навещает регулярно. Видел в больнице Юру, тоже старого товарища, поздоровались, как вежливые люди. О том, что Шестаков сюда приехал, он знал. С дружком виделся, и даже это дело обмыли, но то, что он в больнице оказался, для него новость, откуда бы ему знать об этом? А уж за что парня могли пристрелить — и вовсе не в курсе. О своих делах Шестаков не распространялся, вроде бы ни от кого не прятался, но кто его знает...

— А Шеля к нему прибегал, чтобы стольник занять на опохмелку?

— Точно. Так что никто, ничего... — Сергеев вздохнул и заговорил уже без язвительности: — Юру они по дороге домой перехватили, до квартиры он так и не доехал, так что сутки сидеть под его окнами не стоило. Шеля вряд ли что знает, не то бы тоже исчез, а Кислицын... Может, наши просто помогли москвичам от ненужного человечка избавиться, а может, за всем этим что-то есть. Важно другое, по какой-то причине дело спешат сдать в архив. Я и против этого не возражаю, одним бандитом меньше, и черт с ним, это во-первых, а во-вторых, я уже ученый и против начальства даже не пикну.

— А как же Юра? — напомнила я.

— А Юре надо было последовать твоему совету и не умничать. Так что я умываю руки и знать ничего не желаю об этом деле.

— Понятно, — сказала я, поднимаясь, и позвала Сашку, тот рыкнул на Сергеева, к большому неудовольствию последнего, залез в сумку и оттуда гневно посверкивал глазками.

Я покинула здание, устроилась в своей машине и задумалась. То, что менты ленивы и лишней работы страх как не любят, мне известно. Но здесь что-то другое... Позвонить Деду, наябедничать на этих деятелей и заставить их шевелиться. Вряд ли это самый надежный способ узнать, что происходит. Скорее наоборот.

— Нет, — сказала я Сашке, — ничего мы Деду говорить не будем. Мы отправимся к нашему другу и посоветуемся с ним, а уж потом начнем двигаться. Или не двигаться.

Не знаю, рад был Лялин моему приходу или просто притворялся, но улыбался он зазывно. Его секретарь, девушка лет двадцати пяти, на наши объятия взирала неодобрительно и даже не без ревности.

— У вас романтические отношения? — кивнула я на дверь, когда мы с Лялиным вошли в кабинет и он плотно закрыл дверь.

— Мой принцип: не гадить там, где ешь. То есть не трахаться, где работаешь.

— Странное у тебя отношение к сексу, — раздвинула я рот до ушей и передразнила: — Не гадить... По-моему, девчонка в тебя влюблена.

— Так это хорошо. Любовь привносит смысл в нашу жизнь, в частности, в долгое сидение за компьютером.

— А как же ответное чувство?

— А его никто не обещал.

— Суров, — покачала я головой, устраиваясь на диване. Лялин плюхнулся рядом и положил руку на спинку дивана.

— Ну, с чем пожаловала?

— С невеселыми мыслями.

— Ясно. Нет бы порадовать старика...

— А я готова. Прямо сейчас. Диван удобный. — В доказательство я немного попрыгала. Лялин засмеялся, посмотрел на меня и совершенно неожиданно погладил по голове. — Сашка в сумке, — заметила я, решив, что он нас перепутал. Лялин только головой покачал и отвернулся. — Ну ладно, ладно, я оценила. — Я нырнула под его руку и даже пристроила голову на широкой лялинской груди.

— Сплошное подхалимство, — вынес он вердикт.

— А как же иначе?

— Ну, что? Следствие зашло в тупик?

— До чего же я тебя люблю, все-то ты знаешь.

— Не все. Но многое.

— Тогда скажи, откуда такое нежелание проверить слова убиенного?

Лялин пожал плечами:

— Вполне может быть от лени. А может, кто-то большой и светлый не хочет, чтобы в этом деле копались, и предпринял кое-какие шаги, задействовал связи...

— То есть кто-то что-то собирался сделать, но при первой же неудаче решил, что это слишком опасно, и поспешил свернуть операцию?

— А что? Очень похоже.

— И кто этот неведомый дядя? — Лялин развел руками, а я вздохнула: — Скажи честно, ты подозреваешь Тимура?

Лялину вопрос не понравился. Более того, он его не ожидал, видимо, рассчитывая и на мою толковость, и на мою деликатность, забыв, что и того и другого у меня дефицит. Он закинул ногу на ногу, пожевал нижнюю губу и едва заметно пожал плечами.

— Видишь ли, моя дорогая, — потосковав, все-таки заговорил он. — Если предположить, что Деда решили приструнить его высокопоставленные друзья, то привлекать к этому делу нашу шпану довольно неразумно. Значит, такое желание возникло у кого-то из местных. Человек этот должен обладать немалыми возможностями, а еще... — Тут Лялин сделал паузу и закончил весьма жестко: — Он должен быть очень сердит. Очень.

Обычно такое случается, когда к делам примешивается нечто личное. Когда двое мужчин, недовольных друг другом в деловой сфере, никак не могут поделить женщину...

— Ты это серьезно? — нахмурилась я.

— А ты думала, Дед уступит тебя Тагаеву? Всерьез думала? Тогда вынужден тебя разочаровать: зря. Ни ему, ни, извини, тебе, он твоей выходки никогда не простит. Поэтому будь вдвойне, нет, втройне осторожна. Теперь то, что касается Тагаева. Есть мнение, что в последнее время он несколько изменился. В частности, сделался весьма нетерпимым. Хотя как раз за здравый смысл и сдержанность его и уважали как правоохранительные органы, так и их оппоненты. Я не спрашиваю, какие у вас отношения. И знаешь почему? — Я отвернулась, не желая отвечать, а Лялин продолжил: — Потому что уверен: Тагаева они не устраивают. Ты сидишь между двух стульев, дорогая. Может, тебе кажется, что ты контролируешь ситуацию, на самом деле ты вынуждаешь мужчин к решительным действиям.

— Тагаеву ни к чему ревновать меня к Деду, а Дед...

— Как ты наивна, — улыбнулся Олег и даже покачал головой. — Еще раз повторяю: если ты думаешь, что Дед, как здравомыслящий человек, проглотит то, что произошло... про Тагаева и говорить нечего. Тимур человек закрытый, своих чувств демонстрировать не любит, но это вовсе не значит, что их у него нет. И чем больше он их скрывает, тем разрушительнее они становятся.

— И Миша Молчун первая ласточка? — нахмурилась я. — Так сказать, реальное доказательство нетерпимости Тагаева?

— Что касается Молчуна, тут ситуация особая, — спокойно возразил Лялин. — Грядет передел сфер влияния и прочее. Кое-кто вырос из коротких штанишек и на побегушках больше быть не желает. То, что Тагаев имеет поддержку в лице Деда, безусловно, сделало его на порядок выше других претендентов, но если... — Лялин пожал плечами и замолчал. — Присутствие третьего лица в твоем лице, — скаламбурил он после продолжительной паузы, — превращает взаимное недовольство в лютую ненависть. Разницу объяснять, надеюсь, не надо?

— Ты меня запугал, — не выдержала я.

— У меня нечаянно получилось. Просто очень не хочется, чтобы ты лезла в это дерьмо очертя голову.

— А что я должна делать, по-твоему?

Ответ меня потряс.

— Когда мужики грызутся из-за бабы, самое разумное для нее постоять в сторонке. А потом спокойно отдать руку победителю.

— С ума сошел на старости лет, — хмыкнула я. — Что еще за дикость?

— А чего тогда спрашиваешь? В каждом цивилизованном мужике сидит неандерталец. Если ранее ты об этом не подозревала, то теперь знай, а когда баба по скудоумию влезает в такие дела, то, как правило, под конец под руку ей уже идти не с кем, потому что мужики входят в такой раж, что победителя не остается.

— Страшненько, — сказала я с печалью.

— Так я и говорю для того, чтобы запугать.

— То, что я во всем виновата, я уже уяснила. Но давай все-таки отвлечемся от неандертальцев и поговорим о сложившейся ситуации. По-твоему, Тагаев решил разделаться с Дедом, а потом внезапно передумал и поспешил обрезать все концы, чтобы связать его с этой затеей никто не мог.

— Это ты говоришь, — хмыкнул Лялин. — Как думаешь, почему тебе сие пришло в голову?

— Да-а, — протянула я. — И как, на твой взгляд, должен развиваться сценарий?

— А это во многом зависит от того, как поступишь ты. К примеру, если ты тихо, спокойно поставишь крест на этом деле, может, тем сердце и успокоится, но такое поведение не в твоем вкусе, — вновь развел руками Олег. — Это всем заинтересованным лицам хорошо известно.

— Дед хочет, чтобы я убедилась в подлости избранника, — усмехнулась я, хотя усмехаться совсем не хотелось, мои фантазии могли быть не так делеки от истины.

— Скорее он хочет, чтобы ты сделала выбор, — мягко поправил Лялин. — Вряд ли он верит, что ты любишь Тагаева. Но видит, что по неясной причине ты вбила себе в голову, что должна быть с ним. Следовательно, необходимо создать ситуацию, когда всякие глупости отойдут на второй план...

— А я пойму, как дорог для меня благодетель?

— Вот видишь, как хорошо ты все понимаешь.

— Лялин, я никогда не поверю, что Дед... все эти чувства для него сущая ерунда.

— Не переоценивай его, — серьезно ответил Олег. —

Он сильный мужик, у него есть цель, возможно, нам неведомая и великая, но он человек, и ему, как и всем нам, грешным, свойственны чувства злобы, ненависти и желания отомстить.

— В этом я как раз не сомневаюсь.

— И правильно. А смоделировать ситуацию, в которой противник начнет действовать нужным ему образом, не так сложно. Особенно для нашего стратега.

— То есть в настоящее время мы все пляшем под его дудку? — усомнилась я.

Лялин хохотнул:

— Как всегда.

— Что верно, то верно, — не могла не согласиться я. — И что в этой ситуации делать мне?

— Я уже сказал, — вздохнул он.

Я разозлилась:

— Глупости.

— Ты все равно поступишь по-своему. В этом вся прелесть.

— А как же дружеский совет на прощание?

— Нет у меня советов. То есть я бы посоветовал поступать, как подсказывает тебе сердце. Что бы ты на это ответила? — Я фыркнула и отвернулась. — Правильно. Так что топай и не мешай мне работать.

— Ладно, потопала. — Я поднялась и пошла к двери, досадуя, что приехала сюда и затеяла этот разговор. Олег прав, никакие слова ничего не изменят, но я все-таки не удержалась и спросила: — Значит, ты уверен, что каждый человек кузнец своего несчастья?

— Все-таки обиделась? — улыбнулся Олег. — Зря. Ты такая, какая есть. Ты делаешь свой выбор, они свой. Только и всего. Так что выбрось из головы чепуху о том, что ты приносишь мужикам несчастья. Лично мне ты доставила массу незабываемых мгновений. Хочешь, я тебя поцелую?

— Валяй.

Он наградил меня отеческим поцелуем, и я отправилась восвояси.

Я привыкла доверять Лялину, его интуиции, знаниям, но в этот раз его слова вызвали у меня сомнения. Дед может быть мстительным и жестоким, это я знала как никто другой, однако я также знала, что он умеет жертвовать личным ради каких-то своих, мне не совсем ясных целей. А здесь выходит, что он готов на безумства из-за банальной ревности. Конечно, Дед меня по-своему любит, и в этой любви много чего намешано. Только никогда он из-за каких-то там чувств не поставит на карту то, что долгие годы создавал своими руками. Да и чувства давно поблекли, поистерлись, поистрепались. Многочисленные любовные связи Деда тому подтверждение.

С Тагаевым, конечно, все далеко не так просто. Темперамент последнего мне был хорошо известен, парень на многое способен. На убийство благодетеля? Черт... И до разговора с Лялиным у меня на душе кошки скребли, а теперь вообще хоть волком вой. А его отеческое напутствие посидеть в сторонке, а потом пойти под ручку с сильнейшим здорово меня разозлило. Между прочим, я имею право выбора. Вот и здесь провидческий дар Лялина сработал: а кого, к примеру, я выберу? То-то... Похоже, крутые ребята с их крутыми играми мне такой возможности попросту не дадут, то есть в расчет не примут. Ох, как меня это разозлило, в основном потому, что сделать выбор я не могла, оба хорошо это знали и продолжали мною манипулировать. «А я вот возьму и игру вам поломаю», — решила я со злостью, но и сама себе особенно не верила. Мы ведь не на рыцарском турнире, где за мной остается право махнуть белым платочком и прекратить мужские безобразия. «Лялин спятил, — в конце концов решила я. — И мне мозги запудрил. А на самом деле все просто: есть убийство. Моя задача найти убийцу и определить в надлежащее ему место. И вся чувствительная хрень здесь совершенно ни при чем».

Ободренная этим решением, я завела мотор.

— Все мужики придурки, — ворчливо заметила я. Мой пес презрительно отвернулся, а я добавила: — И ты не лучше.

Вечером в компании Тагаева я усердно изображала оживленность и довольство жизнью, но приглядывалась к своему сердечному другу. Он был спокоен и улыбчив, поди разберись, что он при этом думает? Я и про себя-то толком ничего не скажу.

Однако, как бы то ни было, на следующий день около восьми часов вечера я сидела в баре «Витязь», объяснив свое желание скоротать здесь вечер так: уж если народная молва накрепко связала меня с баром, почему бы и не с «Витязем»? Может, забегаловка не из самых паршивых и мне понравится? Из дома я смылась до появления Тагаева, чтобы избавиться от необходимости что-то врать. В начале восьмого он позвонил мне на мобильный, чтобы узнать, где и как я провожу время. На самом деле выглядело это так.

— Ты где? — спросил он.

— У меня тут кое-какие дела, — ответила я весьма расплывчато, на что он со смешком заявил:

— Ну-ну. — И отключился.

— Не скажешь, что он особо разговорчив, — заметила я Сашке, убирая мобильный. Пес взглянул на меня с неодобрением. Со мной он отправился без всякой охоты и теперь злился. — Ты стал очень ленив, — принялась выговаривать я в отместку. — Если так пойдет дальше, совсем разучишься ходить. Такой выдающейся собаке должно быть известно, что движение — это жизнь. Вот и двигайся, и прекрати изображать страдальца.

Сашка вновь одарил меня недовольным взглядом, а я порадовалась, что природа не наградила его способностью говорить, много чего доброго я услышала бы сейчас в свой адрес.

Для начала требовалось узнать, где находится «Витязь». На это ушло две минуты, я позвонила в справочное, где меня снабдили адресом. Бар в северном районе, искать его следует среди новостроек, туда на машине добираться где-то полчаса, плюс поиски нужной улицы.

С улицей проблем не возникло. Свернув с проспекта, я увидела свеженькую вывеску на ближайшем углу. Теперь главное — не пропустить тридцать седьмой дом.

Двенадцатиэтажка еще не была полностью заселена, строители торопились благоустроить территорию, зато бар уже радовал глаз неоновой вывеской. Рядом с вывеской изображение чудища в кольчуге со здоровенной дубиной в одной руке и пивной кружкой в другой. Судя по выражению физиономии чудища, местное пиво ему нравилось.

Возле бара стоянка с десятком машин. Я приткнула свою между двумя иномарками, запихнула Сашку в сумку и направилась к стеклянным дверям, которые при моем приближении были гостеприимно распахнуты улыбчивым молодым человеком. Его белоснежную рубашку украшала карточка с именем «Виталий».

— Добрый вечер, — приветствовал меня Виталий, покосился на сумку, из которой выглядывал Сашка, и улыбнулся мне еще шире.

Я быстро огляделась и пришла к выводу, что это скорее пивной ресторан, чем бар. Из просторного холла широкая дверь вела в зал с тремя рядами столов.

— Вы у нас впервые? — спросил молодой человек, изо всех сил стараясь быть полезным.

— Да. Давно открылись?

— Два месяца. Уверен, вам у нас понравится. Прошу сюда.

Я прошла в зал, довольно большой, украшенный изображением былинных богатырей, всех, как на подбор, с пивными кружками. Массивные столы, лавки, плиточный пол, официантки в русских сарафанах и кокошниках. Длина сарафанов была столь незначительна, что наводила на мысль об экономии, зато кокошники были роскошные и наверняка доставляли девушкам массу неудобств. Я бы не хотела пробегать целый вечер с таким сооружением на голове.

Большинство столов было занято. Заведение, должно быть, пользовалось успехом. Молодой человек проводил меня к столу возле окна, осведомился, намерена ли я отдыхать одна, а услышав ответ, спросил, не буду ли я возражать, если ко мне кого-нибудь подсадят? Я заверила, что все приму с благодарностью. Тут же к столу подошла девушка, и я минут десять делала заказ и попутно разжилась большим количеством сведений о разных сортах пива. Девушка удалилась, а я начала вертеть головой, присматриваясь к посетителям. В отличие от меня, все они предпочли провести вечер в компании. В основном молодежь, которая, должно быть, прибыла сюда сразу после занятий в школе. Правда, попадались люди и вполне солидные, что несколько придало мне уверенности. Возле стойки была эстрада, где вскоре появились трое молодых людей и заиграли джаз, кстати, весьма неплохо. Пиво тоже оказалось хорошим. Где-то около часа я слушала музыку, пила пиво и приставала к Сашке, который вел себя на редкость прилично, тявкнул только однажды, когда проходившая мимо девушка заметила:

— Ой, какая собачка. А он кусается?

— Иногда. Сейчас у него зубы болят, а лечить их он боится.

Девушка улыбнулась, из-за ее плеча я увидела, как в зал вошел очередной посетитель, высокий мужчина в светлых джинсах и голубой водолазке. Водолазка необыкновенно шла ему. Вообще он был красивым парнем, что оценила не только я. Все присутствующие в зале дамы провожали его заинтересованными взглядами. Смуглая кожа, яркие глаза, должно быть, голубые, лицо вроде бы молодое, но виски седые, на фоне темных волос это выглядело романтично и интригующе. В руках мужчина держал барсетку и свернутую трубкой газету.

Он огляделся, слегка нахмурившись, точно решал трудную задачу. Взгляд его на мгновение задержался на мне, что меня, признаться, порадовало. Как большинство женщин, я дорожу своей красотой, хоть иногда и потешаюсь над этим, а, судя по его взгляду, красота моя не осталась без внимания.

Впрочем, на смену удовлетворению быстро пришло нечто другое, что можно было бы определить как предчувствие. Предчувствие подводило меня редко, оттого парень вызвал самый живой интерес.

К нему подскочил молодой человек, который не так давно устроил меня за столом, что-то спросил, в шумном зале расслышать его слова не представлялось возможным, мужчина кивнул, и оба направились к моему столу, что меня ничуть не удивило. Раз уж предчувствие возникло, значит, во что-то это выльется.

— Вы позволите? — спросил Виталий, а мужчина вежливо улыбнулся.

— Конечно, — от широты души я тоже лучезарно улыбнулась, и мужчина устроился напротив.

Несколько минут он разговаривал с подошедшей официанткой, а я продолжала пить пиво, по-прежнему приглядываясь к посетителям. Но это мое занятие было прервано самым неожиданным образом. Сашка выбрался из сумки, спрыгнул на пол, подошел к мужчине, затем отскочил, вновь подошел и глухо зарычал. Затем помотал головой, попятился и тяжко вздохнул. Наблюдая всю эту клоунаду, я пребывала в легком шоке.

— Ты чего? — не выдержала я. Сашка печально взглянул на меня, облаял гостя и сам залез в сумку, откуда смотрел на нас с недоумением и расстройством.

— Не любит мужчин? — улыбнулся красавец, кивнув на Сашку. — Или это я ему просто не понравился?

Голос у него был хрипловатый, точно простуженный, говорил он по-русски слишком правильно, так что язык этот вряд ли был родным для него.

— Он довольно вредный пес, — пожала я плечами, решив поддержать разговор.

— Как его зовут?

— Сашка.

— Забавно, — счел нужным заметить мужчина. — Мое имя Станислав.

— А-а, — сказала я и повернулась к Сашке: — Вылезай из сумки, человек с тобой знакомится.

Станислав усмехнулся и спросил с некоторым избытком ласковости:

— А ваше имя я могу узнать?

— Ольга.

— Очень приятно.

Ему принесли заказ, он поднял кружку и сказал, обращаясь ко мне:

— Прозит.

— И вам того же, — согласилась я и выпила.

Наблюдая за своим новым знакомым, я не оставляла своим вниманием остальных посетителей. Мужчина в бежевом свитере, как-то уж очень незаметно прошмыгнувший в зал, теперь сидел в углу недалеко от эстрады рядом с шумной компанией молодых людей. Он пил пиво, уткнувшись в газету, и на окружающих не реагировал. Я еще раз внимательно оглядела зал и согласилась с первоначально вынесенным вердиктом: самые перспективные, то есть подозрительные, — этот дядя и мой сосед.

И тут в зале появился рослый здоровячок, в котором я без труда узнала господина Кислицына, который навещал своего патрона в больнице и отвлекал друга Юру, пока другой господин без помех разделался с Шестаковым.

Кислицын уверенно прошел к свободному столу возле окна с табличкой «Стол заказан». Подскочившая официантка табличку убрала и, улыбаясь, склонилась к Кислицыну. Девушка с ним явно заигрывала, но он остался невозмутимым, закурил, дождавшись, когда она уйдет, и стал смотреть в окно.

Что-то в его движениях выдавало нервозность. Я задумалась. Кислицын мог появиться в баре по двум разным причинам: первая, надеялся встретиться с киллером вместо убиенного Шестакова. Впрочем, почему же вместо: вполне возможно, что Шестаков должен был лишь организовать их встречу. Кислицын поспешил от него избавиться, боясь, что тот успеет сообщить некую важную информацию. Вторая причина, Кислицын, точнее, его хозяева намерены избавиться от киллера, как они уже избавились от посредника. Причина такой немилости была мне неизвестна, но, скорее всего, мафиози знали, что сведения о киллере просочились, и теперь заметали следы. Могла быть и третья причина: к примеру, никакой причины вовсе нет и Кислицын забрел сюда случайно. Но как-то в это не верилось.

Станислав, видя, с каким интересом я верчу головой по сторонам, развернул газету и углубился в чтение. А я устроилась поудобнее, чтобы иметь возможность держать в поле зрения и Кислицына, и одинокого дядю в бежевом свитере, и стала гадать, что будет дальше.

Кислицын продолжал курить одну сигарету за другой, прихлебывая пиво из кружки. Движения его становились все более нервными, пару раз он машинально взглянул на часы, на заигрывания девушки он по-прежнему не обращал внимания. Дядя у эстрады подозвал официантку, расплатился и вышел из зала. Почти сразу после этого Кислицыну позвонили на мобильный, он ответил, и в его лице наметились перемены. Должно быть, он услышал что-то приятное, закончил разговор, поднялся и пошел к двери, но официантку не подозвал и за пиво не расплатился, следовательно, зал он покидает ненадолго. Я прикидывала, что следует предпринять: ждать на месте развития событий или отправиться за Кислицыным. Очень может быть, что киллер его узнал, позвонил на мобильный и предложил встретиться на улице или где-то еще. Хотя с таким же успехом человек мог просто отправиться в туалет.

— Жди здесь, — решившись, сказала я Сашке и покинула зал, успев заметить, как Кислицын входит в туалет. Я тоже заглянула в дамскую комнату, чуть прикрыла дверь и с увлечением принялась мыть руки, следя за дверью мужского туалета. Две девицы вертелись возле зеркала, но на меня не обращали внимания, так что я могла мыть руки в свое удовольствие.

Время шло, а Кислицын все не появлялся. В мужской туалет зашли двое молодых людей, вскоре они вернулись в зал, а Славик, как видно, не торопился. Девушки тоже ушли, на смену им явились другие, а я все вертелась возле двери. Даже в случае расстройства желудка парню пора уже выйти. Если историческая встреча произошла там, то она здорово затянулась.

Чертыхнувшись, я направилась в мужской туалет. Молодой человек по имени Виталий у входа в ресторан как раз отвернулся, и мое проникновение осталось незамеченным.

Туалет был пуст, по крайней мере, так я решила в первую минуту. Двери пяти кабинок приоткрыты, шестая плотно закрыта. Окно тоже приоткрыто, но сейчас меня это обстоятельство не особенно занимало. Конечно, окно довольно большое, и здоровяк Слава вполне мог при известном старании в него протиснуться, но почему-то мне казалось, что делать этого он не собирался. Я наклонилась и, заглянув под дверь, увидела мужские ботинки. Дверь сантиметров на двадцать не доходила до пола, и видела я их вполне отчетливо, все последующее предугадать было не так трудно. Я потянула за ручку двери, и она открылась. Кислицын сидел на унитазе с аккуратной дырочкой между глаз. Штаны на нем были надеты и даже ремень застегнут, так что его сначала пристрелили, а уж потом пристроили здесь.

Я поплотнее закрыла дверь и поспешила покинуть туалет, задержавшись на выходе. Мне опять повезло, парень на входе болтал с какой-то блондинкой, и я проскользнула в зал никем не замеченная.

В зале все было по-прежнему, следовательно, молодые люди, заходившие в туалет, труп не обнаружили.

Я устроилась за столом. Станислав отложил газету, которую с увлечением читал, и заметил:

— Вы долго отсутствовали. Я начал беспокоиться.

— Я думала, вы скучали.

— Точно, — улыбнулся он. — Я скучал, а беспокоился ваш пес.

Сашка беспокойным не выглядел и с интересом приглядывался к Станиславу.

— Встретила подругу, и мы немного поболтали.

— Вот как?

Я кивнула и быстро оглядела зал. Все как двадцать минут назад. Но что-то изменилось. Или просто мне кажется, потому что события начали развиваться, но совсем не так, как я ожидала. Если Кислицын явился сюда вместо убитого Шестакова, то пристрелил его, скорее всего, киллер. Изменения в договоренностях ему не понравились, и он, заподозрив неладное, прихлопнул Славу. Разумно. Однако нет заказа, нет денег. Вряд ли он просто так отправится восвояси. А если Кислицына пристрелил не киллер, а некое третье лицо, о котором мне пока ничего не известно? Поживем — увидим.

Я была уверена, что на этом события не закончатся. Так и вышло. Однако могу смело сказать: ничего подобного я не ожидала. Минут через десять в зал вломилась ватага парней, которым прежде всего не мешало бы отправиться в баню. Немытые и нечесаные, в давно не стиранных джинсах и одинаковых кожаных куртках, они вызывали недоумение в основном тем, как смогли пройти в приличное место. Тем временем самый мелкий из них достал пистолет и заорал:

— Всем руки на стол!

Народ недоуменно таращился на них, пытаясь определить, как к этому стоит относиться, чем изрядно расстроил предводителя.

— Перестреляю, суки! — взвился он.

— Клоун, — вздохнул Станислав и спросил не без суровости: — Такое в порядке вещей в вашем городе?

— Что вы, у нас, как правило, тихо. Может, эти парни мухоморов объелись?

— Не сезон, — нахмурился Станислав. — Для мухоморов, я имею в виду.

— Может, парни запасливые, — возразила я.

Четверо из пятерки придурковатых налетчиков устремились по проходам, хватая сумки у граждан. Действовали они так бестолково, что хотелось встать и показать, как это делается по-настоящему. Вожак подскочил ко мне и гаркнул:

— Где сумка?

С ближними надо делиться, это я усвоила. Делиться надо даже с дураками, а церковь настаивает, что с дураками особо. Но в моей сумке сидел Сашка, а делиться им я не собиралась. Опять же, не худо бы поговорить по душам с этим придурком, а при расторопности местной охраны придуркам ничего не стоило смыться. Разговор в этом случае не состоится.

— Где, где, в Караганде, — ворчливо ответила я, потому что связываться с дураками не хотела.

— Чего? — рыкнул он, не особо напугав меня, а я задвинула ему в лоб пивной кружкой, он взвизгнул и вскинул руки. Отобрать у него пистолет оказалось пустячным делом. Парень так был поражен данным обстоятельством, что просто стоял и таращил на меня глаза, одной рукой потирая лоб. К некоторому моему удивлению, пистолет оказался настоящим. Дружки вожака продолжали демонстрировать серьезность намерений и шныряли по проходам. У меня создалось впечатление, что они кого-то высматривают. Примерно к этому моменту вожак обрел дар речи и гневно взревел, пришлось продемонстрировать ему его же собственное оружие, после чего он впал в задумчивость, взглянул на дружков с тоской и отчаянием и попросил: — Отдай, а?

— Еще чего, — ответила я сурово. — Кстати, если ты ищешь Славика, то он нас покинул.

— Чего? — опешил здоровяк и даже попятился. — Никого я не ищу.

Он явно решил смыться, пока дружки продолжали резвиться с чужими сумками, но стратегическое отступление было пресечено. До того тихо сидевший Стас, с интересом наблюдавший за развитием событий, ловко поставил ему подножку, и вожак растянулся на полу, выкрикивая что-то нецензурное. Дружки пробежали по всему залу и наконец-то обратили внимание на бедственное положение товарища, а также на пистолет, который я держала в руках. Я надеялась, что у остальных нет оружия и они не затеют перестрелку: по виду они форменные придурки, а от таких можно ждать чего угодно. Поэтому я очень обрадовалась подмоге в лице двух молодых людей, которые появились в зале. Надо полагать, это была охрана заведения. Увидев и оценив ситуацию, все пятеро взревели и бросились к двери.

— А ты куда? — разозлилась я, ухватив вожака за куртку, и на всякий случай заехала ему пистолетом в ухо. Он обмяк и больше хлопот не доставлял. Зато дружки совершенно ополоумели и, вместо того чтобы смыться, пока не появилась милиция, бросились на выручку вожаку. Как видно, их связывала нежная дружба, а может, и правда мухоморов объелись.

Надо сказать, что к тому моменту все в зале орали и бестолково бегали, что огорчило меня. В такой сумато-хе смыться легче легкого, а я даже не знаю, кого ло-вить. Но тут доблестная четверка подскочила ко мне и попыталась умыкнуть вождя. Пистолет в моей руке на них впечатления не произвел, я логично заключила, что он не заряжен, в чем и убедилась через три секун-ды. Ко мне ребята вроде бы претензий не имели, по крайней мере, на меня время тратить не стали, подхва-тили вожака, а я вздохнула. В рукопашном бою у меня нет никаких шансов, а отдавать вожака было жалко. Очень хотелось с ним потолковать. И тут в дело вновь вмешался Стас. Легко поднявшись, он очень ловко уложил двоих парней, что прикрывали стратегическое бегство, сократив тем самым численность их популя-ции до безопасного уровня. Подскочившие охранники доблестно сошлись грудью с теми, кто выносил вожа-ка. Пришедшие в себя граждане приняли самое дея-тельное участие в задержании преступников, особенно старалась девица лет семнадцати, которая, вспорхнув на спину одному из поверженных, молотила его по го-лове сумкой, точно на барабане играла, приговаривая в такт:

— Сволочь, сумку спер, а там стипендия.

— Разделяю ваше возмущение, — обратился к ней Стас. — Но боюсь, его голова треснет при таком интенсивном воспитании.

В ожидании милиции я успела переброситься парой слов с охраной. Парни на входе вели себя скромно, оттого их и пустили в приличное место, не ожидая от них пакостей. Прибежавшая официантка сообщила об ограблении, и охрана бросилась сюда. Все было до того глупо, что хотелось плакать.

Пока я беседовала с молодыми людьми, Стас читал газету, однако все-таки наблюдал за мной. Лишь только мы закончили обмен мнениями, он тут же спросил:

— Вы служите в полиции?

— Хуже. Люблю совать нос не в свое дело.

— У вас это здорово получается.

— Вы тоже охотно участвовали в нашем стихийном празднике.

— Просто хотел помочь красивой девушке, — улыбнулся он.

Тут в зале появилась милиция, и разговор пришлось прервать. Граждан успокоили и попросили не расходиться. Я достала мобильный и набрала номер Вешнякова. Мой добрый друг прибыл в рекордно короткие сроки. Я как раз беседовала с лейтенантом, когда Артем, тяжело дыша и сурово хмурясь, возник в зале. Обнаружив меня в добром здравии, он заметно подобрел.

— За что людей обидела? — ворчливо поинтересовался он.

— Вот этот тип хотел забрать мою сумку, — кивнула я на вожака, которого с трудом привели в чувство.

— С ума он сошел, что ли? — удивился Артем и повернулся к парню: — Повезло тебе, легко отделался.

— Сука отмороженная, — обиженно заявил тот. Артем легонько ткнул его в солнечное сплетение, парень ойкнул, и недавние усилия граждан привести его в чувство пошли насмарку.

Тут в зал влетел запыхавшийся охранник, огляделся, выискивая главного среди милиционеров, и, безошибочно определив такового в Артеме, что-то зашептал ему на ухо. Лицо Артем страдальчески скривилось.

— Отойдем-ка в сторонку, — сказал он мне.

— Труп? — спросила я. Артем закурил. Я завистливо посмотрела на него, затем взяла с ближайшего стола зубочистку и принялась ее грызть.

— Труп, — горестно кивнул он. — Думаешь, эти?

— Не думаю, — ответила я. — Если ты про труп в сортире, конечно. Или есть еще один?

— Типун тебе на язык, — отмахнулся Артем. — Накаркаешь. Мне и одного — за глаза. Ох, как мне все это не нравится.

— Кому могут нравиться трупы? — резонно заметила я. Артем поморщился.

— Труп полбеды. Ты мне лучше скажи, почему в зале в столь значимый день не оказалось ни одного мента?

— Потому что информации, то есть бреду раненого Шестакова, не придали значения.

— Вот-вот. Оттого мне здесь все и не нравится.

Разумеется, мне тоже не нравилось. Придали значение или нет, но проверить были обязаны, особенно если речь идет о киллере, причем из дорогих. Опять же дурацкое ограбление не шло из головы.

— Пойду попробую поговорить со своим другом, раз уж он начал проявлять признаки жизни, — сказала я. — А ты займись парнем в водолазке.

— А что такое? — насторожился Артем.

— Лезет в герои. А я героев не люблю. Меня в детстве неправильно воспитывали.

Вожак смотрел на мир тяжело и без всякого удовольствия. Его обыскали, нашли водительские права на имя Афонина Германа Сергеевича, дозу героина и шприц в носке. На мои ласковые увещевания объяснить, как ему в голову пришла идея ограбить пивной бар, он злобно мычал, а членораздельно требовал только адвоката. Остальные неохотно каялись. Решили, мол, пошутить, вот и придумали ограбление, а граждане поняли их превратно. На вопрос, откуда у вожака пистолет, ответили, что нашли его на улице, и даже указали точное место. Хотели продать, но никто не купил, вот и валялся без всякого дела, потому что сломанный. В последнем утверждении сомневаться не приходилось, пистолет был времен Отечественной, и стрелять из него действительно не представлялось возможным.

Вешняков не стал тратить время впустую, махнул рукой, и парней увезли. С моей точки зрения, очень мудро. Вожак — наркоман, посидит в кутузке, а начнется ломка — запоет как миленький.

— Задолбали эти придурки, — хмуро заметил Артем. — Может, и вправду они случайно здесь появились. Мозги-то как сметана, черт знает что им привиделось.

Я пожала плечами, ни минуты не сомневаясь, что парни действовали по приказу. Впрочем, в этом не сомневался и Артем, просто любил ворчать.

Мы вышли из бара и увидели джип Лялина, его хозяин обретался по соседству, разговаривая с одним из милиционеров. Заметив нас, отсалютовался и пошел навстречу.

— Ну что, события развиваются? — спросил он, пожимая Вешнякову руку и одновременно целуя меня.

— Виртуоз, — хмыкнула я, а Артем спросил:

— Откуда узнал? — Но тут же устыдился: задавать такой вопрос Лялину не стоило.

— Сорока на хвосте принесла, — ответил Олег.

— А больше ничего тебе твоя сорока не шепнула? — хмыкнула я.

— Да уж куда больше. — Лялин вздохнул и серьезно посмотрел на нас: — Ну что, господа сыщики, кажется, нам предлагают поиграть.

— Кто? — забеспокоился Артем, кашлянул и вздохнул. — Ладно, пойдем хоть в машину, чего посреди улицы торчать.

Мы устроились в джипе и несколько минут молчали. Первым заговорил Артем:

— Надо полагать, Кислицын пришел на встречу с киллером. Но кто-то его застрелил. До встречи или после, остается лишь гадать.

— В зале дядечка сидел. С газеткой. Он ушел за пару минут до того, как кто-то позвонил Кислицыну на мобильный. Пусть твои ребята поспрашивают официанток и музыкантов, может, кто его знает.

— Если это наш киллер, то вряд ли, — заметил Артем. — Как же ты его прошляпила? — спросил он недовольно.

Вопрос, конечно, риторический, но я на него ответила:

— Я — юная девушка, что мне делать в мужском туалете? Дядя мог выйти, позвонить Кислицыну на мобильный, после чего встретиться с ним в туалете. Кислицын скоропостижно скончался, а дядя вылез в окно и был таков.

— А потом появились эти придурки и устроили форменный цирк, — вздохнул Артем. — Хотя по сценарию им следовало появиться раньше.

— Думаешь, они должны были устроить переполох, чтобы киллер побоялся выходить на связь? — спросил Олег.

— А ты что думаешь? — влезла я.

— Я думаю, что это дело с самого начала ни на что не похоже, — заворчал Артем. — Глупость несусветная.

— Не скажи, — покачал головой Лялин. Мы разом присмирели и уставились на него. — Если получается чепуха, то есть ничего не получается, надо начать сначала. Итак, у нас был полутруп с бредом о киллере. Кто-то к его словам отнесся очень серьезно и поспешил заткнуть парню рот. Кстати, а чего это Кислицын у тебя на свободе разгуливал? — повернулся Олег к Вешнякову.

— У меня? — передразнил Вешняков.

— Хорошо, у вас.

— У нас он разгуливал потому, что Сергееву нечего было ему предъявить. Ну, болтал он с Юрой в больнице, это что, уголовно наказуемо?

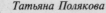
— Всегда можно что-то придумать, — оптимистично заметила я.

— Много вас, выдумщиков. А меня, между прочим, закон учили уважать.

— Надеюсь, это взаимно, — съязвила я, но Артем не обратил на это внимание, потому что Олег продолжил:

— На встречу с киллером отправляется Кислицын. Довольно странно, если учесть тот факт, что милиция им уже заинтересовалась.

— Кислицын сидел вместе с убиенным Шестаковым. Очень может быть, что и киллера знал. Чужаку тот мог не поверить, а своему...

— Подходяще, — кивнул Олег.

— А кто ж его тогда шлепнул? — вздохнул Артем.

— Думаю, киллер и шлепнул, если не совсем дурак.

— А я, наверное, дурак, потому что не пойму, зачем ему это понадобилось.

— Давайте пофантазируем, — легко предложил Лялин. Фантазировать с ним одно удовольствие. Я устроилась поудобнее и начала:

— Хозяевам Кислицына понадобился киллер. Обязательно гастролер. А у Кислицына был такой на примете. Он выходит на него через своего дружка Гену Шестакова. Тот прибывают сюда для переговоров, но по чистой случайности попадает в переделку, а потом и в больницу.

— Но киллер вполне может решить, что это не случайность, — заметил Олег. Вешняков кивнул и продолжил:

— А когда парня пристрелили в больнице, и вовсе мог заподозрить злой умысел.

— Как он поступает в такой ситуации? — спросил Олег. Я пожала плечами.

— Смотря что он за человек. Если с амбициями, то попытается разобраться, что происходит, и наказать обидчиков.

— Он с амбициями, — кивнул Лялин. — Репутация дорогого стоит.

— Допустим, Кислицына замочил он, просто потому, что решил: кто-то должен ответить за базар, — нахмурился Артем. Я не удержалась и съязвила:

— Как затейливо ты выражаешься.

— Как думаю, так и выражаюсь. Можешь сделать литературный перевод. Для амбиций этого маловато, следовательно, следует ждать еще трупа, может, и не одного.

— Утешил, — вздохнула я. — С таким же успехом Кислицына мог убить некто, кто не хотел его встречи с киллером.

— Если это хозяева Кислицына, то логично на встречу его не отправлять, — заметил Артем.

— Не скажи, — покачал головой Лялин. — К примеру, заказ есть, а встреча не состоялась. Киллер несет убытки, а кто виноват? Если допустить, что киллер знал нашего Кислицына или знал, как его найти, то...

— От Кислицына лучше избавиться, — пробормотала я. — Но тогда выходит, что они решили отказаться от заказа.

— Точно, — кивнул Олег. — Я тебе больше скажу. Похоже, что некто не только желает отказаться от зака-

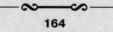

за, он до смерти боится, что об этом заказе кто-нибудь узнает.

— Тяжело мне с вами, умниками, — дурашливо пропел Артем. — Ничегошеньки я не понял.

Я сидела в тоске и печали, потому что мысль Олега уже уловила и она мне не нравилась.

— Объясни убогому, — кивнул Лялин.

— Тот, кто желал воспользоваться услугами киллера, до смерти боится своего врага. И когда что-то пошло не так, он решил отказаться от своей затеи. И теперь опасается, что враг пронюхает о его намерениях.

— Ой, как желудок прихватило, — скривился Артем. — Наверное, съел что-нибудь.

— Дурацкая привычка все в рот тащить. Еще жалуешься, что брюхо растет.

— Это не брюхо, это пресс такой накачанный. — Артем махнул рукой и сказал досадливо: — Так и знал, что вляпаемся.

— Куда? — съязвила я.

— Не куда, а во что. С чего все началось? С того, что к Шестакову проявил интерес Ларионов. Потом ты влезла. А когда ты суешь свой нос... Вы правы, цель у киллера была высокая, и, по моему глубокому убеждению, теперь и на него начнут охоту, чтобы, значит, концы в воду. Может, дурацкое ограбление на это и рассчитано?

— Тогда заказчики должны хорошо знать киллера, — заметил Лялин. — Опять же, доверять такое дело каким-то придуркам...

— Зато, если б они его пристрелили, выглядело бы

это совершенно естественно, мол, какие-то отморозки и мы здесь ни при чем.

— Пристрелили, — хмыкнул Артем. — Пальцем, что ли?

— Что верно, то верно. У грабителей имелась всего одна пушка и то неисправная.

— Нет, этот спектакль был рассчитан на другое. На то, что либо Кислицын, либо киллер непременно насторожатся и встреча не состоится. Потом Кислицын исчез бы, и концы в воду.

— Если учесть, на кого работает бедолага, вычислить заказчика не так уж трудно, — заметила я. Лялин кивнул. Теперь оба смотрели на меня, а я мысленно чертыхнулась.

Цепочка выстраивалась занятная: Кислицын входил в группировку некоего Шохина, который находился в подчинении неизвестного мне Вали, зато хорошо известно, что Валя — правая рука Тагаева. Вряд ли Валя замахнулся бы на такое без всевысочайшего соизволения. Следовательно...

— Блин, — очень эмоционально выругался Артем, который соображал не хуже меня. — Прошу прощения. Тьфу ты, черт...

— Ага, — кивнул Лялин, отводя от меня взгляд. — Я после нашего разговора навел кое-какие справки. Похоже, что Дед недоволен Тагаевым, что, в принципе, вполне понятно. Два тигра в одной клетке не уживаются, а тут еще много чего личного примешалось.

Я понимала, что друзья, щадя мои чувства, некоторые вещи не желают произносить вслух, но в тот момент собственные чувства волновали меня мало.

— По-твоему, киллер понадобился Тагаеву? А после того, как в это дело влезла я, он пошел на попятную?

— Твоя способность докапываться до истины ему хорошо известна, — пожал плечами Лялин.

— Ты плохо знаешь Тимура. Если он что-то решил, вряд ли его остановишь.

— Меня больше беспокоит другое. К примеру, тот факт, что навел тебя на Шестакова наш друг Ларионов. Скорее всего, его используют втемную, ты ведь знаешь иезуитские методы нашего отца народов.

— Если Дед решил разделаться с Тагаевым, достаточно...

— Конечно, — перебил Олег. — Он у нас всему голова, а Тагаев всего лишь бизнесмен... — Последнее слово Олег произнес издевательски. — Но в этом случае... ты бы ему простила? — спросил он с мягкой улыбкой.

— Плевать ему на это, — хмыкнула я, но Олег покачал головой.

— Не скажи. Он тебя любит. А к старости люди становятся сентиментальными. Теперь у киллера, если он чего-то стоит, появится другая цель, а ты... ты будешь восстанавливать справедливость. Может, даже сможешь упечь киллера в тюрьму.

— Ну как тут не сказать слово «член» матом, — грустно заметил Артем. — Уроды, мать их. А нам что делать?

— Я бы ответил: ничего. Но кто меня послушает? — Олег грустно вздохнул и посмотрел на меня, точно ожидая ответа.

— Это только наши фантазии, — пришел мне на помощь Артем. — Может, все не так скверно?

Но картинка, нарисованная Лялиным, очень походила на правду. Тагаев решил избавиться от Деда, а тот сыграл на опережение, намереваясь сам разделаться с противником. Причем таким образом, чтобы остаться в стороне и выступить под конец в роли утешителя.

— Ну, Дед... — только и смогла вымолвить я.

Я даже затруднялась сказать, кто из них — Дед или Тагаев — был мне противнее в ту минуту. И вместе с тем где-то глубоко ворочалась и причиняла нестерпимую боль мысль о том, что в происходящем есть и моя вина.

— Поехали, — повернулась я к Артему. — Хочу поговорить с этим несостоявшимся грабителем. Я из него душу выну.

— Ясно, — вздохнул Лялин. — Кто ж умных-то советов слушает.

Я пересела в свою машину и только тогда вспомнила про Сашку. Он сидел на заднем сиденье и зевал во весь рот.

— Может, домой заскочим? — нерешительно предложил Артем. — Чего собаке мучиться. — Но, вовремя вспомнив, что мой дом теперь не только мой, отвернулся и больше за всю дорогу не произнес ни слова. Сашка, почувствовав мое состояние, тоже притих и даже не стал возражать, когда я опять оставила его в машине.

К моменту нашего появления участников ограбления уже допросили. Все пятеро твердили, что намеревались пошутить, мол, ничего плохого не думали. Просто выпили лишнего, шутка показалась им забавной, и они теперь удивлялись, почему другие ее не оценили. Милиции задержанные были хорошо известны, великовозрастные лоботрясы, которым ничего не стоило устроить драку или прокатиться на чужой машине. Двое оказались под следствием за сбыт наркотиков, но были отпущены за недостаточностью доказательств. Причина такой милости Фемиды была проста: парни — детки весьма состоятельных граждан. Близкое знакомство с тюремной камерой ничему их не научило, вели они себя нагло и нимало не сомневались, что выкрутятся и на этот раз.

Меня же интересовали не эти оболтусы, а их вожак. Когда он вошел в кабинет, стало ясно: дела у парня плохи. Его бил озноб, глаза закатывались, лицо потное, еще немного, и начнет кататься по полу, по-собачьи воя. Даже в самом благодушном состоянии никакого сочувствия к страданиям наркоманов я не испытывала, а сейчас я была далека от благодушия.

Однако, несмотря на свое скверное состояние, Герман Сергеевич, увидев меня, начал гневаться:

— А эта чего здесь? Я при ней говорить не буду. Это противозаконно. Дура отмороженная. Это ее надо посадить, она меня чуть не убила.

— Чуть не считается, — отмахнулся Вешняков.

— Это противозаконно, — стиснул зубы Герман.

— Ты еще адвоката потребуй.

— И потребую.

Я устроилась на уголке стола, поближе к Герману Сергеевичу, и спросила:

— На героин давно подсел?

— Да пошла ты...

— Я уйду, а ты здесь останешься. На три дня как минимум. А за три дня мы еще что-нибудь придумаем, верно, Артем Сергеевич?

— А чего тут придумывать? Вооруженный налет. Как минимум — пять лет. Если адвокат хороший.

— Пусть она уйдет, — упрямился вожак. — Ничего говорить не буду.

— Смотри, какой обиженный, — проворчал Артем. — Как у баб сумки выхватывать, это ничего, а легонько по лбу стукнули, так он весь в претензиях.

— Легонько...

— Ты мою собаку напугал. Может, он теперь заикаться начнет.

— Выберусь отсюда, ты сама у меня заикаться начнешь.

— Грозишь сотруднику при исполнении, — посетовал Артем.

— Чего ты мне лепишь? Я что, не знаю, кто она? Телик смотрю...

— Тем более. Давай-ка повежливей, а то посажу в одиночку, и будешь там сидеть, пока не загнешься. У тебя богатого папаши нет, как у твоих дружков, и на кого ты надеешься, уличный боец? Давай по-доброму: ты нам поможешь, мы тебе поможем.

— Вы поможете...

— Ну и черт с тобой, — отмахнулся Артем. — Твои дружки все выложат. Сейчас тебя проводят.

Но уходить Герман Сергеевич не спешил. Он покосился на дверь и поспешно сказал:

— Ладно. Чего вы хотите?

— Кто тебя надоумил шум в баре поднять?

— В каком смысле? — насторожился он.

— Все, иди отсюда, — разозлился Артем.

— Да вы что, кто меня надоумил? Пятый день на мели, ну и...

— Ну уж так и на мели, — улыбнулась я. — Кое-что у тебя было.

— Было... надолго ли. А деньги? Знаешь сколько «герыч» стоит?

— Будем соблюдать коммерческую тайну, — отмахнулась я. — Так кто тебе эту идею подкинул?

— Никто, — ответил он и испугался. На него и до этого тошно было смотреть, а тут уж вовсе никаких сил не стало.

— Значит, сам? Своим умом дошел?

— Почему это сам, мы вместе решили.

— Но кто-то первый ценную мысль подкинул?

— Ну... только я не помню кто.

— И все дружно согласились? Чем же вас так привлек пивной бар?

— Народу много.

— И охрана есть.

— Ну и что охрана. Зато бабок в кассе полно, раз народ.

— Что же тогда вы мимо кассы кинулись сумки собирать?

— Да никто не верил, что мы всерьез. Ну и растерялись...

— Раньше грабить не приходилось? — усмехнулся Вешняков.

— Не приходилось. Драки там, возможно, были, но вообще мы...

— Ангелы, — подсказала я. — А вот дружок твой говорит, что идея была твоя и сказал ты: «Надо шухер в кабаке устроить». — Артем укоризненно взглянул на меня. Я и сама понимала, что рискую, но тратить время на этого придурка не хотелось.

— Это Гоша сказал, да? — озлобился парень. — Вот сука...

— У Гоши твоего ломка, он сейчас родную маму заложит. И ты немного погодя тоже. Так что хватит геройствовать.

— А какая мне будет от этого польза? — наконец-то проникся Гера.

— Существенная, — поднял палец Артем. — Вместо вооруженного нападения — хулиганство. Если учесть, что ты и сам пострадал...

— Мне уколоться надо.

— Ага. А мне домой. Жена ждет, дети малые.

— Ладно, — вздохнул Гера, держался он из последних сил, вот-вот начнет по полу кувыркаться. — Дизель велел.

— Это кто ж такой?

— Я у него «герыч» беру.

— Нужный человек, такому не откажешь. А ему зачем заваруха в баре?

— Откуда я знаю? Сказал, я сделал. — Герман Сергеевич вскинул голову и приготовился выть.

— Где найти Дизеля?

— В «Тихой заводи».

Я тут же потеряла к Гере всякий интерес и поспешила с ним распрощаться.

— Чего думаешь делать? — спросил Вешняков, появляясь в коридоре, где я пила кофе из пластикового стаканчика в компании знакомого капитана.

— Киллера искать, — усмехнулась я. — Народ в баре допросили?

— Допросили, — кивнул Артем. — Дядечка твой муж тамошней бухгалтерши, можешь его смело вычеркнуть из списков подозреваемых.

— А красавец в водолазке?

— С этим тоже порядок, приехал десять дней назад по семейному делу. Проверили, все чисто.

— Откуда приехал?

— Вообще он из Вильнюса. Последние пять лет живет в России, в Питере, работает в финской компании, большую часть времени находится за границей. В основном в Скандинавии.

— И чем эта фирма занимается?

— А чем они все занимаются? — удивился Артем. — Чего-то продают, чего-то покупают.

— Ага, — хмыкнула я. — Для бизнесмена он очень шустрый.

— В том смысле, что двух хулиганов уложил? Так он мастер спорта по греко-римской борьбе.

— Отлично. Я думала, он воевал во Вьетнаме.

— Молод он для этого, — в тон мне ответил Артем. — Чего ты к нему прицепилась?

Я вздохнула и честно ответила:

— Не знаю. Артем, киллер был в баре, я в этом абсолютно уверена.

— На чем основана твоя уверенность?

— На интуиции.

— Это серьезно. Хотя, узнав о смерти связника, он

мог проявить осторожность... Ладно, я тоже думаю, что он там был. Не обязательно в зале, он мог появиться под видом грузчика или придумать еще что-нибудь. Если он так хорош, как мы предполагаем, исходя из стоимости его услуг, то фантазия у него должна быть богатой.

— Он мог появиться там с компанией. Познакомился, пригласил выпить...

— Ты ж сама говорила, перед убийством зал покинул только муж бухгалтера.

— За несколько минут до убийства — да. Но не раньше. Народу много, кто-то постоянно выходил в туалет, за всем и я уследить не могла.

— Хорошо. Проверим еще раз. Довольна?

— Я буду довольна, когда ты что-нибудь раскопаешь.

Я простилась с Артемом и вышла на улицу, испытывая чувство вины перед своим псом, который ждал меня в машине. Я открыла дверь, пес тявкнул, а мужской голос за моей спиной спросил:

— Так вы работаете в милиции?

Голос я узнала сразу, можно было, не оборачиваясь, устроиться в машине и двигать в сторону дома, но я повернулась. Станислав стоял в трех шагах от моей машины и радостно улыбался.

— С чего вы взяли?

— Неужели я ошибся? У вас в милиции много друзей. Кстати, это вам я обязан тем, что меня столько времени здесь продержали?

— Вы обязаны вашему бойкому нраву. Сидели бы себе тихо, ни во что не вмешиваясь.

— Это я с перепугу, — развел он руками. Улыбка его стала еще шире, смотрел он на меня с лукавством и не без удовольствия.

— Не очень-то вы похожи на пугливого.

— А я не за себя, я за вас испугался. Красивая девушка, а тут этот придурок. Мог вас ударить. Вот я и влез. Оказалось, что вы и без меня прекрасно справились. Так вы в милиции работаете?

— Нет.

— Нет? — Он вроде бы не поверил.

— Вам-то что до этого? — усмехнулась я, устраиваясь в машине, он придержал дверцу и наклонился ко мне.

— Любопытство. Пожалуй, с милицией я дал маху. Машина у вас умопомрачительно дорогая. Допустим, папа у вас миллионер, но папенькины дочки обычно не колотят бандитов кружками.

— Папенькины дочки разные бывают.

— Так я угадал?

— Угадали. А теперь, если вы не возражаете, я закрою дверь.

— А если возражаю? — засмеялся он. — Очень, очень возражаю?

— Я ее все равно закрою, нанеся вам несущественные увечья.

— Судя по тому, как вы разделались с тем типом, так оно и будет, — с притворной грустью вздохнул он. — Я чужой в этом городе, а вечерок выдался занятный. Может, мы выпьем с вами кофе, чтобы у меня остались приятные впечатления о здешних местах? —

Я посмотрела на него, он на меня, а Сашка глухо зарычал. — Я ему не нравлюсь? — огорчился Станислав.

— Скорее, вызываете недоумение.

— Почему? — Теперь он выглядел по-настоящему заинтересованным.

— К сожалению, говорить он так и не научился. Вы на машине?

— Машина возле гостиницы.

— А гостиница где?

— Неподалеку от бара.

— Хорошо, садитесь, — кивнула я. Он быстро обошел машину и устроился рядом. Сашка сунул голову между нашими сиденьями и вновь зарычал.

— Давай знакомиться. — Станислав протянул ему руку. — Можешь звать меня Стас. А тебя, я знаю, зовут Сашкой. Все верно?

Сашка подумал и нерешительно подал ему лапу, после чего перебрался на колени к новому знакомому и устроился там.

— Пес, ты спятил, — не выдержала я, но он и ухом не повел.

— Не обращай внимания, твоя хозяйка просто ревнует. Меня обожают собаки и женщины, — весело заметил Стас.

— Не сомневаюсь, — усмехнулась я. — На всякий случай предупреждаю: мой приятель — местный мафиози, так что дружить со мной плохая идея.

— Ерунда, — отмахнулся Стас. — Такая девушка, как вы, никогда не свяжется с бандитом. Вы меня просто пугаете.

— Много вы обо мне знаете, — хмыкнула я, чтобы

он не очень-то обольщался. Я притормозила напротив кафе.

— Что это? — вроде бы удивился Стас.

— Вы хотели выпить кофе, или передумали?

— С вами я согласен на все. Сашку оставим здесь? — Сашка зло тявкнул и потряс головой. — По-моему, он против. Возьмем с собой.

— Полезай в сумку, — вздохнула я.

— А почему у собаки такое странное имя? — спросил Стас, когда мы устроились за столиком и заказали по чашке капуччино. Сашка возлежал на мягком диванчике, жевал бутерброд с пластиковой тарелки и был доволен жизнью, простив мне многочисленные грехи.

— Чем оно странное? — удивилась я.

— В России сейчас модно называть собак Сашками?

— Зовут же котов Васьками, и ничего.

— Моего кота зовут Арнольд.

— Ему повезло.

— Я вам не нравлюсь? — разом погрустнел Стас.

— С чего вы взяли?

— Ну... обычно девушки, которых я приглашаю выпить кофе, ведут себя иначе.

— Занятно. И как же они себя ведут? Сразу лезут к вам в штаны?

— Ох, как не просто с вами разговаривать.

— Так, может, и мучиться не стоит? — внесла я разумное предложение.

— Я лучше помучаюсь, — серьезно ответил Стас.

— С чего это вдруг? — удивилась я.

— Вы верите в любовь с первого взгляда?

— Нет. Только со второго.

— Ну так взгляните на меня во второй раз, — засмеялся он. — У меня ведь есть надежда? Маленькая? Иначе вы бы не поехали со мной пить кофе.

— На второй взгляд вы мне нравитесь гораздо больше.

— То ли будет, когда вы узнаете меня получше. У меня масса достоинств.

— Я заметила только два: вы отлично машете кулаками и болтаете языком.

— Я же объяснял: руками я махал с перепугу, а говорю так много от волнения. Если я позволю вам сейчас уйти, то мы можем больше никогда не встретиться. В настоящий момент это самое страшное, что может произойти в моей жизни.

— Ладно, рассказывайте про свои достоинства.

— Я умею хранить верность, нежен, ласков, терпелив, к тому же люблю делать дорогие подарки. Не женат, бездетен, богат, да еще иностранец. Ваш мафиози нам не страшен.

— Я родину люблю, — ответила я.

— Родина там, где ты счастлив.

— Сколько же безродных на свете.

— Значит, вы несчастны.

— Разве я сказала что-нибудь подобное?

— Ваш тон сказал больше слов. А почему вы не спросите, откуда я, чем занимаюсь, или вам это совсем не интересно?

— Люди, по большей части, врут о себе, а о вас я и так узнаю.

— Звучит как-то нерадостно. Сашка, твоя хозяйка загадочная женщина, и я никак не могу найти нужный тон. Наверное, я разучился соблазнять женщин. В таких вещая необходима практика, а я погряз в работе. И вот итог.

— Расскажите о своей работе.

— Экспорт леса.

— На этом мы сколотили состояние?

— Я был менеджером среднего звена.

— Почему был?

— Уволился два месяца назад. Получил наследство. Моя тетушка приказала долго жить и по неизвестной причине оставила мне свои деньги, дом в Стокгольме и виллу в Испании. Глупо работать, когда на тебя вдруг свалилось такое счастье. — Он пожал плечами и заговорил серьезно: — На самом деле я уволился, чтобы иметь возможность выполнить некоторые тетушкины распоряжения.

— А как вы оказались в нашем городе?

— По воле почившей тети, — усмехнулся он. — Она взяла с меня слово, что я перевезу прах ее матери, моей бабки, на родину. Бабуля жила с младшим сыном, когда он работал здесь на одном из заводов, умерла тридцать лет назад, и ее здесь похоронили. Сын уехал, а могила осталась безуходной. Тетушку это очень печалило. Она сама обрела приют на родовом хуторе и очень хотела, чтобы бабуля присоединилась к ней.

— Неудивительно, что вам пришлось оставить работу, — посочувствовала я. — Задание не из простых.

— Ваши чиновники виртуозы по части вымогательства, но это еще полбеды. Дядя покинул эти места двадцать три года назад, так что теперь могилу отыскать непросто.

— Попробую вам помочь справиться с чиновниками.

— Серьезно?

— Конечно. Я работаю в администрации.

— Здорово. У меня будет повод звонить вам. Вы ведь не откажетесь дать мне свой номер телефона?

— Не откажусь. — Я достала визитную карточку и протянула ему.

— Ах, вот в чем дело. Теперь ваши взаимоотношения с милицией стали мне понятны. Правда, я до сих пор не встречал помощника по связям с общественностью, который так ловко орудовал бы пивной кружкой.

— У меня тоже полно талантов. За кофе, я полагаю, расплатитесь вы. До гостиницы доберетесь на такси, а нам с Сашкой пора.

— Я вам позвоню, — сказал он и загрустил.

— Не сомневаюсь, — кивнула я. Сунула слабо сопротивляющегося Сашку в сумку и пошла к выходу.

Уже из машины позвонила Лялину:

— Попробуй по своим каналам проверить одного человечка. Краскаускас Станислав.

— Станислав, а отчество?

— Отчество им теперь не положено.

— Иностранец, что ли?

— Вроде того. Подробности биографии у Артема.

— А он сам не может проверить?

— Боюсь, ментовской проверки тут недостаточно.

— Ты думаешь...

— Почему бы и нет? Парень занятный.

— Но из зала он не выходил.

— Однако мы допускали мысль, что Кислицына убил не киллер.

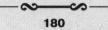

— Маловероятно.

— Но возможно.

— И он подсел к тебе? Ты веришь в подобные совпадения? Или это не совпадение?

— Почему бы и нет? — вновь ответила я.

Закончив разговор с Лялиным, я поехала в ночной клуб «Тихая заводь», который был мне хорошо знаком. Его хозяин мой давний друг, но, когда я толкнула стеклянные двери клуба, мои чувства были далеки от дружеских.

Сашку я взяла с собой, он нервно таращился из сумки, удивляясь нашей необычайной подвижности. Подозреваю, пес охотно смотрел бы дома телевизор, но выбора у него не было.

Охранник на входе, увидев меня, выдал свою лучшую улыбку. Впрочем, арсенал их у него не так велик, парень вообще не любил улыбаться, но для меня сделал исключение.

— Володя здесь? — спросила я, поздоровавшись. Тут и сам Володя возник в поле моего зрения, раскинул руки и запел:

— Глазам своим не верю, привет, солнышко.

Он заключил меня в объятия и даже поцеловал, чему я не препятствовала. Володя содержал в городе несколько ночных клубов. В последнее время своей штаб-квартирой сделал «Тихую заводь», в остальные наезжал время от времени, приглядывая за порядком. С Сашкой они были друзья, оттого Володя и сказал:

— Выпусти его из сумки. Пусть побегает.

— Перебьется, — посуровела я. Сашка обиженно отвернулся, а Володя насторожился.

— Пойдем ко мне?

— Пойдем.

В кабинете Володя устроился рядом со мной на диване, велел принести себе коньяк, а мне кофе и продолжал улыбаться, но теперь за его улыбками скрывалась тревога. Он уже понял, что я пришла не просто так. Дав человеку насладиться вкусом коньяка и отодвинув недопитую чашку кофе, я спросила:

— Помнится, ты зарекался связываться с наркотой.

Он едва не поперхнулся, продемонстрировал изумление и даже предпринял попытку перекреститься.

— Да ты что? Да я...

Я лучезарно улыбнулась, скрестив руки на груди. Володя вздохнул и отвел взгляд. Он молчал, и я молчала. Так как мы хорошо знали друг друга, он заговорил первым:

— Детка, ты же понимаешь...

— Меня интересует тип по кличке Дизель.

Теперь он удивился по-настоящему:

— Дизель? На кой черт он тебе?

— Что он за человек. С кем работает?

— Ну... черномазый... учился в университете, то ли выгнали, то ли сам ушел. Торгует наркотой, подрабатывает в стриптизе, мелочовка.

— Ты не сказал главного, — напомнила я. Володя поморщился.

— Я не интересуюсь, у кого он берет эту дрянь.

— Так уж и не интересуешься? — улыбнулась я, решив не обижать старого друга.

— Представь себе. Хотя в пору моей борьбы за здоровье нации в отдельно взятом клубе меня навестили и дали понять, что делать этого не стоит. Тебя интересует, кто ко мне заглянул?

— Конечно.

— Некий господин Коваль, больше известный под кличкой Валя. Твой друг тебя случайно с ним не знакомил? — язвительно поинтересовался Володя.

— Забыл, наверное, — вздохнула я.

— Может, объяснишь, в чем дело?

— Надо поговорить с этим типом. Очень рассчитываю на твою помощь.

— А неприятностей у меня не будет?

— Не будет.

— Хорошо.

— Позови охранника.

Я снабдила охранника инструкцией, а он меня наручниками. После чего я заняла выжидательную позицию в длинном коридоре, который упирался в кладовку. Вскоре в этом самом коридоре появился охранник, рядом с ним шел щуплый негр в вязаной шапке, красной футболке и штанах, которые мешком свисали с тощих ягодиц. Знала бы, что Дизель такое тщедушное создание, не стала бы беспокоить охранника. Тот пропустил парня вперед, он поравнялся со мной и спросил:

— Чего тебе?

По-русски он говорил скверно, как видно, учеба в университете его не очень увлекала, однако, несмотря на это, он вызвал у меня самые теплые чувства: парень меня не узнал. Это было почти невероятно и вдохновляло на подвиги. Я легонько задвинула ему в солнечное сплетение, чего он точно не ожидал, охнул и согнулся. Когда охранник подскочил к нам, я уже защелкнула наручники на правой руке Дизеля и приковала его к батарее отопления. Изумлению его не было границ.

— Ты кто? — спросил он, вытаращив глаза, хотя они и так у него как блюдца. Решив нам не мешать, охранник вернулся в начало коридора и замер спиной к нам.

— А ты кто? — спросила я с интересом.

— Ты, сучка, мать твою, да тебя на куски разрежут. — Тут выяснилось, что русский он знал, и даже весьма неплохо, но знания в основном относились к ненормативной лексике.

Я достала из кармана удостоверение (их у меня не одно и даже не три) и сунула под нос Дизелю так, чтобы он не успел прочитать ни слова, и сказала:

— Сейчас ты отправишься со мной, а завтра с первым дилижансом на родину. Ты откуда?

— Из Нигерии, — неохотно ответил он.

— Родина ждет.

— Да пошла ты...

— Наверное, хорошая страна.

— Отвали.

— Думаешь, посидишь до утра, и все? Зря думаешь. Я тебе сама билет куплю. И даже провожу. Хотя мне совершенно безразлично, здесь ты или в Африке. Так что можем договориться.

Договариваться он привык, сплюнул и с неудовольствием посмотрел на меня.

— Кто надоумил тебя отправить придурков в бар «Витязь»?

— Да пошла ты...

— Соображай быстрей, дохлый. Ты же знал, с кем связывался. У Геры ломка, и он сейчас дает показания. Ты про пистолет знал?

— Какой пистолет?

Дизель как-то посерел и съежился, хотя и до той поры больше походил на дистрофичного подростка.

— Вижу, что не знал. А самое скверное, еще не слышал, что сегодня произошло в «Витязе». Вооруженное ограбление со стрельбой, есть раненые. Гера все валит на тебя. Колись, зараза, не то я тебе не просто соучастие в ограблении припаяю, ты у меня под суд пойдешь как организатор теракта.

— Послушай, тут такое дело... не буду я ничего говорить, — взвился он. — А ты полезешь, тебе же будет хуже.

— Звучит многообещающе. Цени мои усилия: я не потащила тебя в ментовку, а тихо-мирно беседую здесь, заметь, без протокола. Но моя доброта вот-вот иссякнет.

— Я же тебе говорю, — перешел он с крика на шепот. — Здесь такие люди замешаны...

— Расскажи мне о них.

— Да они и меня, и тебя... Ты что, не понимаешь?

— Не понимаю. Пока ты только невразумительно пугаешь меня. А я хочу знать. Последний раз спрашиваю: говоришь здесь или в милиции?

— Идиотка, — закатил он глаза, получилось очень смешно. — Ко мне подошел человек, объяснил, что надо делать, — с отчаянием начал он, поняв, что шутить я не намерена.

— Что за человек?

— Не представился.

— И ты побежал выполнять приказание, даже не поинтересовавшись...

— Мне с ним знакомиться ни к чему, я и так понял, что он легко выполнит все, что обещал. А мои дружки проследили его до тачки, на которой он приехал.

— Предусмотрительно. Номерок запомнил?

Он еще раз вздохнул и назвал номер. Он был мне хорошо известен.

— Дядя высокий, спортивный, светлые волосы, стрижка ежиком, глаза светлые, нос прямой, когда говорит, верхняя губа слегка кривится. На подбородке с левой стороны маленький шрам?

— Ага, — кивнул Дизель, глядя на меня с уважением. — Ты его знаешь?

— Он почти что друг мне, — хмыкнула я.

— Если он узнает, что я его заложил, и мне, и тебе конец.

— Я-то здесь при чем? — удивилась я. — Не я же его закладывала. — И направилась по коридору. Сашка ждал меня в кабинете Володи.

— Как прошла встреча? — хмуро поинтересовался он.

— В атмосфере братства и взаимопонимания. Витя его освободит от оков, и в мире воцарится справедливость.

Я попрощалась и поехала домой, размышляя на тему «мир сошел с ума». А как я должна относиться к тому факту, что начальник Дедовой охраны шантажи-

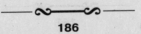

рует Дизеля, чтобы с его помощью устроить глупейшее ограбление? Лялин, как всегда, оказался прав. Ларионов выполняет повеление хозяина, а хозяин опять что-то затевает. Впрочем, «что-то» не совсем верно. Ясно, что. Итак, Дед и Тагаев сцепились, и помешать этому я уже не могу. Мне уготована роль статиста. Дед расправится со своим недругом, как делал это не раз, потом умоет руки и скажет с грустью, глядя мне в глаза: «А что, по-твоему, я должен был делать? Ждать, когда он убьет меня?»

— Сукин сын! — рявкнула я. Сашка укоризненно взглянул на меня, а я добавила: — И твой Тагаев тоже. Тигры, мать их. Пауки в банке.

Мое душевное состояние способствовало тому, что до дома я доехала в рекордно короткие сроки. Несмотря на поздний час, свет в гостиной горел. Загнав машину в гараж, я поднялась в холл, Сашка отправился на кухню и там затих, почуяв неладное, а я вошла в гостиную. Тагаев играл в шахматы. Он поднял голову и сказал:

— Привет.

Я прошла и села напротив.

— У тебя неприятности? — спросил он немного погодя.

— Даже не знаю, что ответить.

— Значит, неприятности. И появился новый знакомый.

— Кого ты имеешь в виду?

— Парня, с которым ты пила кофе в «Домино».

— Потрясена твоей осведомленностью, — развела я руками.

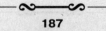

— Пустяки. Хозяин мой приятель.

— Впредь буду осмотрительнее.

— Да, и постарайся себя сдерживать, драка в кабаке не лучшее занятие для женщины.

— Он первый начал.

— Идиот. Может, тебе стоит носить значок «Держитесь от меня подальше»?

— Ты чем-то недоволен? — помедлив, спросила я.

— Недоволен? — Он поднял брови, демонстрируя удивление, и сложил руки на груди.

— Может, ненароком я нарушила твои планы?

— Интересно, какие именно?

— Тимур, — поморщилась я, — нам не пора ли поговорить?

Он улыбнулся и кивнул:

— Начинай.

— У вас с Дедом наметились разногласия? — собравшись с силами, спросила я.

— Они всегда были. И что?

— Они всегда были, но вы с этим как-то справлялись. Теперь все не так. Я права?

— Нет.

— Что — нет?

— Ты не права, — сказал он спокойно.

— О, черт. Как ты не понимаешь... Ты ставишь меня в безвыходное положение. Если бы мы могли просто поговорить...

Он засмеялся, тихо и весело.

— Хочешь убедить меня в том, что тебя действительно волнуют мои дела?

— Да, они меня волнуют, — призывая себя к терпению, ответила я.

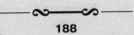

— Знаешь, ты очень убедительна, — вздохнул он, смеяться ему надоело по неизвестной причине, вряд ли потому, что его убедил мой ответ. — По утрам самовнушением не занимаешься? «Я счастлива, у меня все хорошо...»

— А ты? — разозлилась я.

— Поначалу пробовал, но мне это не помогает.

— Тогда какого черта не уйдешь?

К ответу он подошел очень серьезно, помолчал, подумал, развел руками и улыбнулся:

— Не могу. Без тебя подохну, и с тобой не жизнь.

Я досадливо покачала головой:

— Слушай, я люблю тебя.

— Себе-то хоть не ври. Если бы у меня хватило сил, я бы давно ушел. Сама ты не сбежишь. Будешь жалеть меня, считать себя виноватой, тихо ненавидеть, не меня, себя. Я много думал, похоже, из этой ситуации нет выхода.

— Выход всегда есть. Взял бы да и пристрелил меня к чертовой матери.

— В этом вся ты, — хмыкнул Тимур. — Нет бы сказала: пустил бы себе пулю в лоб и дал бы пожить спокойно. Хотя это выход. Тебе такое не приходило в голову?

— Мне в голову приходят только светлые мысли. Вообще, я хотела поговорить не о том, что ты упорно не веришь в мои чувства, а о твоих отношениях с Дедом.

— Это одно и то же, — огорошил он.

— Что? — спросила я.

— Это все звенья одной цепи, как сказали бы в романе.

— Тимур, ты сукин сын. Ты портишь жизнь себе и мне.

— Я знаю.

— Нет, ты не знаешь. Ты не желаешь мне верить. Все мои слова ты считаешь враньем, все мои поступки сплошным упрямством.

— Ах, детка, детка. Я прекрасно знаю, если бы у тебя был выбор, ты бы...

— Рада, что ты все решил за меня.

— Иди к черту, детка.

— Может, ты для разнообразия забудешь мои старые грехи и мы...

— У тебя один грех, зато какой: ты не любишь меня. Ты стараешься, очень стараешься, только это впустую.

— Все, хватит, — не выдержала я. — Убирайся. Катись отсюда и не появляйся мне на глаза.

— Отлично. Скажи, тебе стало легче?

— Идиот! — рявкнула я, схватила вазу и запустила ее в стену, она ударилась о камин и разлетелась по ковру осколками. Сашка, выскочив из кухни, отчаянно залаял.

— А ты молчи! — прикрикнула я, Сашка завыл, глядя на Тимура.

— Неплохой бросок, — кивнул тот. — Я знаю, как ты любишь бить посуду, так что продолжай, не стесняйся.

— Надо было бы запустить ее в твою голову.

— Твое желание мне понятно.

— Перестань. Что ты делаешь? Какого черта, а? Я действительно тебя люблю.

— А вот это ты зря. Ты не любишь, ты позволяешь себя любить. Это разные вещи. Ты позволяешь себя любить и зеваешь во весь рот от скуки. Тебе нужны страсти, дорогая. Вот если бы я ни в грош тебя не ставил, а еще лучше — заставлял страдать, вот тогда бы ты меня полюбила. Тебе обязательно надо страдать. Ты чокнутая сука, и я с тобой окончательно спятил.

— С последним утверждением я согласна. Теперь, когда я разбила вазу, а ты смог высказаться... — Если честно, в тот момент я все-таки надеялась, что мы сможем успокоиться и поговорить. Но я очень заблуждалась. Тагаев направился к двери, я схватила его за руку, он толкнул меня, а я заорала: — Все, катись!

Он переобулся в холле, схватил куртку, не глядя в мою сторону, вышел и хлопнул дверью. А мне вдруг сделалось невыносимо больно, хотя и до той поры хорошо не было.

Я села на диван, обхватила себя за плечи и уставилась в пол. Сашка подполз ко мне и ткнулся носом мне в ноги.

— Твой приятель идиот. Слышишь? Сам дурак и меня достал.

Я взяла Сашку на руки и заревела. В основном от обиды. А еще от страха. Вдруг во всем том, что он здесь наговорил, есть правда? Я любила Деда. Я любила Лукьянова. И тот, и другой заставляли меня страдать. Может, я действительно чокнутая сука?

— Эй, пес, — позвала я. — По-твоему, он прав? — Сашка вздохнул, а мне стало стыдно. — Идем чай пить.

И перестань демонстрировать глубокое горе. Никуда твой Тимур не денется. Погуляет, вернет мозги на место, а потом явится и будет делать вид, что ничего не случилось.

Держа Сашку на руках, я прошла в кухню, заварила чай, грохоча посудой, швырнула крышку от сковородки, уперлась руками в стол и покачала головой.

— Полный дурдом, — пожаловалась я своей собаке. Пить чай не хотелось. Я бестолково сновала по кухне, задержалась у окна, составляя длинные оправдательные речи. Оправдываться вроде не в чем, но так получалось. — Черт, как все глупо, — бормотала я, злясь на себя, на Тимура, на ни в чем не повинного Сашку.

Странно, что я никак не могла успокоиться. Напротив, лихорадочно шагала из угла в угол, потом меня начала бить дрожь. Внутренности сводило судорогой, точно перед прыжком с огромной высоты, пока вдруг не пришла мысль: «Что-то случилось». Я постаралась взять себя в руки. Что могло случиться с этим сукиным сыном? Шляется по улицам или сидит в каком-нибудь кабаке. Я набрала номер его мобильного. Ясно, что разговор сейчас ни к чему хорошему не приведет, особенно по телефону, впрочем, я и не собиралась с ним говорить, просто хотела убедиться... «Телефон выключен или находится вне зоны действия сети». Разумеется, он его выключил. Я звонила еще раз пять, не в силах остановиться, пока не услышала, что телефон трезвонит в гостиной, он был прикрыт подушкой, Тимур забыл его на диване.

— Черт, — сказала я в досаде. Замерла возле окна. Страшно хотелось курить, но сигарет в доме не было.

Чего ж так хреново-то, господи? Я прошла в кухню и часа полтора нарезала круги там. Сашка с печалью наблюдал за мной, лежа в кресле.

— Где его черти носят, — пробормотала я, этого Сашка не знал и только вздохнул в ответ.

Через два часа я потащила его гулять в глупой надежде, что Тагаев бродит вокруг дома.

— Не такой он дурак, как кажется, — констатировала я примерно через час. Позвонила в «Шанхай», потом в «Пирамиду». Тимура там не было, или он просто не желал, чтобы я знала, где он. В конце концов, я села в машину и сама отправилась в «Шанхай». Охранник при виде меня выразил недоумение, ресторан давно закрылся.

— Тимур Вячеславович здесь?

— Нет.

— А был сегодня?

— Я не видел.

Я позвонила в его квартиру, бесконечные гудки. Начало светать, в глаза точно песка насыпали, пора прекратить дурацкое патрулирование улиц.

Я вернулась домой в тайной надежде, что Тимур уже там. Сашка скулил в холле. Я прошла в гостиную и принялась названивать по всем возможным телефонам. Мне было совершенно безразлично, как к этому отнесутся люди, которых я поднимаю с постели на рассвете, мне было безразлично, как к этому отнесется Тимур, я хотела услышать его голос, я хотела знать, что с ним все в порядке.

Последний раз я взглянула на часы в шесть утра, а потом все-таки заснула и, засыпая, уже знала, что ничего хорошего утро мне не принесет.

...Я медленно шла по длинному коридору, очень медленно и очень тихо. Тишина была такой, что закладывало уши. Вдруг я задела рукой за холодную влажную стену, а мир вокруг меня точно взбесился, раздался чудовищный звон, и я не сразу поняла, что это телефон.

Я открыла глаза, машинально взглянула на часы и схватила трубку. Первое чувство: страшное разочарование и обида, потому что голос не принадлежал Тимуру. Звонил Вешняков.

— Ольга, — сказал он со вздохом.

— Чего? — отозвалась я, стараясь справиться с желанием сиюсекундно разреветься.

— Я это... Ты в курсе?

— Что, еще один покойник?

— Уже знаешь? А я тебе звонить боялся. Смалодушничал, пусть, думаю, кто-нибудь другой.

— Чего ты мелешь? — насторожилась я.

— Так ты знаешь или нет? — забеспокоился он. Я заподозрила, что он хочет немедленно бросить трубку, и взяла себя в руки.

— Может, ты объяснишь по-человечески, что случилось?

Он тяжко вздохнул:

— Тагаев арестован.

Страх медленно исчезал.

— За что? — буркнула я.

— За убийство гражданки Гавриловой.

— О господи... — только и смогла вымолвить я, потрясла головой, точно всерьез надеясь, что это поможет. — Откуда она взялась, и с какой стати Тимуру убивать ее?

— Это я и пытаюсь выяснить. Короче, давай сюда. — Артем назвал адрес. Я принялась лихорадочно собираться.

Разумеется, я не надеялась, что Артем решил пошутить от безделья. Ему хорошо известно, что за такие шутки можно и инвалидом стать. Однако ничего особо подлого от судьбы не ждала. Зачем Тимуру кого-то убивать? Значит, это недоразумение, а с ним мы разберемся быстро.

Настроенная весьма оптимистично, я позвала Сашку и выгнала машину из гаража. Вешняков ждал меня возле небольшого трехэтажного дома с мансардой на тихой улочке недалеко от центра. На автостоянке возле подъезда две милицейские машины. Вешняков курил, хмуро разглядывая кусты напротив, заметив меня, пошел навстречу.

— Ну? — спросила я, выходя из машины.

— Сашку здесь оставь, — вздохнул он. — Идем, посмотришь, что к чему. Может, мысли какие появятся.

— Ты мне объяснишь, в чем дело? — разозлилась я, двигаясь вслед за ним в направлении подъезда.

— Значит, так. Гаврилова Анастасия Викторовна, бывшая танцовщица ночного клуба «Пирамида», ныне безработная... Подруга Миши Молчуна, и эта квартира, кстати, его. Ночью гражданка Гаврилова приехала вместе с мужчиной, они поднялись в квартиру, квартира на втором этаже. По словам консьержа, оба были сильно навеселе. Никакого шума из квартиры № 4 он не слышал, утверждает, что все было тихо. В 7.30 приехал из командировки гражданин Туманов Сергей Владимирович, поднимаясь в свою квартиру, он живет на третьем этаже, обратил внимание на то, что дверь в квартиру № 4 чуть приоткрыта, а в замке торчат ключи. Это показалось ему странным. Он позвонил в дверь, никто не ответил. Тогда он обратился к консьержу, они вдвоем вошли в квартиру и обнаружили в холле гражданку Гаврилову без признаков жизни, а в гостиной спящего мужчину. Вызвали милицию. Мужчину удалось растолкать с большим трудом, поначалу ребята решили, что его тоже того... Пьян он был в стельку.

— Ты хочешь сказать, это Тагаев? — спросила я.

— Не хочу. Но это он.

— И где сейчас этот придурок? — грязно выругавшись, полюбопытствовала я.

— В камере, естественно. Где же ему быть, если никаких внятных объяснений он дать не может.

— А что он вообще говорит? — Мы стояли в холле подъезда в двух шагах от лифта, Вешняков отводил взгляд, а я испытывала сильнейшее желание что-нибудь разбить.

— Что женщину он не убивал. О событиях ночи не помнит. Говорит, пили в «Пирамиде», а потом здесь. Далее провал.

— Здорово, — хмыкнула я. — Ты хоть раз так напивался, чтобы ничего не помнить?

— Я и не пытался. Слушай, Ольга, вы что, поссорились?

— Придурок. Не ты, Тагаев.

— Поссорились?

— Мы долго будем здесь стоять? — огрызнулась я. Вешняков вздохнул и начал подниматься по лестнице.

— Должен тебя предупредить, дела хреновые.

— Я уже поняла. Чего хорошего в том, чтобы пить до бесчувствия.

— Ольга, я серьезно.

— И я не шучу. Надеюсь, ты не думаешь, что Тагаев в самом деле ее убил?

— Не думаю, — без особой уверенности ответил он. — Но, похоже, подозреваемых больше нет.

Мы подошли к тяжелой двери с цифрой «четыре» на табличке, дверь была приоткрыта, из квартиры доносились голоса. Артем вошел первым, я за ним. Мой давний знакомый Валера сидел на корточках и что-то разглядывал на полу.

— Привет, — сказал он мне, подняв голову и оптимистично улыбнулся. — Дай закурить.

— Не курю.

— Вот это сила воли. — Он достал сигарету из пачки и закурил.

— Чего стреляешь, если свои есть? — проворчал Артем.

— Из принципа. Опять же про запас.

— Разумно, — кивнула я. — Что скажешь?

— А чего тут скажешь? Сначала он стукнул ее головой о твердый предмет, говоря попросту, к стене припечатал, а потом придушил. Не похоже, чтобы она сопротивлялась, то ли пьяна была так, что рукой пошевелить не могла, то ли перепугалась.

Прямо напротив входной двери в гостиную распахнутая настежь дверь. Я увидела диван, красный плед на полу, пустая бутылка коньяка, разбитая рюмка, вокруг валялись какие-то осколки, увядшая роза, лужа воды на паркете.

— Похоже на ураган, — пробормотала я. — А говоришь, не сопротивлялась.

— Вазу и рюмку, скорее всего, разбили раньше, просто по пьянке. Хотя...

Труп уже увезли, я стояла и молча оглядывалась. Валерка ткнул пальцем в сторону стены.

— Вон там она лежала. — Я увидела слабый след мела на паркете. — Похоже, намеревалась покинуть квартиру.

— Отпечатки пальцев есть? — спросила я.

— Сколько угодно.

Квартира, как ни странно, оказалась небольшой, метров восемьдесят, что для такого дома удивительно.

— Следы взлома? — на всякий случай спросила я. Вешняков покачал головой.

— Дверь приоткрыта, ключ торчал в замке со стороны лестничной клетки.

— Что конкретно он говорит? — нахмурилась я. — Или он говорить не в состоянии?

— Почему же, — буркнул Артем. — Как понял, в чем дело, протрезвел. Только ничего путного он сказать не может. Не помнит. — Артем развел руками, чувствовалось, что он здорово злился, только вот не ясно на кого.

— Что соседи?

— Один явился утром, три квартиры пустуют, одни хозяева на даче, другие за границей.

— Что, во всем доме никого не было?

— Почему не было? Консьерж.

— Он-то что говорит?

— Ничего не видел и никого не слышал. Что он скажет?

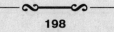

В квартиру вошел молодой человек и доложил:

— Артём Сергеевич, Ляпушинский говорит, ему на работу нужно.

— Кто это? — спросила я.

— Сосед.

— Не возражаешь, если я с ним поговорю?

— Ради бога. Он в своей квартире на третьем этаже.

Квартира Ляпушинского была раза в три больше, чем та, что под ним. Если учесть, что проживал он здесь один, можно было смело сказать: боязнью большого пространства человек не страдал. На вид ему было лет сорок пять, подтянутый, моложавый, стильная стрижка и шкиперская бородка. Судя по выражению лица, доволен собой и всем миром, в том смысле, что окружающие волнуют его мало.

— Мы не могли бы перенести разговор? — вежливо поинтересовался он. — У меня дела.

— Понимаю, но убийство...

— Да-да, конечно. Я готов. Я, собственно, уже все рассказал вашему сотруднику.

— Вы убитую хорошо знали?

— Практически совсем не знал.

— Давно здесь живете?

— Уже пять лет.

— А она?

— Года три, но... видите ли, Анастасия Викторовна не в моем вкусе, точнее сказать, она из тех женщин, с которыми я не ищу знакомства.

— Интересно. А нельзя ли поподробнее?

— Стриптизерша в клубе. По-вашему, подходящая компания для человека моего социального положения?

— Ну...

— Да-да, понимаю, что вы хотите сказать, но я не из тех мужчин, что ищут продажной любви. К тому же ни для кого не секрет, что она подружка Молчунова... была. Надеюсь, вы в курсе, что этого бандита не так давно застрелили?

— В курсе.

— По слухам, он отличался горячим нравом и легко расправлялся с соперниками.

— То есть он был очень ревнив?

— Я с ним не был знаком, слава богу. Может, ревнив, а может, просто не желал, чтобы ему наставляли рога за его же деньги.

— Он здесь часто появлялся?

— За три года я его ни разу не видел.

— Немного странно, да?

— Почему? Слава богу, не в коммуналке живем.

— У нее часто были гости?

— Не знаю.

— Может, слышали шум, музыку?

— Нет, у нее, в общем-то, тихо. Да и стены у нас... я позаботился о том, чтобы соседи не мешали друг другу. Этот дом я строил, — с гордостью добавил он. — Моя квартира занимает весь этаж плюс мансарда. В этом есть преимущества: я никому не мешаю, мне никто не мешает.

— Вы сказали, Молчунов купил убитой квартиру?

— Да, купил ее у прежнего хозяина. Тот, собственно, и строил ее для продажи.

— Анастасия Викторовна приглашала вас к себе, может быть, сама иногда заходила?

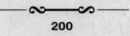

— К чему эти вопросы? — нахмурился Ляпушинский. — Я же вам сказал... давайте откровенно, Ольга Сергеевна. Мне эта женщина не была симпатична. Нет, нет, ничего против нее я не имел, и даже ее прошлое... какое мне до всего этого дело? Я пять лет назад развелся с женой, и у меня твердое намерение более никогда не вступать в брак, а Анастасия, извините, очень напоминала мою супругу и манерами, и даже внешне. И она пыталась меня соблазнять. Зашла за солью, представляете? Я был очень вежлив, выставил ее вон, но потом проявлял исключительную осторожность. Я не ищу неприятностей, я хочу немного пожить в свое удовольствие. Поэтому никакого намека на дружбу или, наоборот, вражды между нами не было.

— Расскажите, как вы обнаружили труп.

— Я приехал утром...

— Откуда?

— У меня была встреча с партнерами. Мы решили отдохнуть в охотничьем домике, километрах в тридцати от города. Там и заночевали. Я, собственно, заскочил домой сменить рубашку и взять кое-какие документы. Шофер остался ждать в машине, а я поднялся сюда и обратил внимание на дверь квартиры Анастасии. Она была приоткрыта, и в замке торчали ключи. «Довольно странно», — подумал я. Как вы считаете?

— Я бы, наверное, подумала так же.

— Ну, я и позвонил. Честно говоря, я не имел в виду, что с ней что-то... с другой стороны, ведь ее дружка не так давно... Я позвонил еще раз, но никто не ответил, и тогда я позвал Василия Васильевича.

— Это консьерж?

— Да, это он дежурил. Он мне сказал, что Анастасия пришла ночью с каким-то мужчиной. Оба очень пьяные. Оттого и дверь забыли закрыть. Это все объясняло. И то, что на звонки не реагируют, и ключи... Но, наверное, какие-то сомнения... в общем, Василий Васильевич приоткрыл дверь, и мы увидели... Анастасия лежала в холле.

— Вы сразу поняли, что она мертва?

— Еще бы, вы бы ее видели... Ужас. — Он передернул плечами и отвернулся. — Я сразу же позвонил в милицию.

— В квартиру вы не входили?

— Василий Васильевич вошел, но только в холл.

— Зачем он входил?

— Когда увидели, что она лежит, подумал, может быть, ей плохо, перевернул на спину... Ольга Сергеевна, мне действительно необходимо быть на работе.

— Да-да, извините. А почему вы утром не воспользовались лифтом? Все-таки третий этаж.

— Я лифтом никогда не пользуюсь. Предпочитаю лестницу. Это вместо зарядки. Вам это кажется подозрительным?

— Нет, что вы. Я сама обожаю бегать по ступенькам.

Вешняков ждал меня на лестничной клетке.

— Ну, что? — спросил он сердито.

— Ничего.

— А я что говорил? Со стариком поболтаешь или на слово поверишь, что тоже ничего?

— Где он?

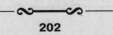

— Внизу, таблетки пьет.

Мы спустились на первый этаж. У лифта была комната, окно рядом с дверью прямо напротив входа. Комната оказалась довольно большой, на стареньком диване лежал мужчина лет шестидесяти, рядом сидела врач, мерила ему давление.

— Как себя чувствуете, Василий Васильевич? — спросил Вешняков.

— Нормально.

— В больницу ему надо, — заметила врач. — Давление сто восемьдесят.

— Понервничал, — сказал Василий Васильевич, точно оправдываясь.

— Извините, что вопросами замучили, — вздохнула я. Он махнул рукой.

— Чего там, дело такое... ух ты, господи, мне опять все рассказывать?

— Боюсь, не в последний раз, — опять вздохнула я, он кивнул.

— Понятно. Значит, приехали они ночью, я спал, слышу, какая-то возня. Ну, поднялся, смотрю, Настасья входную дверь никак не откроет. У нас кодовый замок, но на ночь еще на ключ запираем. Вот она никак открыть и не могла, дверь наполовину стеклянная, все видно. Я сообразил, что она долго возиться будет, открыл. С ней мужчина. Оба сильно выпивши. Он вроде бы даже пьянее Насти.

— Что, на ногах не стоял?

— Стоял, видать, ноги крепкие, но соображал ли чего, не знаю. Она его за руку тянет. Поднялись на лифте. Я постоял, послушал, дверь открылась, Настя чего-то засмеялась, ну, думаю, слава богу, добрались. Главное, чтоб в лифте не застряли, а остальное дело не мое. Пошел спать. Утром Михалыч пришел, дворник наш, он инструмент здесь оставляет, в подвале. Попили чаю, он пошел двор мести, а я стал телевизор смотреть. Смена у нас в девять, сутками дежурим. Тут Ляпушинский из пятой квартиры приехал. Поднялся на второй этаж и меня зовет. Я, когда дверь открытую увидел, не испугался, даже объяснил ему, что Настя с кавалером и оба пьяные. Но он всполошился и меня перепугал. Звонил два раза, подолгу. Ну, толкнул дверь...

— Он или вы?

— Вроде я. Честно сказать, от страха и не помню. А она лежит. Странно так. И мужика вижу, он на диване, лицом вниз и рука на пол свесилась. Я вазу разбитую увидел и вот тогда испугался, бросился к Насте, а она уже того...

— Выходит, они поссорились, вазу разбили, а вы ничего не слышали?

— Ничего. Богом клянусь. Я же здесь, в закутке, дверь закрыта плотно, а они на втором этаже.

— Но если бы женщина, к примеру, закричала?

— Если б закричала, думаю, что услышал бы, раз у нее дверь не заперта. Дверь-то тяжеленная, но, если закрыта неплотно, может... Но я ничего не слышал. Не было никаких криков, вообще тихо, никакого шума.

— Но ведь вы сказали, что спать легли.

— Да. И уснул быстро, у нас не запрещается. Дверь-то на ключ заперта, чужие не войдут.

— Так, может, все-таки не слышали?

— Чего?

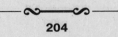

— Шума.

— Нет. Все тихо было.

— Я его в больницу забираю, — вмешалась врач, поднимаясь. — У него, между прочим, инвалидность, а с таким давлением не шутят.

Я простилась с ними и вышла в холл, Вешняков за мной.

— Ничего не вижу, ничего не слышу, — пробубнил он.

— Вот-вот. Старик спал, а может, просто боится, зная, какие друзья были у убитой.

— У меня еще плохая новость.

— А хороших нет? — съязвила я.

— Пока нет. Тут напротив магазин, в 3.05 сработала сигнализация. Парни из вневедомственной охраны сидели в машине до восьми утра, хозяина найти не могли. Как раз напротив подъезда. Говорят, никто не входил. Гаврилову задушили где-то около четырех, так что...

— Они могли не заметить. В конце концов, смотрели за магазином, а не за подъездом.

— Конечно.

— Чего — конечно? — не выдержала я. — Хочешь сказать, что это Тимур...

— Я хочу сказать, что показания свидетеля не в его пользу.

— Это я уже поняла.

— Он был пьян. Кстати, что это вдруг на него нашло?

— У него и спроси.

— Хорошо, спрошу. Он был пьян, девушка что-то сказала, ему не понравилось... не надо на меня так смотреть. Это я все к тому говорю, что для следствия...

— Помолчи, без тебя тошно.

— А мне, думаешь, весело? Молчун приказал долго жить, и, если верить слухам, к этому приложил руку твой Тимур. А теперь и подружка... Напрашивается вывод: может, глупая девка надумала его шантажировать?

— Час от часу не легче.

— И я про то. Брякнула сдуру, а Тимуру это не понравилось, решил пугнуть, да силы не рассчитал.

— Глупости.

— Для нас с тобой возможно. Но если учесть наши недавние фантазии...

— Будем искать убийцу.

— Конечно, — пожал плечами Артем. Я прекрасно понимала, о чем он думает. Если девушку убил киллер, чтобы подставить Тимура, найти его будет непросто.

— Мне надо с ним поговорить, — сказала я.

— С кем?

— С Тагаевым. Чем скорее, тем лучше.

На лице адвоката читалась многозначительность.

— Тимур Вячеславович определенно дал понять, что встречаться с вами не желает. Ни сегодня, ни завтра, ни вообще в ближайшее время.

— А причину такой немилости он не объяснил? — без намека на язвительность поинтересовалась я, хотя причину, конечно, знала. Этот идиот не желал быть мне обязанным. Однажды я уже помогла ему выпутаться из подобной истории, и он не пришел от этого в восторг. Подумать только, такой парень — и вынужден обращаться за помощью к бабе. Это и само по себе никуда не годится, а в свете нашего последнего разговора грехов на мне видимо-невидимо, и принять помощь попросту унизительно для его мужского достоинства. По этой причине он явно не собирался ошеломить меня своим содействием. — Вот придурок, — в досаде заметила я, в принципе не испытывая в ту минуту добрых чувств к представителям сильной половины человечества.

— Простите, что?

— Я бы хотела сказать ему, что он редкий придурок, выпендрежник и самодовольный идиот, но, поскольку заставлять вас произносить все это не совсем тактично, передайте, что я люблю его даже больше, чем раньше.

— Уверен, ему это придаст силы в его затруднительном положении, — совершенно серьезно ответил адвокат. Я на мгновение замерла, прикидывая, а в своем ли уме Тагаев, если решил швырять деньги на ветер, выбрав это чучело.

— Он толковый парень, по крайней мере, так о нем отзываются, — заверил Вешняков, когда адвокат покинул нас.

— Надеюсь. Артем, мне надо с ним поговорить.

— С кем?

— Пошел к черту.

— Ты же слышала.

— Мне надо с ним поговорить.

— Допустим, его приведут сюда связанного по рукам и ногам. Ты что, Тимура не знаешь? Он будет молчать. Я говорил с ним, и он по-дружески меня просил... короче, он не хочет, чтобы ты во все это вмешивалась.

— Серьезно? А в тюрьму он хочет?

— Сказал, что прекрасно справится сам. И знаешь, — вздохнул Артем, — если честно, я его понимаю.

— Мужская солидарность поперла, — зло усмехнулась я.

— Ты извини, но, если честно, ты любого доконаешь. Может, скажешь, что произошло?

— Ничего.

— Ага. Поэтому он сидел в «Пирамиде» до половины третьего ночи, пил водку стаканами... Кстати, бармен утверждает, что он выпил за полтора часа две бутылки «Абсолюта» в формате 0,75, то есть полтора литра, закусывая куревом.

— Он не курит.

— Закурил. Отправляясь с убиенной, хватил стакан на дорожку. Правда, это был коньяк. Бармен такого за всю свою семнадцатилетнюю карьеру не видел, а от Тагаева просто ничего подобного не ожидал. Общеизвестно, что парень он у нас очень сдержанный и малопьющий. Так что «ничего» на правду совсем не похоже, ты уж извини.

— Вешняков, отстань, а? Без тебя тошно.

— Значит, выяснили отношения?

— Выяснили.

— Выяснили?

— Слушай, ты так говоришь, как будто это я во всем виновата.

— А кто, по-твоему?

— Да-а, — протянула я, отворачиваясь к окну.

— Ты его любила? Нет. Но отшивать не стала и даже охотно использовала его любовь в личных целях. Чего молчишь? Ты о чем думала, когда согласилась жить с ним?

— О здоровье. Меня тоже посещают мысли о продолжении своего рода, надо же обеспечивать Деда свежими избирателями.

— А ты никого попроще найти не могла? В городе что, в мужиках недостаток? Тебе Тагаев понадобился?

— У вас с Лялиным не допросишься...

— Ольга, Тимур мужик непростой, и характер у него не сахар. А тут ты. Нашла коса на камень. Оно бы и ничего, утряслось, да ты упорно не желаешь его любить. Я вот, честно скажу, опасался, как бы он тебя того... под горячую руку. Но так как бегала ты жива-здорова, стало ясно, все еще хуже.

— Хуже, что бегаю?

— Хуже, что справиться с собой он не может, послать тебя к чертовой маме или в самом деле голову оторвать. Очень ему весело понимать такое. А теперь и вовсе...

— Ага, я сейчас заплачу. Так жаль беднягу. Напился до чертиков и вляпался по полной программе, как последний лох, хотя должен был знать, что Дед в ответ на его выкрутасы сложив руки сидеть не станет.

— Вот именно. И теперь ты полезешь его выручать, не потому что... справедливость будешь восстанавливать.

— А ты что хотел?

Вешняков посмотрел на меня и вздохнул.

— Я — ничего, а вот чего он хочет, понимаю прекрасно. Ты, Ольга, где-то умная, а где-то дура дурой. Вот если бы ты скандал устроила, «скотина ты безмозглая», — запричитал он, — «я дома валерьянку пью, а ты с какой-то бабой», но тебе ведь по фигу, где он и с кем. Ты начнешь деловито задавать вопросы, точно следователь.

— Ты это серьезно? — нахмурилась я.

— Не лезь к нему. Это я серьезно.

— Я ему такой скандал устрою, — сквозь зубы сказала я. — Мне б его только вытащить.

— Попробуем, — вздохнул Вешняков.

— Не слышу оптимизма в голосе.

— Он сдулся. Сегодня на совещании Кириллов был весьма лаконичен: дело ясное. Как в народе говорят: «Сколько веревочка ни вейся...»

— Думаешь, кое-кто постарается воспользоваться ситуацией?

— Не кое-кто, а Дед. Не то бы Кириллов от комментариев воздержался, у него всегда хвост по ветру.

Вот тут я испугалась по-настоящему. Не того, что сказал Артем, не в первый раз мне приходилось делать что-то вопреки желаниям Деда, меня напугал тон, которым это было сказано.

— Вешняков, — всхлипнула я. — Ты мне поможешь?

— Само собой, куда мне деться?

— Если Дед...

— Не впервой. Чего нос повесила? Прорвемся. Поеду к Лялину, надо кое-что обсудить. А ты отправляйся спать, смотреть на тебя тошно.

Рядом с моей машиной стоял здоровенный «Навигатор», возле него замерла компания из четырех мужчин. Одного из них я не раз видела с Тагаевым, правда, имя его точно не помнила. Кажется, Григорий. Оставшиеся три удальца могли быть кем угодно, но, скорее всего, были обыкновенными бандитами.

— Ольга Сергеевна, — позвал Григорий, когда я уже собиралась сесть в машину.

— Слушаю вас, — мысленно вздохнув, ответила я.

— Тимур Вячеславович просил передать...

— Я разговаривала с его адвокатом.

— Это хорошо, — кивнул парень. — Значит, вы все поняли?

— Не уверена, — усмехнулась я.

Это очень не понравилось рослому блондину.

— Короче, так, ты в наши дела не суешься. Трудись в своей администрации, бумажками шурши.

— Вас зовут Григорий? — перебила я, обращаясь к тому, кто, похоже, был у них за старшего.

— Зовут.

— Можно на пару минут.

Мы отошли на несколько шагов в сторону.

— Тимур, должно быть, недооценивает сложность ситуации.

— Это вряд ли, — возразил Григорий спокойно. — Просто он не хочет, чтобы во все это вмешивались вы.

— Послушайте...

— Нет, это вы послушайте. Я передал то, что он просил. И, надеюсь, вы правильно меня поняли. В противном случае у вас будут большие неприятности. Очень большие.

— Знаете, они у меня уже есть. Вы ему кто?

— Друг.

— Тогда вы мне поможете.

Он покачал головой. Я усмехнулась.

— Ну и черт с вами. Я его вытащу, чего бы мне это ни стоило. Хотя бы для того, чтобы дать ему в морду. Прошу прощения, что без почтения говорю о вашем друге и вожде.

Я села в машину, где от тоски и беспокойства изнывал Сашка.

— Плохи дела, пес, — сказала я, наблюдая, как мужчины садятся в «Навигатор». — Очень плохи.

Как известно, все познается в сравнении, и, жалуясь Сашке на жизнь, я еще не знала, как плохи мои дела. То есть я-то думала, что хуже не бывает, ан нет, бывает, да еще как.

В общем, я двигала в направлении своего дома, так и не придумав, что полезного могу сделать сиюминутно, когда на мобильный мне позвонила Ритка, секретарь Деда и моя подруга. Последнее время наши отношения с Риткой не то чтобы испортились, скорее зашли в тупик. Как и Дед, она считала, что я сваляла большого дурака, пустив в дом Тагаева. Будучи человеком лояльным к власти, она была уверена, что моя большая любовь к мафиози, пусть и бывшему, бросает тень не только на меня, но и на Деда, а Деду она была исключительно предана. Оттого я не очень рассчитывала, что подруга, соскучившись, решила пригласить меня на чашку кофе.

— Ольга, — сказала она. — Дед велел тебя найти.

— Чего меня искать, я не терялась.

— Чего ты опять натворила? — напустилась на меня Ритка. — Он злой как черт и за сердце хватается.

— У него есть сердце? — съязвила я.

— Кончай, а? Короче, двигай в контору. Слышишь?

Разумеется, я слышала. На перекрестке развернулась и отправилась в дом с колоннами, где меня ждал нагоняй и еще что-нибудь такое же приятное.

В приемной Ритка с видом королевы в гордом одиночестве восседала за столом. Я молча ткнула пальцем в сторону заветной двери.

— У него Ларионов, — вздохнула она. — Просил тебя подождать.

Я плюхнулась на диван подальше от Ритки. Она вторично вздохнула.

— Что происходит?

— Где? — удивилась я.

— Тагаев арестован? За что?

— За убийство.

— И ты, конечно...

— И я, конечно, не верю, что он убил женщину, выпив лишнего.

— И намерена искать убийцу?

— Похоже, что, кроме меня, заняться этим некому.

— Он плохо себя чувствует, — помедлив, сказала она, имея в виду Деда. — Я серьезно. Постарайся...

Ритка не успела договорить, дверь распахнулась, и в приемной появился Ларионов.

— Привет, — сказал он мне, собрался что-то добавить, но вдруг передумал и торопливо покинул нас. Я вошла в кабинет. Дед сидел за столом и на мое появление поначалу никак не отреагировал, уткнулся в бумаги, очки сползли на кончик носа, и может, от этого он выглядел добродушным, как Санта-Клаус накануне Рождества. Я пристроилась в кресле напротив и постаралась слиться с мебелью.

Минут через пять я решила, что мне это удалось, но тут Дед поднял голову и спросил без всякого намека на добродушие:

— Что это за дерьмо, черт возьми?

— Тебе не идет так выражаться, — посетовала я.

— Допрыгалась! — рявкнул Дед, совершенно не обращая внимания на мой покаянный вид.

— Может, ты конкретизируешь свою мысль?

— Что я должен конкретизировать? — передразнил он. — Ты, мое доверенное лицо, спуталась с бандитом. О чем ты думала, скажи на милость? А теперь твой Тагаев сидит в тюрьме, и обстоятельства дела таковы... Ты хоть представляешь, с каким удовольствием тебя смешают с грязью?

— Зачем представлять, скоро и так узнаю.

— Вот-вот, и это в тот момент, когда...

— Ты хочешь, чтобы я написала заявление об уходе?

— Ты его уже писала.

Дед швырнул мне листок бумаги, на котором синим по белому моей рукой было написано: «Прошу освободить от должности...» и все такое. В свое время Дед не желал его подписать, но убрал в папочку. Теперь пригодилось. На бумаге стояла его размашистая подпись. Я широко улыбнулась и поднялась.

— Никаких дел у меня не было, так что мне и сдавать нечего, — радостно сообщила я, направляясь к двери. Дед грохнул по столу кулаком и сказал:

— Сядь.

Я повернулась и ответила:

— Спасибо, я пешком постою.

— И что смешного ты находишь в этой ситуации? — помолчав, спросил Дед.

— Ничего. Ты меня уже уволил, так что я лучше пойду.

— Куда?

— О господи... домой для начала.

— А что потом? Что ты собираешься делать?

— То же, что и всегда. Ничего. Денег у меня куры не клюют, за что тебе огромная благодарность, так что буду числиться безработной.

— Я не об этом спрашиваю.

— А о чем? — удивилась я.

— Ясно, — пробормотал Дед, поднялся и подошел ко мне, что ему там ясно, не уточнил, но выражение его лица мне не понравилось. — Я запрещаю тебе заниматься этим делом. Я хочу, нет, я требую, чтобы ты немедленно уехала. Поезжай в Париж, там сейчас прекрасно.

— Допустим. Только я не хочу в Париж.

— Я еще раз повторяю...

— Игорь, — сказала я. — Я никуда не поеду.

С минуту мы сверлили друг друга взглядом.

— Хоть раз в жизни ты можешь меня послушать? Поверь мне, лучшее, что ты сейчас можешь сделать, это уехать.

— Чтобы развязать тебе руки и надолго упечь его в тюрьму.

— Чтобы дать возможность следствию спокойно во всем разобраться. Если он не убивал, ему нечего бояться.

— Ага. Главное, избиратели увидят, что перед законом все равны.

— Между прочим, и это тоже. Мне не нужен скандал. Ты будешь путаться у всех под ногами, а газетенки с восторгом вытащат всю грязь на поверхность. Но даже не это меня беспокоит.

— Да? А что?

— Твоя безопасность. Тагаев в тюрьме, неизвестно как к этому факту отнесутся его дружки и как он сам относится к этому факту.

— Что-то не очень я понимаю...

— Все ты прекрасно понимаешь, — махнул рукой Дед и печально взглянул на меня. — Ты его не любишь. И сейчас рвешься в бой, потому что чувствуешь себя виноватой. Вытащишь ты его, и что дальше?

— Игорь, — в свою очередь вздохнула я, — если ты намерен от него избавиться, это не лучший способ.

— Ты не права. Я не хочу от него избавиться. Я хочу, чтобы люди, которые мне поверили и отдали свои голоса, могли жить спокойно. А ты столько дров наломаешь... В прокуратуре толковые ребята, они во всем разберутся.

— Я все равно не смогу уехать, — почесав нос, осчастливила его я. — Паспортов лишилась обоих, вместе с сумкой сперли из машины. Ужас.

— Убирайся, — сказал Дед и вернулся к столу.

— Ну, что? — зашептала Ритка, когда я закрыла дверь кабинета.

— Могло быть и хуже, — оптимистично заверила я, поспешно двигаясь к двери.

В коридоре прогуливался Ларионов. Не надо было обладать особой проницательностью, чтобы понять: меня дожидается.

— Прекрасно выглядишь, — брякнул он, должно быть, ничего умнее в голову ему не пришло. Ларионов смутился и пожал плечами. — Могу я сделать тебе комплимент?

— Лучше скажи, по какой надобности ты здесь отираешься?

— Между прочим... — заговорил он, но тут же махнул рукой. — У тебя десятка два удостоверений. Их следует сдать, раз ты здесь больше не работаешь.

— Кому сдать?

— Мне.

— Я тебе их по почте вышлю.

— Я не шучу. Хочешь загреметь вслед за своим любовником?

— Не стыдно запугивать бедную девушку? — скривилась я и двинулась по коридору.

Ларионов слабо дернулся, но остановить меня даже не пытался. И до того мое скверное настроение приобрело масштабы стихийного бедствия. Тагаев в тюрьме, и мне дают понять, что препятствовать его устройству там на долгие годы — плохая идея. Значит, в своих фантазиях мы не ошиблись и Дед всерьез намерен избавиться от Тагаева. Его продержат до суда в тюрьме несколько месяцев, а может, и не один год. За это время много воды утечет, Дед сумеет использовать это с большой для себя пользой.

Зазвонил телефон, голос у Вешнякова был безрадостным.

— Ты где? — спросил он.

— Возле резиденции любимого вождя и учителя.

— Ты туда или оттуда?

— Оттуда.

— Значит, по шее уже надавали?

— Уволили еще полгода назад.

— А мне настоятельно рекомендовали усилить работу с молодежью. А то ходят, понимаешь ли, стаями, бездельничают.

— А что с Тагаевым?

— Дело вроде бы ясное. Девка что-то знала об убийстве Молчуна, ненароком сболтнула и лишилась жизни.

— Классная версия.

— А чего больно голову-то ломать.

— И то верно. Еще новости есть?

— По убийству девчонки никаких. Никто не видел, никто не слышал. На момент убийства в доме находились три человека: Тимур, девушка и консьерж. Входная дверь заперта, никаких следов взлома и прочего... Консьерж — Глымов Василий Васильевич — характеризуется положительно, живет один, вдовец, инвалид, работает здесь несколько лет. С убитой их ничего не связывало, отношения нормальные. Старик тихий.

— То есть он вне подозрений.

— Зачем ему убивать девчонку?

— А зачем это Тимуру? Если старик ни при чем, значит, в доме был кто-то третий.

— Ясное дело, — вздохнул Артем. — Будем искать. Есть кое-что интересное по убийству в «Витязе», или оно тебя больше не интересует?

— Интересует.

— Вот что выяснилось: один из молодых людей незадолго до убийства Кислицына покинул компанию, в которой отдыхал. Швейцар видел, как он заходил в туалет, а потом прошел на стоянку. Машину разглядеть не мог, ее из окна не видно.

— Ну и что?

— А то, что с этой компанией парень познакомился накануне и пригласил их в «Витязь». Толком о нем они ничего не знают. Зовут его Коля, во всяком случае, он так назвался, работает в автомастерской, а в какой, неизвестно. Вроде ему лет двадцать пять, но одна девчушка утверждает, что он гораздо старше, просто выглядит моложаво, а еще он ей что-то не понравился по неизвестной причине.

— Думаешь, это наш киллер?

— Кто его знает.

— Он мог зайти в туалет, открыть окно. Потом демонстративно уйти из бара на глазах у швейцара, а чуть позже вернулся в туалет через окно и дождался появления там Кислицына. После чего спокойно смылся через все то же окно.

— По-моему, неплохая версия, — отозвался Артем. — Кстати, Олег навел справки о твоем герое по имени Станислав.

— И что?

— Ничего. Характер нордический, связей, порочащих его, не имеет, то есть ничего такого, что могло бы нас заинтересовать.

— И на том спасибо.

— Пожалуйста.

— Артем, — я вздохнула, — будь осторожнее.

— С чего это вдруг?

— Особо не светись, — посоветовала я. — Если тебя отстранят от дела...

— Сама варежку не разевай. Тагаев в тюрьме, Дед в гневе. Заступиться за тебя некому, а врагов у тебя немерено.

— Спасибо, утешил.

— Уж как мог.

Сашка выбрался из сумки и устроился на соседнем сиденье, был он непривычно тих и даже печален, наверное, чувствовал, что-то у нас не так. Приподнялся, положил мне лапы на плечо и неожиданно лизнул в щеку.

— Чего это на тебя нашло? — удивилась я и поспешила погладить пса. — Вытащим мы твоего Тагаева, вытащим.

Вернувшись домой, я накормила Сашку и попыталась поесть сама, потом передумала и решила соснуть. Однако сон не шел. Я хотела разработать некий план на ближайшие дни, но вместо этого вновь и вновь возвращалась к разговору с Дедом. Когда зазвонил телефон, я даже обрадовалась. Есть возможность хоть ненадолго избавиться от невеселых мыслей. Голос я узнала сразу, чуть хрипловатый, приятный. Сейчас в нем чувствовалась некоторая нерешительность.

— Здравствуйте. Простите, я могу поговорить с Ольгой Сергеевной?

— Можете. — Возникла пауза, и я съязвила: — Вы

на самом деле хотите что-то сказать или все-таки ошиблись номером?

— Я пытаюсь справиться с волнением.

— Может, тогда позвоните попозже, когда вам это удастся?

— Нет, лучше сейчас. Я три часа собирался с силами. Боюсь, в следующий раз у меня не хватит духа. Это Стас, — добавил он поспешно.

— Я поняла.

— Правда?

— Конечно, правда. Кому еще надо болтать всю эту чепуху.

— Согласен, я веду себя по-дурацки. А что еще мне остается?

— Заняться своими делами.

— Не получается. Я постоянно думаю о вас.

— Думайте на здоровье, только звонить-то зачем?

— Вы обещали мне помочь в борьбе с чиновниками.

— Сожалею, но обещание свое выполнить не смогу, меня только что уволили.

— Вы в отчаянии?

— Я близка к этому.

— Я бы мог приехать и помочь вашему горю.

— Разве что напиться за компанию.

— А что, это идея, — обрадовался он. — Ну так что? Могу я приехать?

Я раздумывала не больше минуты.

— Приезжайте.

— Говорите адрес.

— Бар «Домино».

— Надеюсь, это злачное место?

— Хуже не придумаешь.

Через полчаса я сидела в баре напротив Стаса (Сашка был оставлен мною дома. Я не могла рисковать любимым существом), возле стола замерла официантка по имени Маша, это имя значилось на табличке, приколотой к ее груди.

— Две бутылки водки, — сделала я заказ, она пожала плечами и удалилась.

— Две бутылки водки, и все? — робко поинтересовался Стас.

— Это для начала, — успокоила я. Он улыбнулся, но в глазах его читалось недоумение. Заказ девушка принесла и разлила водку в рюмки. — Теперь забудьте о нас на время, — посоветовала я.

— Прозит, — поднял рюмку Стас.

— Ага, — сказала я и выпила. Он тоже выпил, а я наполнила по второй.

— Эй, — встрепенулся он, — не слишком ли часто?

— Я предложила тебе напиться, если тебе что-то не нравится, отвали.

— Мы перешли на «ты»?

— Конечно, мы же собутыльники.

— Может, закажем салат?

— С салатом и дурак бутылку выпьет, ты так попробуй.

— А что будет, когда мы выпьем всю водку?

— Всю не выпьем, у них здесь большие запасы.

— У вас... у тебя действительно большое горе?

— Я же сказала...

— Я помню. Конечно, грустно лишиться любимой работы, но, может, лучше закусить?

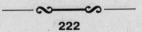

— Хуже. Или пей, или вали отсюда.

— Хорошо, давай пить, — покорно согласился он. Уровень водки в бутылке стремительно падал. — Я наслышан о загадках русской души, но...

— На самом деле все проще. Ты новый человек в нашем городе. — Я выпила рюмку и ласково посмотрела на него. — Оттого и не в курсе. Здесь всем известно, что я запойная. Сейчас как раз такой случай.

— Спасибо, что предупредила.

— Не за что. Будешь пить или болтать?

— А у меня есть выбор?

— Нет, конечно.

Мы выпили.

— Есть еще что-нибудь, что мне следует знать? — поинтересовался Стас.

— Во хмелю я буйствую.

— Бьешь посуду?

— Посуду тоже.

— Надеюсь, ты получаешь удовольствие от всего этого.

— А ты?

— Постепенно вхожу во вкус.

Водка убывала, а меня наконец повело. Жизнь показалась забавной, парень напротив тоже казался забавным.

— У тебя красивые глаза, — заметила я.

— Твоих я почти не вижу. Теперь мне ясно, чего так не хватало в моей жизни: экстремальных развлечений.

— Разве это экстрим? — отмахнулась я.

— Я готов. Начинаем скандалить?

Я засмеялась и выпила еще. Компания за столом

слева смотрела на нас с интересом, парни за столом справа без всякого удовольствия.

— Обещай, что не бросишь меня, если я свалюсь под стол, — попросил Стас.

— Обещаю, если не окажусь там раньше.

— Ты крепкая. Чертов кабак, какой-то неустойчивый, стены пляшут. Если не сделать перерыв, скандалить я не смогу, сил не хватит.

— Слабак.

— Черт с тобой, наливай.

Когда вторая бутылка подходила к концу, он спросил:

— Еще закажем?

— А ты как думал?

— Тогда я на минуту тебя покину.

Нетвердой походкой он отправился в туалет, а я показала язык компании слева и подмигнула тем, что справа. И те и другие остались недовольны.

Стас вернулся, лицо у него было усталое, глаза красные, но смотрел он осмысленно.

— Нашел могилу бабки?

— В туалете? — удивился он. — А-а... Я знаю примерное место. Все очень сложно, скажу я тебе, очень сложно... К тому же я встретил тебя. Слушай, я почти миллионер, давай закажем что-нибудь?

— Водки?

— Ты самая невероятная девушка в моей жизни.

— Все мужики идиоты.

— Согласен. Все, кроме меня.

— Договорились.

— Прозит, дорогая.

— Тебе того же, дорогой.

Как мы покидали бар, я не помню. Кто-то проявил заботу, вызвал нам такси и даже помог сесть в него. Я не представляю, как смогла бы сделать это сама. Однако нашла в себе силы пробормотать адрес, по которому мы и были доставлены сердобольным водителем.

— Это мой дом, — обрадовалась я и ткнула в бок дремавшего рядом Стаса.

— А когда будем скандалить? О господи... — простонал он, сунул водителю мятую купюру и с трудом выбрался. — Ты не могла бы нести меня на руках?

— У меня встречное предложение. — Я оступилась и осела на асфальт. Таксист поспешно отъехал, а Стас попытался поднять меня.

— Детка, у тебя такие красивые ножки, ты бы очень меня выручила, если бы ты на них немного постояла.

— Я нашла ключ, — обрадовалась я, на четвереньках подползла к двери и, держась за нее, смогла подняться. Стас с интересом наблюдал за моими передвижениями. Сашка, увидев, как мы внедряемся в холл, спешно его покинул, тявкнул, чихнул и окончательно растворился в глубине квартиры.

— Тш-ш, — прошептал Стас, прижав палец к губам. — Он не одобряет.

— Конечно, мы же его с собой не взяли.

— Детка, это точно твоя квартира?

— Ты же видел, здесь Сашка, значит, моя.

— А мебель здесь есть? Меня очень интересует диван.

— Иди прямо. Он там.

— Да? Я пошел.

Стас отправился в гостиную, чем-то загрохотал там, раздался тяжкий стон, и все стихло. Я глубоко вздохнула и потратила остаток сил на то, чтобы добраться до ванной. Сунула голову под холодную воду, охнула и замерла так на некоторое время.

Когда я вошла в гостиную, Стас спал, так и не добравшись до дивана, скромно лежал рядом с ним, время от времени вздрагивая. Я легонько пнула его ногой. Если он и был жив, то совсем чуть-чуть. Я наклонилась и тщательно его обыскала. В бумажнике водительское удостоверение, кредитные карточки, карта гостя из отеля. Все это меня интересовало мало. Копия свидетельства о смерти, надо полагать, почившей бабушки. Кончина ее произошла тридцать лет назад. Я потерла нос, вернула человеку его бумажник и продолжила обыск. Карманы пусты, оружие отсутствует, газового баллончика и то нет, должно быть, рассчитывает на свою недюжинную силу. Впрочем, всерьез я и не надеялась что-нибудь найти.

Я задрала его рубашку, на левой лопатке родинка отсутствует, зато есть рубец, совсем крошечный, я бы его не заметила, если б не искала столь внимательно.

— Неплохо, — решила я, похлопав его по плечу, и пошла наверх. После такого количества водки временное прояснение в мозгах вряд ли надолго, надо успеть добраться до кровати. Сашка вертелся возле лестницы, я подхватила его на руки и поцеловала в нос. — Ты гениальная собака, я тебя обожаю.

Гениальная собака фыркнула и отвернулась.

Утро выдалось до того скверным, что и вспоминать не хочется. Я утро, в принципе, не люблю, а здесь и вовсе не хотелось просыпаться. Голову стянуло тугим об-

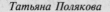
ручем, язык не помещался во рту, мучила жажда, налицо были и прочие симптомы похмелья. Сашка лежал рядом и глядел на мои страдания без малейшего намека на сочувствие.

— А где наш гость? — спросила я и прислушалась. Вроде бы кто-то ходит внизу, но подняться и проверить, так ли это, сил не было.

Вдруг шаги раздались совсем рядом, и в дверь постучали. Она тут же открылась, и очам моим предстал Стас в белом халате Тагаева (тому он, кстати, достался по наследству от Деда), босиком и с подносом в руках, на котором стояла чашка кофе и запотевший стакан с апельсиновым соком.

— Ох, — простонала я и потянулась к стакану.

— Не торопись, — посоветовал Стас, пристраиваясь на краешке кровати. — Ну что, теперь лучше?

— Не особенно.

— Выглядишь ужасно.

— Спасибо, ты тоже красивый парень.

Я стала пить кофе, а он улыбался, глядя на меня. Кстати, выглядел он неплохо. Успел побриться и принять душ, пахло от него кофе и моим шампунем.

— В холодильнике есть водка. Продолжим?

— С ума сошел, — дернув плечами, ужаснулась я.

— А как же запой?

— Он был вчера.

— Обещала экстрим, и что? Это все, на что ты способна? — Он взял из моих рук пустую чашку, подвинул Сашку и устроился рядом со мной, сунув под спину подушку и сложив руки на груди. — В доме полно мужских вещей.

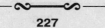

— Тебя предупреждали: я подружка мафиози.

— И где он сейчас?

— В тюрьме.

— Надолго?

— Надеюсь, что нет.

— Глупо спрашивать, что он там делает.

— Да уж.

— Поэтому я спрошу по-другому. Во что ты вляпалась?

— Не я, он.

— За что тебя выгнали с работы?

— За то, что он вляпался.

— Ага. Все более-менее ясно. Можно я тебя поцелую? — весело спросил он.

— С какой стати?

— Странно лежать рядом с женщиной, ничего не делая.

— Ну так пойди и приготовь еще кофе.

— Тебе не нравится секс по утрам?

— У меня по утрам депрессия. А еще дружок-мафиози, который разрежет тебя на куски.

— Он же в тюрьме, — обиделся Стас. — Если честно, я просто хотел сделать тебе что-нибудь приятное. Чтобы ты смотрела на жизнь оптимистичнее.

— Я пытаюсь. А с чего это вдруг такая забота обо мне? — насторожилась я.

— Видишь ли, детка, у нас проблема. Я бы даже сказал, две проблемы.

Я вскочила, набросила халат, Стас ткнул пальцем в пол и мило сообщил:

— Это внизу.

Я бегом спустилась по лестнице. В холле спиной друг к другу сидели два дюжих молодца, связанные какой-то грязной веревкой. На лице одного здоровый синяк как знак несогласия с чужими намерениями. Рот у обоих заклеен скотчем. Парней я узнала, это они вместе с Григорием пытались внушить мне мысль не вмешиваться в расследование. И что? Сидят в моем холле и готовятся растерзать Стаса при первой же возможности.

— Ох, горе горькое, — вздохнула я, устраиваясь на корточках рядом с ними. — Давно сидят? — обратилась я к Стасу.

— Еще темно было. У обоих пушки в наплечной кобуре. Вон лежат на консоли.

— Чего тебе не спалось-то?

— Они шумели.

— И ты решил вступиться за мою честь и достоинство? Боевиков насмотрелся или у тебя врожденная тяга к мазохизму?

— Что, все так плохо? — нахмурился он.

— Хуже не придумать.

Я повернулась к связанному парню, сорвала скотч и услышала несколько выражений, которые здесь повторять ни к чему.

— Если я спрошу очень вежливо, — пропустив мимо ушей все вышеизложенное, поинтересовалась я, — вы ответите, что вам понадобилось в моем доме?

— Я тебя, сука, на куски разрежу, — пообещал поверженный враг, обращаясь к Стасу.

— Значит, не ответите, — сокрушенно заметила я.

— Это ты Тимура подставила, — не унимался парень. — Ну, подожди...

— Тимур — это твой друг мафиози? — проявил любопытство Стас.

— Точно. А это, как ты понял, его друзья.

— И что мы с ними будем делать? Милицию вызовем?

— Ага, давай, — хмыкнул парень.

— Детка... — начал Стас, а я перебила:

— Еще раз так меня назовешь, получишь в зубы.

— Понял. Так что мы будем с ними делать, Ольга Сергеевна?

— Лучше б подумал, что мне теперь с тобой делать, — посетовала я. — Чего ты полез не в свое дело?

— Я не понял, это друзья или враги? — нахмурился он.

— Ты у меня кровью умоешься, — встрял в разговор гвардеец Тимура. — И ты, сучка...

Стас заехал ему в челюсть и развел руками.

— Терпеть не могу, когда грубят женщине.

— Шел бы ты отсюда, — посоветовала я и отправилась на кухню за ножом. Вернувшись, разрезала на пленниках веревки, оба шустро вскочили на ноги без признаков утомления. Стас наблюдал за этим, скрестив руки на груди и привалясь к стене.

— Ты уверена, что поступаешь правильно?

— Будь добр, оставь нас на минуту.

— Начнут махать руками, кричи громче, — напутствовал он меня. Стас вышел и демонстративно закрыл дверь.

Парни направились к входной двери.

— Железо свое не забудьте, — напомнила я. Оружие они забрали, но просто так уйти не могли.

Тот, что вел со мной приятную беседу, направился было в мою сторону, но дружок удержал его.

— Если бы не Тимур, — сказал он, с трудом сдерживаясь.

— Кстати, о Тимуре. Он сказал, что в моей помощи не нуждается, а я не нуждаюсь в вашей опеке. Так ему и передайте.

— Паренек у тебя шустрый, — усмехнулся здоровячок. — Такие долго не живут.

— Это уж как получится, — пожала я плечами.

— Они что-нибудь сказали? — спросил Стас, когда я появилась в гостиной.

— Ага. Что ты покойник.

— Весьма сомнительное утверждение.

— Как посмотреть, — не согласилась я. — Вот что я хочу тебе сказать...

— Ближайшим рейсом беги отсюда? — с улыбкой подхватил он.

— А ты сообразительный, — порадовалась я.

— Я должен выполнить волю покойной тети.

— У тебя есть шанс упокоиться рядом с бабушкой.

— Может, все-таки объяснишь, что происходит, чтобы знать, во что я вляпался?

— Вопросы надо было вчера задавать, — хихикнула я. — А сегодня... Поздно, Вася, пить боржоми... Послушай меня, бабушка никуда не денется, полежит еще немного, а ты...

— Не пойдет, — покачал он головой и улыбнулся.

— Ладно, у тебя избыток адреналина в крови, — в

ответ улыбнулась я. — Значит, ты торгуешь лесом, а в свободное время прыгаешь с самолета, надо полагать, без парашюта.

— Просто ты мне нравишься. Опять же, приключение.

— Как знаешь, мое дело предупредить. Ты побрился, выпил кофе, и теперь ничто не мешает тебе убраться восвояси.

— А что будешь делать ты?

— Думать.

— Это серьезно. Может, подумаем вместе? Все-таки очень хотелось бы знать, во что я ввязался. Из слов этих придурков следует, что они подозревают тебя в коварстве. Твой мафиози оказался в тюрьме действительно благодаря тебе?

— Благодаря своей глупости.

— И что теперь?

— Попробую его вытащить.

— Может, не стоит, раз он такой дурак?

— Дурак, конечно, но ведь сердцу не прикажешь.

— Никогда не поверю, что такая девушка, как ты...

— Не верь, мне-то что?

— Хорошо, давай попробуем помочь ему. Есть идеи?

— У меня полно идей.

— Отлично. Я пойду погуляю с Сашкой, а ты пока верни себе черты прекрасной дамы.

Он отправился переодеваться, затем позвал Сашку и ушел, а я минут пятнадцать стояла под душем, пытаясь понять, чего следует ждать от жизни. Ясно, что ничего хорошего, но хотелось бы поточнее.

...Разные мысли блуждали в моей многострадальной голове, но одна была настойчивее всех. Зачем Тагаеву понадобилось давать мне сопровождение? То, что ребята за мной приглядывали, совершенно очевидно. Стас им не понравился, и они решили проверить, чем мы тут заняты. Ревность можно смело отбросить, Тагаев меня знает так же хорошо, как я его. Остается одно: Тимур приставил ко мне ребят, потому что чего-то опасался. Боялся он не за себя, раз уж он в тюрьме, а за меня. Вот тут начинается самое интересное. Кого он опасается? Если наши догадки верны и кашу заварил именно он, желая избавиться от Деда, то чего ж тогда переживать за меня? Допустим, ему доподлинно известно, что, несмотря на его нежелание принять мою помощь, я в стороне стоять не буду, могу, конечно, найти что-то интересное, но и в этом случае чего мне опасаться, раз его предполагаемый враг — это Дед. Уверенный в том, что я приму сторону Деда (убедить его в обратном возможным не представляется), Тимур проявляет беспокойство о моем здоровье? Я уперлась руками в стену, стоя под холодным душем, и посоветовала себе обдумать это еще раз.

— Что-то тут не так, — сказала я громко и даже головой покачала. Закрыла воду, растерлась полотенцем, высушила волосы и опять пришла к тому же выводу: — Что-то тут не так.

Если что-то не выстраивается, следует начать сначала, советует мой друг Лялин. Первое: связано ли появление киллера в городе с Тимуром? Второе: убийство женщины и арест Тагаева следствие этого появления, или два этих события напрямую не связаны? Конечно, вполне логично предположить, что киллер, имея претензии к Тимуру, убил девушку, чтобы отправить Тагаева в тюрьму, хотя проще было бы пристрелить его. Но Тимур жив-здоров, следовательно, такое развитие сценария для кого-то предпочтительнее и здесь киллера смело можно вычеркнуть. Если он не выполнял очередной заказ, разумеется. Тимур значительно облегчил бы ситуацию, пожелай он ответить на несколько моих вопросов, но он не ответит. Что же, будем отвечать на них сами.

Итак, у нас убитая девушка, друг которой тоже не так давно убит, причем, по слухам, он чем-то не угодил Тимуру, являясь его доверенным лицом. Других зацепок все равно нет, вот с этой и начнем.

Когда Стас вернулся, я уже была готова практически к любым жизненным испытаниям, о чем и не преминула ему сообщить.

— А что буду делать я?

— Обивать чиновничьи пороги или сидеть в гостинице.

— А твое увольнение напрямую связано с арестом нашего мафиози?

— Ну...

— Знаешь, что я подумал: если мы решим твою проблему, моя решится сама собой. Опять же, без крепкого мужского плеча тебе никак. Ну что, берешь меня в напарники?

— Ладно, бегай рядом, потом выясним, зачем тебе это. К тому же без меня ты совершенно беспомощен, и тебе в три счета свернут шею.

Он ухмыльнулся, но возражать не стал.

— Сашку берем с собой?

— Если уж ты намерен путаться у меня под ногами, значит, выдержу и Сашку, от него хлопот все-таки меньше.

— Твоя хозяйка — святая женщина, — заявил Стас Сашке, и мы направились к моей машине. — Куда мы? — все-таки поинтересовался Стас.

— К вдове одного типа.

— Выразить соболезнования?

— Вопросы задать. — Я набрала номер Вешнякова: — Раздобудь мне адрес Молчуна.

— Молчун на кладбище, — чего-то жуя, сообщил Артем.

— А вдова?

— Вдова жива-здорова.

Артем продиктовал адрес.

— Ты что задумала? — все-таки спросил он.

— Появилась мысль, надо ее проверить. А у тебя как?

— У меня вовсе никаких мыслей. Отпечатки пальцев Тимура по всей квартире. Есть отпечаток пальца старика, что там дежурил, на дверном косяке. Хороший отпечаток, но нам это ничего не дает, раз уж он был в квартире.

— Что говорит Тимур?

— Ничего не помнит. Держится спокойно. Уверен, что убийцу мы найдем.

— Большое ему спасибо за эту веру.

— Я так и сказал. Будут новости, позвоню.

Я набрала номер домашнего телефона вдовы Молчуна и услышала приятный женский голос.

— Лидия Валентиновна?

— Слушаю.

— Мое имя Ольга Рязанцева. Я хотела бы поговорить с вами. Это возможно?

Долгая пауза, я уже хотела повторить свой вопрос, когда она сказала:

— Да, приезжайте. Адрес знаете?

— Буду через десять минут.

Когда я остановила машину возле подъезда, Стас вознамерился идти вместе со мной.

— Вы с Сашкой во дворе погуляете, — голосом, не терпящим возражений, предложила я.

— Хорошо, — пожал плечами Стас, хотя и выглядел недовольным.

Дверь мне открыла высокая темноволосая женщина лет тридцати пяти. Одета она была в шелковую пижаму, которая шла ей необыкновенно. На жену бандита она была совершенно не похожа, впрочем, возможно, мои представления о них ничего не стоят.

— Проходите, — предложила она с улыбкой, протянула мне руку и представилась: — Лидия Валентиновна. Можно Лида. А вы — Ольга Сергеевна. Я видела вас по телевизору.

— Можно Ольга.

— Идемте на кухню, чаю выпьем.

Кухня была просторной, обставлена со вкусом, а главное, уютная. Я начала поглядывать на Лидию с интересом. С чего-то надо начинать разговор, и я начала незатейливо:

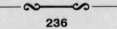

— Вас, наверное, удивил мой звонок?

— Нет, напротив. Вы ведь жена Тимура, верно?

— Ну... до загса у нас дело не дошло.

— Неважно, загс — это ерунда, главное, как вы сами к этому относитесь. Вот я со своим прожила семнадцать лет с печатью в паспорте, и что? Чужие люди. Он сам по себе, я сама. Правда, отец он хороший, ради дочери и терпела. Тимура арестовали?

— Да, обвиняют в убийстве женщины. — Я почесала нос, прикидывая, как бы выразиться поделикатнее. Лидия меня опередила:

— Бывшей пассии моего мужа?

— Вы знали?

— Конечно, он особо не стеснялся. Но Тимур ведь ее не убивал?

— Надеюсь, что нет. Некоторые уверены, что женщина могла что-то знать об убийстве вашего мужа.

— Вряд ли. Хотя на этой девице он совершенно помешался. Даже удивительно. Я, признаться, никогда не думала, что он способен на большие чувства. Даже когда он ей квартиру купил, не очень-то верила, что семью бросит. У него и раньше бабы были... эта продержалась дольше всех. Но и с ней он бы откровенничать не стал, не в его это характере.

— А с вами он о делах говорил?

— Никогда. И я в его дела не лезла. Так и в милиции сказала. У меня свой салон красоты. Слава богу, мне его деньги были без надобности.

— Следовательно, никаких подозрений, кому была выгодна его смерть, у вас нет?

— Нет, — покачала она головой, внимательно посмотрела на меня и добавила: — Разумеется, до меня дошли слухи, что он чем-то не угодил Тагаеву. Только это чепуха.

Признаться, такое заявление меня удивило, особенно учитывая ее утверждение, что делами мужа она не интересовалась.

— Оля, — улыбнулась она. — Я ведь о вас кое-что слышала. Тимур в тюрьме, и вы... вы хотите ему помочь. Я тоже хочу ему помочь. Потому что совершенно уверена: никакого отношения к смерти моего мужа он не имеет.

— На чем основана ваша уверенность?

— Прежде всего мой муж очень уважал Тимура. Не боялся, а уважал. Он, знаете ли, был из тех людей, у кого редко кто вызывает уважение, но если уж вызывает... Я не верю, что он мог пойти против Тагаева. Вы понимаете? А Тимур не из тех, кто убивает просто так. Это первое. Есть и второе. Тимур был у меня, мы с ним долго беседовали. И я абсолютно уверена, что Мишина смерть вызвала у него и горечь, и удивление, если можно так выразиться.

— Он был у вас после гибели мужа?

— Да, на следующий день. Вряд ли бы он пришел ко мне, если бы и в самом деле имел к его смерти какое-то отношение. Я так полагаю, вы о его делах тоже не информированы?

— Он не из болтливых.

— Могу представить. Он просил держать наш разговор в тайне, но теперь, когда... вы понимаете. Я ничего не сказала в милиции, потому что хочу жить спокойно и у меня нет ни малейшего желания влезать в чужие разборки, тем более что мужа все равно не вернешь.

— Что вы рассказали Тимуру?

— Что накануне муж очень нервничал. И несколько раз звонил ему.

— Тимуру?

— Тимуру. Без конца набирал номер, не мог дозвониться и нервничал. Даже вслух сказал: «Мне надо поговорить с Тимуром». Это было в субботу.

Она назвала число, а я вспомнила, что мы тогда отдыхали в охотничьем домике. Чудное место и с огромным достоинством, как шутил Тимур: никакой мобильной связи. Забавная штука жизнь, бесконечное сцепление случайностей.

— Утром он опять позвонил, безрезультатно. А потом позвонили ему. На мобильный, но ответила я, муж был в туалете. Человек не представился, но голос я узнала, звонил Коваль, они с Мишей много лет общались, и я прекрасно его знала. Обычно он любит поболтать со мной, а тут даже не поздоровался. Я отдала трубку мужу, их разговор не слышала, но после этого Миша сразу уехал. А назад уже не вернулся. Вот здесь во дворе его и застрелили. В милиции я о звонке говорить не стала, а Тимуру рассказала, и мой рассказ произвел на него впечатление. Я думаю, нет, я уверена, убийство мужа связано с Тимуром. Только Мишу застрелили не по его приказу. Муж узнал что-то такое, о чем ни в коем случае не должен был знать Тимур, по мнению его врагов. Поэтому он так хотел с ним связаться, а кто-то поторопился его убить. Потом появился этот слух, что убил его Тимур. Кому-то очень хотелось, чтобы все так думали.

— Вы подозреваете Коваля? — все-таки спросила я.

Женщина откинулась на спинку стула, потерла руки, потом подняла на меня взгляд.

— Да. И дело тут не только в звонке. В конце концов, звонок ничего не доказывает, впрочем, никаких доказательств у меня нет и быть не может, но... Я помню, как он вел себя на похоронах. Все выспрашивал, в глаза заглядывал, это словами не объяснишь, но я чувствовала. И он как бы между прочим обронил фразу о Тимуре. Теперь и не вспомню, что конкретно, но понять ее можно было лишь в одном смысле: он хотел внушить мне мысль, что Тимур виновен. Понимаете? Я сказала об этом Тимуру, и он попросил «никому ни слова».

— Интересно, — вздохнула я.

— Я думаю, Тимур хотел найти убийцу мужа. Сам хотел найти, и, может быть, именно по этой причине оказался у той девицы.

На этот счет у меня было свое мнение. Судя по рассказу бармена, к моменту появления девушки Тимур пребывал в том состоянии, когда мысли уже отсутствуют. И поехал он к ней не за тем, чтобы задавать вопросы, а совершенно по другой надобности. Однако версия все-таки интересная.

— Вы считаете, что о делах ваш муж с ней вряд ли говорил, значит, знать она ничего не могла...

— Ну... может, и сказал чего... в конце концов, я со свечкой не стояла и, о чем они там говорили, не знаю.

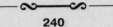

— Можно задать несколько неприятных для вас вопросов? — спросила я.

— Про эту девицу? Пожалуйста. Видела я ее всего один раз. Случайно. Ехала на машине, а они из ресторана выходили. Полюбопытствовала, рассмотрела. Ничего особенного. Правда, молодая. Чуть постарше нашей Машки. Все-таки мужики свиньи.

— Вы его ревновали?

— Нет. Как мужчина он меня давно не волновал. У меня есть любовник. Машка закончит учебу, и мы поженимся. Баб у Михаила всегда было много, он неразборчивый, лишь бы помоложе. Обычно никто долго не держался, и я себя любопытством не утруждала. Но эта... Настя смогла его чем-то зацепить. Вы не поверите, но он прямо-таки безумствовал. Она среди ночи позвонит, и взрослый дядя бежит к ней сломя голову. Даже фотографию ее в бумажнике таскал, рядом с Машкиной.

— Вас это не оскорбляло?

— Это вызывало у меня странное чувство. С одной стороны, гадливость, а с другой... я ему даже завидовала. Вдруг ни с того ни с сего и любовь...

— А вы уверены, что любовь имела место?

— С его стороны, наверное. Как еще объяснить такое поведение? Сплошные безумства. Вы ведь слышали о той истории?

— Что вы имеете в виду? — не поняла я.

— Неужели не слышали? Эта девица завела себе дружка, о чем узнал мой муж. Девице здорово досталось. Говорят, в больнице лежала, а потом еще полгода сидела взаперти. А ее дружок... в общем, он крайне неудачно упал с крыши, с девятого этажа. Говорят, он был талантливый художник, надежды подавал... — Лидия вздохнула. — Не знаю, чего в этой истории больше: любви или оскорбленного самолюбия. Наверное, все же любви. Михаил ведь ее не бросил, на Мальдивы возил, небось вину заглаживал. Из «Пирамиды» ей пришлось уйти почти сразу...

— В «Пирамиде» она танцевала?

— Если можно назвать это танцами.

— А откуда вы узнали про историю с художником?

— О ней даже в газетах писали, правда, имен не называя. Вроде бы парень покончил жизнь самоубийством. Ромео и Джульетта, только вместо родителей злой любовник. А вообще болтали много, знакомые шушукались, сочувствовали. Незнакомые по телефону звонили, открывали глаза на мужа. Мир не без добрых людей. — Лидия улыбнулась. — Никто даже не догадывался, как глубоко мне это безразлично.

«Так ли уж безразлично?» — думала я, направляясь к своей машине. Конечно, у нее свое дело, независимость от денег мужа и даже любовник. А может, была обида, что кого-то он любил так, как никогда не любил ее? Допустим, она убила мужа, а теперь неловко пытается свалить вину на кого-то еще. Занятие, кстати, довольно опасное. В любом случае убивать девушку через две недели после гибели мужа довольно странно. От соперницы избавляются до, а не после. Но если она говорит правду, тогда получается, что все наши прежние догадки гроша ломаного не стоят. Молчуна убил кто-то из соратников в обход Тимура. Причина должна быть исключительно серьезной. Тут я замерла на месте, потому что в голову мне пришла занятная мысль. Шестакова убивают в больнице при непосредственном участии Кислицына, который входит в группировку Шохина, а тот, в свою очередь, подчиняется Вале. Это обстоятельство в свое время натолкнуло меня на мысль, что Тимур имел отношение к появлению в городе киллера и киллер этот предназначался для Деда. А если все иначе? Если кто-то желал смерти совсем другого человека? Об этом как-то узнал Молчун, но предупредить Тимура не успел.

Тогда становится понятна чрезвычайная таинственность и некоторые явные несуразности. Заставить кого-то из дружков Тимура работать против хозяина не так трудно, имея в виду административный ресурс Деда и их явную уязвимость. Но, узнав о том, что информация просочилась, они забили тревогу и оставили затею с киллером, отлично зная, что у Тагаева найдутся люди, которые способны отомстить за его смерть. Теперь Тагаев в тюрьме, где расправиться с ним не в пример легче. Одно не укладывается в схему: Дед дал высочайшее разрешение на то, чтобы я во всем этом покопалась... А что он мог? Запретить? И я бы его послушала? Следовательно, ему оставалось делать хорошую мину при плохой игре.

Девушку, скорее всего, задушил киллер, нанятый для убийства Тимура. Хотя почему бы все-таки не разделаться с ним, обвинив в этом пьяную девчонку? Поссорились, и она нечаянно нанесла тридцать три удара ножом. Чего только в жизни не бывает.

— Нет, что-то тут не так, — вздохнула я.

— Ты так старательно думаешь, что у тебя волосы

шевелятся, — услышала я, обернулась и обнаружила Стаса. Он сидел на корточках возле машины и кормил Сашку мороженым. Тот чавкал и выглядел отвратительно счастливым.

— Собака пошла по рукам, — вновь вздохнула я. Достала телефон и набрала номер Вешнякова. — Артем, у Гавриловой был друг, художник, который вроде бы покончил жизнь самоубийством. Что это за история?

— История незатейливая, — ответил он. — Молчун заподозрил измену, в результате чего парень упал с крыши.

— В самом деле упал или помог кто?

— Разумеется, помог, но доказать сие не смогли, так что сошлись на том, что это самоубийство. Парень баловался наркотой и теоретически вполне мог выйти полетать. С головой у него были проблемы, иначе он бы не связался с девицей Молчуна.

— Но если мог, откуда уверенность, что все-таки помогли?

— На это прозрачно намекали синяки по всему телу и шум из квартиры, который слышали соседи. Хотя, опять же чисто теоретически, шуметь он мог сам, если черти мерещились. И синяков себе наставил тоже сам.

— Он жил один?

— Да, мать умерла, отца, похоже, вовсе не было, по крайней мере о нем в материалах дела ни слова. В любом случае он к убийству Гавриловой вряд ли имеет отношение, раз это произошло больше двух лет назад. Может, ты сумеешь связать два этих события. Моей фантазии на это не хватает.

— А чего ты злой какой? — поинтересовалась я.

— Злой, потому что задолбали. — Артем вновь вздохнул. — Для некоторых людей вопрос с Тагаевым решенный, хоть завтра в суд.

— Это кто ж такой шустрый?

— Кириллов.

— Дядя явно торопится.

— И нам бы не худо поторопиться, хоть какую-то зацепку отыскать.

— Тимур по-прежнему молчит?

— Почему, иногда говорит, и даже охотно. Вот только толку от его слов никакого. Хотя, безусловно, кое-какие мысли о происходящем у него есть.

— Неужто сам сказал?

— Нет, я по глазам увидел. И за тебя беспокоится. Вот это сказал. С улыбочкой, но доходчиво. Мол, не могли бы вы, Артем Сергеевич, посоветовать гражданке Рязанцевой не лезть в чужие дела. Скажи, звучит?

— Он сам-то в это верит?

— Нет, конечно. Оттого и беспокоится. Теперь будь другом, скажи, куда ты успела влезть?

— Я еще только пытаюсь, но кое-какие идеи уже появились.

— А нельзя с этими идеями ко мне? — посуровел Артем.

— Для начала надо их проверить.

— Кому звонила? — поинтересовался Стас, когда я закончила разговор.

— Хорошему человеку.

— Тебе не кажется, что было бы неплохо, если бы ты держала меня в курсе событий? В конце концов...

Я похлопала его по плечу и широко улыбнулась.

— Я держу тебя возле тела просто потому, что в противном случае те шустрые ребятишки тебя на куски разрежут. Меня будет мучить совесть и одолевать кошмары.

— Я уже понял, кто у нас главный, — в ответ улыбнулся он. — Мною движет не любопытство, а боязнь ненароком нарушить твои планы. Поэтому будет здорово, если ты просто намекнешь на них.

— Возможно, я открою тебе душу, но позже. А сейчас поехали.

— Куда?

— Пока не знаю, но постараюсь выяснить.

Я вновь достала мобильный и набрала номер Алексея.

— Ты добрый человек и почти все на свете знаешь, — подхалимски начала я.

— Хочешь пригласить меня выпить пива? — усмехнулся Алексей.

— Я бы с удовольствием, да времени нет. Скажи, пожалуйста, где бы я могла встретиться с Ковалем, то есть с Валей?

Мой вопрос поверг Алексея в тяжкие раздумья, по крайней мере, в трубке повисла продолжительная пауза.

— Что значит встретиться? — все-таки спросил он. — Хочешь, по обыкновению, задать ему несколько вопросов?

— В этот раз традиция будет нарушена. Я просто хочу взглянуть на него. Никаких вопросов.

— Ну, это проще простого, — с сомнением заговорил Алексей. Сомнение относилось к моим словам, а не к его утверждению. — У Вали автосалон на Кузнецкой, не помню названия, но мимо не проедешь. Он любит отираться в зале, в кабинете ему не сидится.

— Еще бы, деятельный человек.

— Это как-то связано с Тимуром? Уверен, его ребята...

— Тимур не нуждается в моей помощи, — перебила его я. — Так что на его ребят рассчитывать не приходится.

— О, черт, — пробормотал он. — Чем я могу помочь?

— Ты уже помог, — заверила я и простилась.

— Кто такой Валя? — обрел дар речи Стас. — И зачем ты хочешь с ним встретиться?

— Валя... просто Валя. А встретиться я с ним хочу для того, чтобы проверить кое-какие свои догадки.

Стас пожал плечами и начал смотреть в окно.

Автосалон назывался «Спутник», и найти его действительно не составило труда. К двухэтажному зданию примыкала огороженная площадка, забитая машинами. Я оставила свою машину возле цепи, закрывающей проезд, взяла Сашку, считая, что ему стоит размять лапы, а Стасу посоветовала дожидаться меня в машине. Совету он не внял, вышел и принялся оглядываться. Сашка весело трусил впереди, время от времени проверяя — иду ли я следом. Мы вошли в здание, и я подхватила его на руки — неизвестно как тут относятся к собакам.

Появился молодой человек в костюме. Я порадовалась за господина Коваля, салон выглядит вполне солидно, и сотрудники тоже не подкачали.

— Могу я вам помочь? — спросил молодой человек и широко улыбнулся.

— Не знаю, — ответила я и тоже улыбнулась. Ответ ему понравился.

— Я все-таки попробую. Интересуетесь машинами?

— Да, присматриваю что-нибудь.

— Есть предпочтения?

— Скорее дурные привычки. К быстрой езде, например.

Мило болтая, мы шли между рядов машин, казавшихся бесконечными.

— Какая у вас сейчас машина? — спросил парень.

— Шикарная, — услышала я. Из центра зала к нам шел мужчина лет сорока.

Времена спортивных костюмов, собачьих цепей до пупка и бритых затылков канули в прошлое безвозвратно. Но и без всей этой атрибутики одного взгляда на господина было достаточно, чтобы понять, кто перед тобой. Костюм вполне приличный, галстук он игнорировал, и правильно, он бы его не украсил. Руки в карманах брюк, и физиономия как визитная карточка. Небольшие глубоко сидящие глаза, широкий нос, переломанный как минимум в двух местах, губы в струнку, синюшного цвета, но главное, конечно, взгляд, он не сулил ничего хорошего тем, кто по какой-то причине Вале не понравился. Но я ему нравилась, или он хотел, чтобы я так подумала. Он широко улыбнулся и попробовал смотреть ласково. Не получилось. Бедняга этого попросту не умел. Завидев хозяина, молодой человек смешался и даже отступил на шаг.

— Привет, — сказал Коваль, подходя ближе. — В самом деле решили сменить машину?

— Подумываю.

— А в чем проблема? Тачка вроде новая?

— Нет никаких проблем, просто надоела.

— Надо же, — покачал он головой, приглядываясь ко мне. — Впрочем, женщины капризные создания, вас не поймешь. Но замену такой красавице найти будет сложно. Хотите «Мустанг»? — Он провел меня в сторону стоящей неподалеку машины. — Как вам?

— По-моему, неплохо.

— Если будете продавать свою, покупателя я найду.

— Я не тороплюсь.

— Да? — Он все еще улыбался, но в глазах его застыла настороженность.

— Да, Лев Сергеевич. Я не ошиблась?

— Я думал, вы меня не вспомните. Тимур знакомил нас, давно. Вы зашли в ресторан...

— Я помню.

— Да...

— Хороший у вас салон, — оглядываясь, вздохнула я. — Наверное, приносит неплохую прибыль?

— Не жалуюсь.

— Я так и подумала.

— Есть «Ауди» ТТ...

— Бог с ними, с машинами, — отмахнулась я. — Сейчас мне не до этого.

— Как дела у Тимура? — вдруг спросил он, а я удивилась.

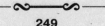

— Вам лучше знать.

— В каком смысле? — нахмурился он.

— Вы ведь друзья и, кажется, партнеры. Следовательно, должны знать о его делах.

Это ему по неизвестной причине очень не понравилось, взгляд его стал колючим, он поспешно отвел его.

— Разумеется, я знаю, что у Тимура неприятности, и я... мы все стараемся помочь.

— Не сомневаюсь, кому еще помочь человеку в беде, как не верным друзьям. Рада была встретиться.

Я развернулась и пошла к выходу. Возле дверей все-таки оглянулась: господин Коваль смотрел мне вслед.

Стас разглядывал машины, заметив меня, шагнул навстречу.

— Ну, что?

— Поговорила с хорошим человеком.

— Вид у тебя страшно довольный. Сообщил что-нибудь интересное?

— Предложил продать мою тачку.

— Это тебя так радует?

— Не только.

Мы сели в машину, я лихо развернулась и поехала по проспекту. Если не ошибаюсь, господин Коваль сейчас должен гадать, что за черт меня принес, а главное, зачем. Ясно, что не просто так. Следовательно, что-то у меня есть. Надеюсь, до него дошел миф о моей способности докапываться до сути. Впрочем, почему же миф? Раньше мне везло, может, и сейчас повезет.

Коваль о моем везении знает, должен знать. Тагаев в тюрьме, а я вдруг являюсь к нему и болтаю всякую

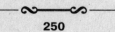

чушь. Человека, склонного к фантазиям, это должно навести на интересные мысли. Чем меньше информации, тем обычно охотнее фантазируют. Если у Коваля рыльце в пушку, он клюнет.

— Эй, герой, — обратилась я к Стасу, он скромно сидел рядом, почесывая Сашку, — тебе в гостиницу не надо?

— Зачем? — удивился он.

— Теперь это твой дом. Разве нет?

— Тебе не удастся так просто избавиться от меня.

— Как хочешь. Может, за меня это сделают другие.

— Значит, ты не просто так ездила к этому типу. И теперь ждешь ответных действий.

— Возможных ответных действий. Ну что, в гостиницу?

— А разве меня уже не обещали убить? Двум смертям не бывать... у вас ведь так говорят?

— Говорят, говорят, — проворчала я. — Значит, в гостиницу не хочешь, уезжать не собираешься. Занятный ты парень.

— А ты занятная девушка. А еще красивая. И упрямая, да? Почему ты хочешь помочь мафиози?

— Потому что он не убивал эту девушку.

— Откуда такая уверенность? Какой он? Бритый, здоровенный, с тупой физиономией? И ты в него влюблена?

— Я старый солдат, — прохрипела я, — и не знаю слов любви.

— Не хочешь говорить? Ладно. Так каких действий ты ждешь?

— Ответных.

— Может, этот тип умный и в ловушку не полезет?

— А вот мы и посмотрим, какой он умный.

— Ты не служишь в полиции, с твоей работы тебя тоже выгнали. Надеешься на поддержку друзей?

— Если смогут помочь.

— Кажется, таких, как ты, у вас называют безбашенными?

— Точно. Самое время тебе смыться.

— И что ты будешь делать одна?

— То же самое, что и с тобой.

Он хмыкнул и покачал головой. По дороге я заскочила к Артему навести кое-какие справки. О своем визите к господину Ковалю я предпочла умолчать. Вешняков против обыкновения не ныл, а был чрезвычайно деятелен. Правда, не удержался и посетовал:

— Хоть бы какую зацепочку...

— Что там с Колей из компании наркоманов-грабителей в «Витязе»?

— Ничего. Ни в одной из автомастерских похожего парня нет.

— Чем тебе не зацепка?

— Если бы еще знать, где следует искать этого Колю. Осведомители молчат как проклятые, никто ничего. Я бы даже мог подумать, что два этих дела никак не связаны.

— И что мешает?

— Интуиция, — фыркнул Вешняков. — Чего лыбишься? Не всегда она спит, нет-нет да и вякнет что-то. У Лялина тоже пусто. Правда, удалось установить, что Кислицын не так давно ездил в Москву, где встречался с Шестаковым. У того, кстати, никаких проблем в последнее время не было, если верить тамошним ментам. Похоже, что в определенных кругах он был человеком уважаемым.

— То есть то, что он был связующим звеном между киллером и местной публикой, сомнению не подлежит?

Вешняков кивнул:

— Группировка, по некоторым данным, как раз специализируется на наемных убийствах. Как думаешь, киллер все еще здесь?

— Думаю, здесь.

— И я думаю, — согласился Артем. — Только убийство девчонки совсем не походит на работу киллера. Сплошная белиберда получается. Но ведь должен он как-то себя проявить, иначе на кой черт ошивается здесь?

— Выжидает, — выдала я ценную мысль.

— А этот тип, что к тебе прибился, что ты о нем думаешь?

— Ничего хорошего. Либо идиот, либо у него есть интерес.

— Ты ему веришь?

— Мне трех пальцев хватит, чтобы пересчитать всех, кому я верю.

— Биография у него чистая. Лялин проверял. А уж если его люди ничего не нашли, значит... Или не значит? — нахмурился Артем.

— Посмотрим. Пусть пока на глазах побудет.

— Ольга! — сказал он. — Если киллер не дурак, легенда у него будет сработана без сучка без задоринки. Слышишь?

— Слышу. Думаешь, я его рядом с собой просто так держу?

— Ух ты, господи. Только этого и не хватало. Теперь не спать по ночам, и днем нервы.

— Валерьянку пей. Подозрения — это всего лишь подозрения, а наши и вовсе ничем не подкреплены. Ладно, пойду я.

— Давай я хоть ребят к тебе приставлю.

— Много от них толку, — проворчала я. — Зачем киллеру меня убивать? Смысла не вижу. Но если он рядом пасется, значит, должен быть интерес. Вот и попробуем понять, что к чему. Ты лучше Колю найди.

— Лучше...

— Что ты ворчишь?

— О тебе беспокоюсь.

— Выбора-то все равно нет. Будем играть, как карта ляжет.

— Смотри, доиграешься. Тьфу ты, черт за язык дернул.

— Возможно, парень в самом деле просто идиот. Говорит, что я красавица. Похоже, что идиот.

— Вот-вот, шлепнут дурака, и что? Нам же лишний геморрой.

— С другой стороны, если киллер все еще здесь и хочет разобраться в происходящем, это нам на руку. Ладно, пошла я.

— Куда?

— Пройдусь по списку, — потрясла я бумажкой, полученной от Артема. — Вдруг повезет.

Список состоял из шести фамилий. Люди, близко знавшие погибшую Гаврилову. Их, конечно, допрашивали. Ничего такого, что могло бы меня заинтересовать, в протоколах допросов не было. Но вдруг мне повезет больше. Часа через два стало ясно: я просто теряю время. Граждане охотно разговаривали со мной, но на вопрос: «За какие грехи, по их мнению, могли убить Гаврилову», удивленно пожимали плечами. Для них все предельно ясно: вот она жертва, а вот убийца на диване. А за что убил... да просто так, говорят, пьяный. Затем понижали голос и давали понять, что покойная водила дружбу с опасными людьми.

Встретиться с матерью Гавриловой не удалось, она лежала в больнице, беспокоить ее запретили. Сестра Анастасии Вика поначалу говорить со мной не пожелала, открыла дверь, хмуро спросила, чего мне надо, а услышав ответ, попыталась захлопнуть дверь.

— Ничего я не знаю.

Но тут из-за моей спины возник Стас, которому надлежало ждать меня в машине. Так мы по крайней мере договаривались.

— Простите, — вежливо сказал он. — Вы не могли бы принести стакан воды?

— Что? — растерялась девушка, хлопнула глазами, посмотрела на Стаса и чуть шире открыла дверь. — Ладно, воды не жалко.

Девушка вскоре вернулась, протянула чашку Стасу.

— Спасибо вам огромное. Меня зовут Стас. А вы Виктория. Правильно? Или лучше Вика?

— Вообще-то мама меня зовет Тошкой. Смешно, правда? Проходите, зачем в дверях стоять. Только ничего нового я вам не скажу. Мы с сестрой почти не виделись.

Мы прошли в гостиную, где с трудом уместились

шкаф, диван с креслом и телевизор на тумбочке, дверца которой висела на одной петле. Напротив была спальня, она оказалась и вовсе крошечной. Там стояла детская кроватка, но на присутствие в квартире ребенка более ничего не указывало.

— Садитесь, — кивнула Вика. — Угостить, кроме воды, извините, нечем.

— Не стоит беспокоиться, — заверил ее Стас и тут же спросил: — Вы одна живете?

— Сейчас одна. Дочку свекровь взяла на несколько дней, мама в больнице, похороны на мне. Не знаю, что и делать, за что хвататься. А муж... муж далеко. Так что... — Она достала платок из кармана халата и заплакала. — Сидит он у меня. Машину угнал. На кой черт ему машина? Пьяный был, сбил мужика какого-то... все одно к одному. Теперь вот Настя. За маму боюсь, у нее сердце больное, а тут одни нервы.

— Настя ваша младшая сестра? — решилась я подать голос.

— Моложе на шесть лет. Видно, на роду нам написано... не дал бог счастья. У меня жизнь не сложилась, а Настя...

— Почему не сложилась? Вы молоды, вдруг ваше счастье совсем рядом? — ободрил ее Стас.

— Напротив сидит? — поддакнула я.

— Вот именно, — кивнул он. — Вы такая красивая. Уверен, если бы вы захотели, то легко устроили бы свою жизнь.

— Если б захотела, — усмехнулась она. — Настя тоже так любила говорить. И что? Лежит в морге. Все ее счастье тряпки да квартира. Впрочем, у меня и этого нет.

— Когда они познакомились с Молчуновым? — решив, что лирических отступлений достаточно, спросила я.

— Точно не скажу, лет пять назад, наверное. Она в «Пирамиде» работала, хотя что это за работа... В общем, он там ее высмотрел и начал оказывать знаки внимания.

— Он ей нравился?

— Она его терпеть не могла. Во-первых, в отцы годится, во-вторых, хоть и бизнесмен, а нутро-то все равно бандитское. Но он ее не обижал, и она терпела. Ведь такого не бросишь. Потом, конечно, беспокоиться начала. Года идут, а он ни тпру, ни ну...

— В каком смысле? — удивился Стас.

— В смысле, и воли не дает, и не женится.

— Так ведь она его терпеть не могла, зачем же ей такой муж?

Бестолковость Стаса вызвала у Вики недоумение.

— Но ведь жить-то как-то надо. Молодость не вечна, а что потом? А он жену бросать не собирался, а Настю под замок.

— Он был патологически ревнив или она дала повод?

— Влюбилась она, — вздохнула Вика. — Встретила хорошего парня, художника. Сушков его фамилия. Хотели расписаться, да какое там. Встречались и то тайком. А намерения у него были серьезные. Со своим отцом ее познакомил, уговаривал бросить этого... Она Молчунову сказала: так и так, встретила человека. Ты, мол, жену бросать не собираешься, а тут парень замуж зовет. Дурочка, разве с бандитом так можно? Художник ее и двух дней после этого не прожил. А ее — под замок. Вообще жизни не стало, сиди да в окно смотри, одна радость: я приду или мама. Она все плакала, сбежать хотела. Уеду, говорит, из этого проклятого города. Так и не уехала...

Последней в списке значилась Токмань Алла Геннадьевна. Я позвонила ей, и через полчаса мы встретились в кафе на Соборной площади. Алла Геннадьевна, высокая эффектная брюнетка в ярко-красном костюме, появилась с пятиминутным опозданием. Стас с Сашкой замерли от такого великолепия и некоторое время признаков жизни не подавали. Когда мы покидали квартиру сестры Анастасии Гавриловой, я сурово выговаривала Стасу:

— Кто должен был дожидаться меня в машине?

— Я устал ничего не делать. Мне скучно. К тому же ты ничего не желаешь рассказывать и объяснять, так, может, я сам хоть что-нибудь пойму?

Я пожала плечами, решив, что особого вреда не будет, если он пойдет со мной. Ко всему прочему от него могла быть явная польза: судя по поведению Вики, он умел очаровывать женщин, вот пусть и очаровывает. Оттого в кафе он и сидел рядом со мной.

— Вы Ольга? — подойдя к столу, спросила Алла.

— А меня зовут Стас, — откашлявшись, сообщил мой спутник.

— Очень приятно, — кивнула девушка равнодушно, но вдруг задержала на нем взгляд. Он широко улыбнулся. — Расследуете убийство? — сев и закинув ногу на ногу, спросила она. — Идиотская история.

— Почему идиотская? — поинтересовалась я.

— Потому что идиотская. Тагаев не убивал.

— Откуда у вас такая уверенность?

Она с усмешкой взглянула на меня.

— Я хорошо знаю Тимура. Очень хорошо. Какой смысл убивать эту дурочку? А если бы смысл был... поверьте, Тимур избавился бы от нее, не попав в историю.

— Но попал.

— Да, поэтому я и называю эту историю идиотской.

— Если я правильно поняла, вы считаете, что...

— Я бы подумала, — перебила она, — что в дом влезли грабители, которые понятия не имели, кто такой Тагаев. Но, говорят, ничего не украли. Ее убил какой-то псих. Просто потому что псих. По-другому не получается.

Я внимательно посмотрела на девушку и вдруг подумала: «А почему бы и нет? Мы ищем связь, потому что на первый взгляд она очевидна: подруга недавно почившего мафиози, которую душат в собственной квартире. Криминальные разборки. А если нет?»

— Вы дружили с Гавриловой? — спросила я.

— Как вам сказать... Работали вместе. В «Пирамиде». Теперь у меня свое кафе. Приходите, вам понравится. Живая музыка. Тут недалеко, на проспекте, называется «Ветер странствий». Впрочем, не это вас интересует. — Она вновь усмехнулась. — Настю я не особенно жаловала. Дура, жадная, к тому же наркоманка.

— Гаврилова? — не удержалась я. Признаться, ничего подобного в записях Артема не было.

— Гаврилова, — кивнула Алла. — Думаете, что ее Мишка взаперти просто так держал? Она же по наклонной катилась. С морфия на героин. Вот он ей и устроил палату № 6 на дому. Странная штука жизнь. Такой мужик, как Молчун, и вдруг запал на какую-то дуру, которой цена две копейки в базарный день. Носился с ней, точно она дитя малое, человеком сделать пытался. Только Настьке все не в прок.

— Возможно, она его просто не любила, — заметила я.

— Это точно. Она никого не любила, разве что деньги, потому что наркоту бесплатно еще никто не раздает. Ее тянуло к помойке, и дорогие тряпки или квартира ничего не меняли.

— А как же эта история с художником?

— История с художником лишь подтверждает мои слова. Угробила хорошего парня. Сначала к наркоте его приохотила, потом и вовсе...

— По-вашему, он покончил жизнь самоубийством?

— Не знаю. Болтали всякое. Наркота стоит денег, а он «подающий надежды», но отнюдь не богатый. Молчун денег ей не давал, знал прекрасно, на что они пойдут, так что, думаю, задолжал художник немало. Он ведь квартиру собирался продать. Настя покупателей искала, меня спрашивала, ведь он в ближайшее время мог стать бомжом. Но...

— Кредиторы редко убивают, предпочитают вернуть свое.

— Не знаю, может, в самом деле Молчун, но я в

этом очень сильно сомневаюсь. Парень погиб, а Настю Молчун заставил лечиться. Ну она с наркоты перешла на водку. Когда Молчуна убили, Настя из «Пирамиды» не вылезала. У меня там девчонки знакомые остались, перезваниваемся. Тимур не убивал, — сказала она. — Все это чушь. Менты глупости болтают, потому что работать лень и настоящего убийцу искать тоже неохота. А вы должны, вы ведь ему человек не чужой. Правильно? — Она посмотрела без намека на язвительность, скорее с суровостью, и продолжила: — Ну а я... любая помощь...

— Вы считаете его своим другом? — влез Стас, которого, в общем-то, никто не просил открывать рот.

— Другом? — усмехнулась она. — Нет, не другом... — Она одарила меня весьма красноречивым взглядом, поднялась и, не прощаясь, ушла.

— Извини, — кашлянув, пробормотал Стас.

— Да ничего, — милостиво отозвалась я. — В следующий раз старайся больше молчать.

— Между прочим, общеизвестно, что мафиози не склонны к моногамии, и такая девушка, как ты...

— Будешь надоедать, отправишься в гостиницу, — перебила я, он затих, что позволило мне выпить чашку кофе с удовольствием.

Итак, сведения, полученные мной, плохо стыкуются между собой. С одной стороны, жертва любви мафиози, с другой — наркоманка, которой не терпится оказаться на помойке. Допустим, истина где-то посередине, но что это дает мне? Я вдруг вспомнила выражение лица Аллы и досадливо поморщилась. Что ж, вкус у Тагаева неплохой, это следует признать. Кажется, девушка влюблена в него до сих пор. Интересно, ее преображение из танцовщицы во владелицу кафе произошло с его помощью? Впрочем, это не мое дело.

Я позвонила Артему и попросила уточнить сведения о возможном пристрастии убитой Гавриловой к наркотикам, знать не зная, зачем мне это надо. «То, что Тимур оказался замешанным в убийстве, это случайность или все-таки спланированная акция?» — думала я, шагая к машине. Алла права, в этом деле действительно много несуразностей, если, конечно, отмести версию о том, что Тимур действительно убил девушку в пьяном угаре. Как-то мне довелось присутствовать при вспышке его гнева. До убийства не дошло, но впечатление осталось незабываемое. Он был раздражен, очень возможно, больше чем просто раздражен, и в тот момент испытывал к женщинам самые недобрые чувства. К тому же был сильно пьян, а девушка могла сама, того не желая, спровоцировать его.

Я с тоской пнула колесо своей машины. Может, Тимур поэтому и не хотел моего вмешательства в расследование, чтобы не открылась эта неприглядная истина? Довольно глупо. Нет, я не хочу видеть его убийцей. Очень не хочу. Допустим, это все-таки чей-то хитрый ход... или идиотский, как выразилась Алла. Впрочем, почему идиотский, раз Тагаев в тюрьме? Возможно, это и было целью. И то, что выглядит это преступление столь дурацки, только на руку заказчику.

— Может быть, откроешь машину? — услышала я. Я открыла, Стас плюхнулся на сиденье и заботливо спросил: — Тебя огорчили ее слова?

— Что? А, нет. Ты же сам сказал, ждать моногамии от мафиози довольно глупо.

— Я рад.

— Чему?

— Твое отношение к этому говорит о том, что он тебе, в сущности, безразличен.

— Просто я не ревнива.

— Глупости. Когда любишь по-настоящему, ревнуешь даже к солнечным лучам.

— Это как? — удивилась я.

— Они, а не мои руки касаются твоего лица, — улыбнулся Стас. — Как видишь, я романтик.

— Идиот ты, прости господи, — покачала я головой и наконец-то тронулась с места. На «идиота» он совершено не обиделся и тут же принялся трещать:

— Знаешь, в работе следователя, безусловно, есть свои плюсы. Постоянно узнаешь что-то новое...

— Ага. С людьми общаешься, часто бываешь на воздухе.

Он засмеялся и спросил:

— Где ты этому научилась?

— Чему?

— Ну... задавать вопросы и вообще... У тебя это получается, как у заправского сыщика.

— Ты мне льстишь.

— Нет, серьезно. Какое у тебя образование?

— Ниже среднего.

— Я серьезно. Что, так трудно ответить?

— Юридическое.

— Тогда понятно. А в милиции работала?

— Год.

— А потом стала пресс-секретарем?

— Да, выдвинули из рядов за ум и смекалку.

Я притормозила возле супермаркета. Стас поинтересовался:

— Куда мы?

— Вот сюда. У Сашки кончились консервы.

— Если здесь найдется фасоль, я приготовлю такое блюдо, пальчики оближешь.

— Ты еще и готовишь? — усмехнулась я.

— Я живу один с семнадцати лет, поневоле научишься. А почему ты не спросишь, где я учился?

— Мне неинтересно. Если ты хороший человек, так какая разница, что ты там закончил, а если жулик, правды все равно не скажешь. А вранье чего слушать?

— Ты меня подозреваешь? — вроде бы обиделся он.

— А ты как думал?

— Я думал, тебе прекрасно известно, какие чувства движут мною. По-твоему, если мужчина хочет помочь женщине, попавшей в беду...

— В беду попал ты. Это тебя ребята обещали на куски разрезать. Я-то при чем?

— Не могу понять, когда ты шутишь, а когда говоришь серьезно. Лично я вижу ситуацию так: ты принцесса, которую окружают злобные недруги, а я твой верный рыцарь...

— Я слышала, что поляки страшные бабники, но чтоб дураки...

— Я литовец.

— Тоже не очень хорошо.

Стас засмеялся и ткнул пальцем в длинный ряд банок:

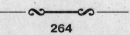

— А вот и фасоль. Берем?

Поход за продуктами занял довольно много времени. Сашка забрался в тележку и весело поглядывал оттуда, вызывая улыбки у покупателей.

— Карточки принимают? — спросил Стас, поравнявшись с кассой. Он продолжал разыгрывать джентльмена и непременно хотел расплатиться сам. Я взяла Сашку на поводок и прошла к выходу, народу возле касс столпилось много, и я решила выйти на улицу, чтобы не мешать людям. Сашка семенил к машине, и тут откуда-то сбоку возникли двое молодых людей и решительно подхватили меня под руки. А я с печалью подумала, что если ждешь от кого-то ответных действий, то расслабляться не стоит.

Конечно, можно было попытаться оказать сопротивление. К примеру, тому, что справа, задвинуть ногой в известное место, однако тому, что слева, ничто не мешает задвинуть мне сразу во множество мест. Опять же, насколько я знала, такие типы обожают тренироваться в стрельбе, используя в качестве мишеней не в меру прытких противников. Сашка, сообразив, что происходит нечто необычное, заливисто залаял, попытался ухватить одного из моих обидчиков за ногу, тот хотел его пнуть, а я завопила:

— Не трогай мою собаку. — Это было последнее, что я успела сделать. Под нос мне сунули носовой платок, запахло эфиром, и я тихо-мирно обвисла в руках моих врагов.

Мое возвращение в сознание было не из самых приятных. На самом деле делать этого не хотелось, потому что было ясно: ничего хорошего мне не светит, а

плохое я не люблю. Однако мысль о Сашке беспокоила меня, и я поспешно открыла глаза.

Я лежала на диване в довольно просторной комнате без окон. Вскоре выяснилось, что окна были, просто их закрыли ставнями. Горел ночник, освещая часть дивана и круглый стол, на котором стоял стакан с водой.

— Пес, ты здесь? — позвала я. Никто не откликнулся, а я загрустила. Супермаркет довольно далеко от моего дома, что, если Сашка потерялся? — Ерунда, — сказала я вслух, успокаивая саму себя, такая гениальная собака найдет дорогу. К тому же в магазине остался Стас... И то, и другое звучало не очень убедительно. Дорогу он найдет, и что дальше, если в квартире никого нет? А со Стасом вовсе ничего не ясно. Его могли забрать со мной за компанию, или он был за компанию с моими похитителями с самого начала.

На самом деле было еще стыдно, в основном за собственную глупость. Я пошевелилась, голова раскалывалась от боли, и тут дверь открылась, и я увидела одного из своих похитителей.

— Очухалась? — спросил он.

— Где моя собака?

— Это ты называешь собакой? — сострил он.

— Ты же называешь себя человеком, и ничего.

— Слушай, ты бы вела себя поскромнее, — попытался не злиться парень. — Мы все знаем твои закидоны, но сейчас не та ситуация. Улавливаешь?

— Насчет ситуации не очень. Вы кто, и какого черта вам от меня надо?

— А ничего не надо, — ответил он и развел рука-

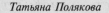

ми. — Побудешь здесь немного, отдохнешь. А потом вернешься в город.

«Выходит, мы где-то за городом», — отметила я.

— И ты будешь отдыхать со мной?

— Не я один. Так что без всяких там штучек. Начнешь плохо себя вести, свяжем или в погреб посадим. Хочешь в погреб?

— Я чаю хочу.

— Вон вода стоит, пей.

— А кормить меня вы планируете, или я должна вспомнить о пользе голодания?

— Ладно, идем на кухню, — подумав, сказал он.

Я с трудом поднялась и пошла за ним.

В кухне сидел здоровяк со смешно оттопыренными ушами и поедал бутерброд, который смело можно было занести в Книгу рекордов Гиннесса. Увидев меня, он вроде бы удивился и перевел взгляд на приятеля.

— Говорит, что жрать хочет.

— Перебьется, — буркнул здоровяк.

— Я бы советовала вам заботиться о моем здоровье, — вежливо сказала я. Они вновь переглянулись. — Если мне придет в голову пожаловаться Тимуру, вы пойдете на котлеты моей собаке.

— Тагаев в тюрьме, и неизвестно, выйдет ли он оттуда, — ехидно заметил здоровяк. Приятель остановил его взглядом, он отвернулся и сосредоточился на бутерброде.

— Между прочим, — сказал мой конвоир, — Тимур как раз и приказал подержать тебя здесь. Уж очень ты шустрая.

Это вполне могло быть правдой. Тимур не хочет,

чтобы я совала нос в его дела, при этом еще и опасается за мое здоровье. Идея подержать меня под арестом вполне могла прийти в его светлую голову: и не мешает, и забот никаких.

С другой стороны, такая ситуация могла быть выгодна и врагам Тимура, которые, безусловно, у него имеются. И если считать мое похищение ответным шагом, то, скорее всего, так оно и есть.

— А вот это ты врешь, — устраиваясь за столом, заметила я.

— Чего вру? — насторожился парень.

— То, что Тимур приказал. Приказал тебе твой хозяин, я до него доберусь, и мало этой гниде не покажется. Это он Тимура в тюрьму пристроил?

— Даже не понимаю, о ком ты говоришь, — забеспокоился парень.

— Чего ж ты такой тупой-то?

— Пей чай и иди отсюда, — разозлился он.

Чай я пила в молчании. Парни то переглядывались, то посматривали на меня.

— И как долго я должна здесь сидеть? — осведомилась я.

— Уж это как получится.

— А что должно получиться?

— Чай выпила? Бутерброд съела? Вот и отдыхай.

— Хорошо, — не стала я спорить и вернулась в комнату.

Дверь заперли, я прошла к окнам и убедилась, что на них решетки плюс тяжелые ставни. Удрать не получится. Мобильный у меня отобрали. Сумочка валялась на столе, там много всякого барахла, но ничего такого, что могло бы пригодиться в подобной ситуации. Если меня намерены держать здесь, значит, ожидается некое событие. Что это может быть? Смотря кто меня сюда определил. Если Тимур, то сидеть мне здесь до его выхода из тюрьмы. В этом случае остается уповать, что произойдет сие на днях. А если Тимур к этому отношения не имеет, тогда хуже. Допустим, Вале не понравился мой визит, и, чтоб я не вносила своих корректив в его планы, он отправил меня отдыхать. Но если он действует самостоятельно, то... то, скорее всего, не особенно опасается Тимура или ждет события, после которого опасаться будет ни к чему.

— Надо отсюда выбираться, — решила я.

В таком деле не торопятся. Если попытка будет неудачной, второй мне могут не предоставить, в самом деле свяжут. Я поскребла затылок, почесала нос, умных мыслей в голову не приходило, и я устроилась на диване, решив, что предаваться размышлениям лучше с удобствами. Взглянула на часы. Где-то мой пес, чем занимается? За собаку я беспокоилась всерьез, за себя гораздо меньше.

С кухни не доносилось ни звука, через минуту за стеной заработал телевизор, кто-то громко чихнул.

— Будь здоров, — скривилась я.

Вдруг скрипнула дверь, негромко скрипнула, но я услышала и насторожилась.

— Славка, — позвал кто-то, судя по голосу, здоровяк. — Это ты, Славка?

Славка ответить не пожелал. Вновь скрипнула дверь, такое впечатление, что ее торопливо распахнули, затем какая-то возня, громкий вопль, и опять тишина.

«А у нас гости», — сообразила я, поднялась и направилась к двери. Она открылась перед моим носом. На пороге стоял Стас и радостно мне улыбался. Оба моих тюремщика были здесь же, на кухне, один лежал возле двери, другой сидел на полу, привалясь к стене. Судя по их внешнему виду, вряд ли в ближайшее время от них можно было ожидать какой-либо активности.

— Ну, ты герой, — сказала я Стасу.

— Я спешил тебе на помощь.

— А ты в самом деле лесом торговал, или у тебя за плечами двадцать лет спецназа?

— Я еще совсем молодой, — обиделся он.

— Где Сашка?

— В машине.

— А машина где?

— Здесь, в лесочке неподалеку. Только это не твоя машина, ее пришлось бросить в городе, уж очень она приметная.

Я пнула лежащего парня ногой в бок, чтобы убедиться, что он жив, и вздохнула.

— Рассказывай.

— А чего рассказывать? — удивился Стас. — Я видел, как эти гады запихнули тебя в джип, выбежал из магазина, Сашка мечется, тебя увозят, что делать?

— В милицию звонить, — подсказала я. — Тебе это в голову не пришло?

— Что милиция? Пока они приедут, пока вопросы зададут... Ключи от машины были у тебя, на счастье, подъехал дядя на вполне приличной тачке. Пришлось одолжить ее на время. У тебя друзей в милиции полно, надеюсь, ты им объяснишь, что я действовал в состоянии аффекта.

— Объясню, — кивнула я, с сожалением глядя на поверженных врагов. — Жаль, что поговорить с ребятами не представляется возможным. Как думаешь, они скоро очухаются?

— Вряд ли. А нам лучше убраться отсюда, вдруг еще гости пожалуют?

Разумеется, он был прав, искушать судьбу не стоило.

— Сматываемся, — кивнула я.

— Между прочим, у них оружие. Может, прихватить на память?

— Ты стрелять умеешь?

— Нет. Я даже в армии не был. Но ты ведь в милиции работала, должна уметь.

— Меня плохо учили.

Оружие я бросила в сумку, этим дурням оно ни к чему. У одного из парней оказался мой мобильный, правда, он был разряжен.

Мы вышли из дома, в сгущающихся сумерках впереди угадывался кирпичный забор с крепкими воротами.

— Придется перелезать, — вздохнул Стас. — Я так и не смог их открыть.

— Перелезать так перелезать.

На забор он не влез, а прямо-таки взлетел, что позволило мне отметить его прекрасную физическую подготовку. Усевшись наверху, он подал мне руку, я не без труда вскарабкалась, он спрыгнул и, приняв меня в объятия, зашагал к дороге.

— Не надорвись, — усмехнулась я.

— Надо тренироваться, мне еще всю жизнь тебя на руках носить.

— Мечтатель.

— Неужели твое сердце не дрогнуло, когда ты увидела меня? — засмеялся Стас, поставив меня на землю.

— Оно и сейчас дрожит. Где мы, кстати?

Я огляделась. Похоже на дачный поселок. Впереди одинокий фонарь, окна в домах темные.

— В сорока километрах от города, — ответил Стас. — На указателе название «Радужное», машина вон там, — кивнул он.

Сашка, увидев меня, невероятно обрадовался.

— Бедный мой пес, испугался?

Сашка ткнулся носом мне в руку, лизнул ее и со вздохом посмотрел мне в глаза.

— Я спас тебя и твою собаку, — самодовольно заявил Стас. — Что будем делать дальше?

— Сматываться отсюда. Затем вернем хозяину его собственность. У человека, поди, предынфарктное состояние.

— Я был с ним предельно вежлив.

— Вряд ли он оценил это.

Стас устроился за рулем, завел двигатель, и мы поехали по песчаной дороге.

— Может быть, объяснишь мне, что происходит? — нерешительно спросил он.

— Ты свистнул чужую машину, вот что. Уголовно наказуемое деяние. Мобильный есть?

— Есть, но связи нет. Надо дождаться, когда выедем на шоссе.

Дорога делала резкий поворот, навстречу нам вывернулся огромный джип, полоснув нас светом фар, мы с трудом разминулись, Стас рванул вперед, а джип сзади притормозил, затем начал поспешно разворачиваться.

— Черт, — буркнул Стас. — По-моему, это наши друзья.

Так оно, скорее всего, и было. Возможно, они успели заметить меня в свете фар, а может быть, им просто не понравилась незнакомая машина. Одно несомненно: нас вознамерились догнать.

Дорога только возле поселка оказалась приличной, далее она сворачивала в лес, где пошли неизменные колдобины. Я порадовалась, что Стас позаимствовал джип, на моей машине мы вряд ли бы ушли от погони, впрочем, и сейчас это было сомнительно. На такой дороге особо не разгонишься, одно хорошо: у ребятишек сзади те же проблемы.

У нас было небольшое преимущество, но расстояние между машинами неуклонно сокращалось.

— Они стрелять не начнут? — с беспокойством спросил Стас.

— Откуда я знаю? — удивилась я. Лес с двух сторон стоял сплошной стеной.

— Машину придется бросить, — поглядывая в зеркало, сказала Стас. — Так больше шансов уйти. — Я совсем не была уверена в этом, но спорить не стала. — Впереди поворот, — продолжил он. — Как только свернем, я приторможу. Беги в лес.

Я покосилась на Сашку.

— Не вздумай тявкать, — сказала я сурово и сунула его под мышку.

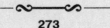

Поворот мы миновали, Стас притормозил, я распахнула дверь, выскочила из машины и бросилась к кустам. Бежать ночью в лесу — то еще занятие, а здесь были настоящие заросли, черт ногу сломит. Я пару раз споткнулась, едва не упала, но продолжила свой бег в темноте. Где-то рядом трещали кусты, значит, Стас тоже покинул машину.

Тут раздался характерный звук, а потом ночь огласил чей-то недовольный вопль, сплошь состоящий из матерщины, надо полагать, ребятишки на полном ходу влетели в нашу машину, из-за поворота вовремя не заметив ее. Они сдали назад, развернулись, и лес озарила вспышка света, но фары били на другую сторону дороги, им почему-то больше понравилась правая сторона, а нам левая. С правой сидела я, вот они, должно быть, и решили...

Я неслась, не разбирая дороги, и, как следствие, угодила в овраг. Съехала по склону, едва не покалечившись, и распласталась на земле. Сашка угрожающе заворчал.

— Даже не думай, — предупредила я, пес вздохнул и затих. Я сидела, привалившись спиной к влажному стволу поваленного дерева, и прикидывала, хватит их глупости искать нас в лесу? Они могут рассчитывать только на везение. Мне на него рассчитывать тоже никто не мешает. Овраг неплохое укрытие, но он слишком близко к дороге, надо выбираться.

— Пошли, — шепнула я Сашке. — У меня две пушки, начнут наглеть, мало им не покажется.

Ухватившись за ветку, я выбралась наверх и огляделась. Со стороны дороги пробивался свет. Углубляться в лес не хотелось, в темноте очень скоро я начну плутать, а к дороге мне путь закрыт: если не дураки, там и будут ждать. Перспектива до утра бродить по лесу меня не вдохновляла. Значит, надо пройти вдоль дороги и ждать рассвета, чтобы не потерять ориентир.

— Если все-таки заплутаюсь, ты найдешь дорогу, — сказала я Сашке. — В конце концов, ты собака и у тебя есть нюх. Должен быть.

Сашка к моим словам отнесся с прохладцей. Тут раздался тихий свист. Один раз, затем второй. Это мог быть Стас, а могли быть и хитроумные ребята. Я устроилась под кустом и постаралась не подавать признаков жизни. Свист раздался вновь, теперь совсем рядом. Сашка заволновался и попытался выбраться из моих цепких объятий. Возле дерева напротив возник силуэт, Сашка ткнулся носом мне в щеку и жалобно тявкнул. Исключительно интеллигентно, то есть тихо.

— Ольга, — позвал Стас. Я поднялась и пошла к нему навстречу.

— Вот уж не ожидала встретить тебя, — усмехнулась я.

— Почему? — удивился он.

— Найти меня в лесу, в такую темень, да еще когда я усердно изображаю индейца в дозоре...

— Ты забыла, лес — моя родная стихия.

— Ну да, ты же им торгуешь. Ну что, какие будут предложения?

— К дороге нельзя.

— А куда можно? Черт, связи нет.

— Лучше всего до утра переждать здесь. В темноте только шишек набьем.

— Холодно, — поежилась я.

— Не замерзнем. Впереди вроде бы просека, давай посмотрим.

Мы вышли на лесную дорогу, хотя назвать ее так язык не поворачивался: колея, набитая тракторами.

— Куда-то она ведет, — неуверенно заметил Стас. — Что ты предпочитаешь? Налево? Направо?

— Направо шоссе.

— Тогда налево.

И мы пошли. Стас взял из моих рук Сашку, идти мне стало полегче, пес хоть маленький, но довольно упитанный. Он с комфортом устроился на чужих руках и даже глазки прикрыл.

— Он и вправду гениальный, — заметил Стас. — Я боялся, что он залает и выдаст нас с головой. Эй, пес, тебе уже приходилось бывать в таких переделках?

— Я не способна рисковать жизнью любимого существа.

— Я думал, твоего любимого зовут Тимур.

— Сашка.

— Все-таки довольно странное имя для собаки. Почему ты его так назвала?

— Тебе-то что?

— Интересно. Это что, страшная тайна?

— Нет никакой тайны, — проворчала я, споткнувшись в темноте о какую-то корягу. — Мне подарил его один тип.

— И что?

— Ничего. Назвала собаку в его честь.

Стас засмеялся.

— Занятно. А где сейчас этот тип?

— Жарится на сковородке.

— В каком смысле? — не понял Стас.

— В буквальном. Ты в загробную жизнь веришь?

— Ну... не знаю.

— И я не знаю. Но если она есть, то он сейчас радует чертей своим визгом.

— Что, много грехов?

— Больше паровоза.

— Но он был тебе другом?

— Еще чего. Сволочью он был, причем редкой. И выпендрежником. Паршивый киллер, который возомнил, что ему нет равных.

— Киллер? Ну и знакомые у тебя.

— Ага. Сподобил господь.

— Я все-таки не понял, если вы враги, почему он подарил тебе собаку?

— Да мы с ним трахались от случая к случаю, — обходя поваленное дерево, пояснила я. — Вот он и решил сделать мне подарок.

— Ничего не понимаю, ты знала, что он киллер или нет?

— Все я знала... Чего ты пристал, а?

— Совершенно невероятная история.

— Нормальная история. Он не угодил хозяевам, явился сюда, просил помощи. Я пыталась помочь, раз уж у нас общая собака, но...

— Его выследили?

— Говорю, он оказался дешевым выпендрежником. Суперкиллер хренов, позволил укокошить себя, как распоследнего лоха.

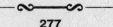

— Тебя это очень огорчило? — задушевно спросил Стас.

— Ничуть. Он меня разочаровал. Я не люблю неудачников. У меня самой этого дерьма выше крыши, поэтому тянет меня исключительно к людям успешным.

— Тогда у твоего Тимура никаких шансов. Он ведь в тюрьме.

— Это ерунда, найду убийцу девчонки, его выпустят, и мы будем жить долго и счастливо.

— А без пяти минут миллионер тебе не подойдет?

— Ты, что ли? Уж больно ты красивый, бабы на тебя, поди, вешаются, на что мне душевные переживания?

Стас засмеялся:

— Знаешь, ты совершенно необыкновенная женщина.

— Ты тоже с придурью, — кивнула я.

— Почему?

— Сам посуди. Без пяти минут миллионер и влезаешь в дерьмовую историю без всякой цели. Просто так, по дурости.

— У меня есть цель, — порадовал он.

— Очень интересно.

— Нет, серьезно. Ты мне нравишься. Очень.

— Да я всем нравлюсь, только замуж никто не берет. Как трахаться, так за милую душу, а как в загс, так дела да случаи.

— Я могу и в загс.

— С тобой я сама не пойду, ты ж больной на всю голову. Вместо того чтобы тихо-мирно свалить отсюда с прахом своей бабушки, активно ищешь неприятности. У тебя небось в роду полно сумасшедших. А я хочу ребенка. И что я буду иметь?

— У меня прекрасная родословная, — возразил Стас. — Нет, серьезно. Сам не знаю, что на меня нашло. Всю жизнь я мечтал стать миллионером. Планы строил, что да как. Работал с утра до ночи. И вдруг стал им. Так, ни с того ни с сего. И... ничего в этом хорошего не увидел. Веришь?

— Еще бы. У меня такое сплошь и рядом. Все думаешь, как бы было хорошо, если бы, а получаешь и видишь: ни фига мне это не нужно. А у тебя еще адреналин в крови зашкаливает, тебе спокойная жизнь и вовсе противопоказана. Лежишь возле бассейна с очередной красоткой и дохнешь от скуки. Так?

— Так, — чуть помедлив, ответил Стас.

— Займись экстремальными видами спорта. Начни прыгать с парашютом, к примеру.

— Глупости все это. Зачем?

— Вся наша жизнь одна большая глупость, а «зачем» — это к господу, он, поди, знает, а я не в курсе. Это что такое? — остановилась я. Дорога впереди расширялась, и появилось нечто похожее на крышу дома.

— Вроде бы деревня, — отозвался Стас. — Подойдем поближе?

— Подойдем.

Когда-то это и в самом деле была деревня, но сейчас от нее остались лишь три ветхих дома. Два из них еще можно было назвать жилыми, по крайней мере, окна и крыша целы, а третий уже превратился в полную развалину.

— Вряд ли кто обитает здесь постоянно, — разглядывая упавший забор, сказала я. — А для дачников рановато. Впрочем, всегда есть энтузиасты. Мобильный проверь.

— Связи нет. Что будем делать? Предлагаю заночевать здесь. Завтра сможем сориентироваться и добраться до города. Вон там банька, если повезет...

Нам повезло. На двери бани замок отсутствовал, деревянный засов, и никаких тебе проблем. То ли здесь царили патриархальные нравы, то ли прятать было нечего. В бане пахло сыростью, пол прогнил, свет отсутствовал. Я что-то задела впотьмах, вода плеснула на пол.

— Осторожнее, — подхватив ведро, стоявшее на лавке, сказал Стас. — И колодец искать не надо. Пить очень хочется.

Мы напились и напоили Сашку. Я вытянулась на верхней лавке, устроила рядом пса и блаженно закрыла глаза, только сейчас поняв, как вымотал меня ночной марш-бросок.

— Пройдусь, проверю, одни мы здесь или...

Стас ушел, а я закрыла глаза.

Не знаю, как долго он отсутствовал, я успела задремать. Он завозился внизу, укладываясь на лавке, и я приподняла голову.

— Ни души, — сказал он. — На дверях замки. Спокойной ночи.

В нетопленой бане под утро стало холодно. Я пожалела, что сняла кроссовки, ноги замерзли, холод медленно поднимался к груди. Я жалась к Сашке, жалея, что он такой маленький.

— Озябла? — спросил Стас. Я с удивлением обнаружила, что он не спит. Лежит, закинув руки за голову, и разглядывает потолок. — Куртка сбилась, я боялся ее поправить, чтоб не разбудить тебя.

Его куртка лежала в моих ногах. Я натянула ее и поежилась.

— Ольга, — окликнул он.

— Во мне нет ни капли романтизма, — предупредила я. — Любовная сцена отменяется. Если замерз, забери куртку, я обойдусь. Не спится, считай до тысячи.

— Я не об этом. Сверчок, слышишь?

— Нет. — Но все-таки прислушалась.

— Хорошая штука жизнь.

— Вот придурок, — вздохнула я, отворачиваясь.

Когда я открыла глаза, Стас сладко спал, обхватив себя за плечи. Тело невыносимо болело. Приученное к комфорту, оно с негодованием отвергало спартанскую постель. Сашки не было, дверь в баню приоткрыта, это и позволило ему улизнуть.

— До чего вредный тип, — покачала я головой, с трудом села, опустила ноги, стараясь не потревожить Стаса, и тут совершенно отчетливо услышала шаги.

Стас поднял голову, и мы переглянулись. Он неслышно сел, тут дверь в баню распахнулась, и, согнувшись чуть ли не пополам, вошел Григорий.

— Привет, — сказал он. Взгляд его быстро переместился от меня к Стасу и несколько подобрел. Не знаю, чего он ожидал, но увиденное его порадовало. Может, потому, что вожделенная добыча наконец-то в его руках, а может, была еще причина: с чистой совестью скажет Тимуру, что обнаружил нас как примерных пионеров на разных полках.

— Где Сашка? — спросила я, зевнула, прикрывая рот ладонью, и зябко передернула плечами.

— Бегает, — ответил Григорий, огляделся и пристроился на лавке возле двери.

— Как вы нас в бане нашли, это понятно, — сказала я. — Сашке надо спасибо сказать. Но как вас нелегкая сюда принесла?

Не то чтобы знать, как это получилось, было для меня принципиально, но на будущее могло пригодиться. Почему-то я не сомневалась, что будущее у меня все-таки есть, что, безусловно, радовало. Вместе с уверенностью зрела и другая мысль: подобное приключение далеко не последнее в моей жизни, что как раз не очень хорошо, так что надо бы знать, как можно отыскать беглецов в лесу в рекордно короткий срок.

— У меня есть карта этого района, — пожал Григорий плечами. — Тачку бросили в десяти километрах от поселка, к дороге не пойдете, ночью по лесу только идиоты бродят, а тут в округе четыре деревни и лишь одна нежилая.

— Как просто, — удивилась я. — Значит, нам не повезло.

— Повезло, — хмыкнул Григорий. — У тех ребят карты, как видно, не было.

Я внимательно посмотрела на него, крайне заинтересованная этим заявлением, а он кивнул:

— Выйдем.

Я натянула кроссовки и спрыгнула с лавки.

— Ты понимаешь, что происходит? — проявил интерес Стас, сам он, судя по его виду, ничего не понимал. Впрочем, я пока тоже.

— Сейчас выясним, — оптимистично заверила я и вышла на улицу.

Трое мужчин курили, щурясь на ярком утреннем солнышке, день обещал быть прекрасным. Машину они оставили на краю деревни, потому мы и не услышали шум мотора. Сашка весело бегал неподалеку, таская за собой поводок. «Надо было его привязать», — подумала я и не спеша подошла к мужчинам.

— Тимур предупреждал, что ты умных советов не послушаешь, — не без досады заметил Григорий, с усмешкой глядя на меня.

— И поэтому приказал подержать меня взаперти?

— Ошибаешься. Но он не возражал, чтобы ты немного отдохнула. Мы были уверены, что тебя не тронут.

— Я должна понимать это так: вы с самого начала глаз с меня не спускали.

— Приходится, — пожаловался Григорий. Двое его приятелей выразили свое отношение к моей суетливости насмешливыми улыбками.

— Значит, вы видели, как меня запихнули в машину у супермаркета?

— Ага. И проводили, чтобы знать, где искать в случае чего. Но тут вмешался твой шустрый приятель и едва не поломал нам всю игру. Парни могли разозлиться и в сердцах оторвать тебе голову.

— Парни, доверенные лица Вали? — спросила я, ковыряя землю носком кроссовки. Их лица посуровели.

— Не лезь в наши дела, — посоветовал Григорий. — Мы сами разберемся.

— Значит, Вале надоело бегать в подчинении, — гнула я свое. — И он решил стать царьком. А вы, я полагаю, ищете киллера?

— Ну, если он взялся выполнить заказ, лучше его найти.

— Он в самом деле так хорош?

— Говорят, — флегматично пожал Григорий плечами.

— Пока Тимур находится в тюрьме, он в безопасности, — размышляла я вслух. — Киллер предназначался для него?

— Не лезь в наши дела. — Ласки в голосе Григория прибавилось, но она меня не обманула.

— Может, объединим усилия? Вам нужен киллер, мне он тоже нужен.

— Зачем?

— Есть к нему несколько вопросов. — Их ухмылки стали шире. — Ставлю двадцать баксов, что найду его раньше вас, — весело сказала я.

— Не вертелась бы ты под ногами, — подал голос широкоплечий блондин с симпатичной ямочкой на подбородке.

— Вы друзья Тимура, я ему тоже друг, почему бы не наплевать на амбиции и не поработать вместе? Сэкономили бы время.

Они переглянулись, но ответить не успели. Из бани появился Стас, сладко потянулся и сказал:

— Денек-то какой.

— Я смотрю, вы подружились, — заметил Григорий. — Откуда взялся этот шустряк?

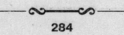

— Из Питера. То ли бабушку хоронит, то ли себе место присматривает.

— На второе похоже больше, — развеселился Григорий, но тут же посерьезнел. — Он от тебя ни на шаг. Точно репей. Зачем-то ты ему понадобилась.

— У него любовь с первого взгляда. По крайней мере, так он говорит.

— А что еще он говорит?

— Все больше вопросы задает.

— Он ведь был в «Витязе».

— Ага.

— И подсел к тебе. Случайно?

— В жизни всякое бывает.

— Не знаю, как ты, а я случайности не жалую.

— Да я их тоже не люблю.

— Не возражаешь, если мы с ним потолкуем по-своему? — задушевно спросил блондин, а я удивилась.

— Ради бога.

— А в чем, собственно, дело? — насторожился Стас.

— Не нравишься ты им. Говорят, больно шустрый.

— Пойдем, парень, побеседуем, — сказал Григорий.

— Мы у ребят пушки прихватили, лежали в моей сумке, — сообщила я, подзывая Сашку.

Пока Стас хмуро таращился на нас, блондин, приблизившись, завернул ему руки, третий парень быстро обыскал Стаса.

— Чисто.

Я взяла поводок в руки.

— Поболтайте, мы пока погуляем. — Стаса поволокли в баню, а я кивнула Григорию: — Особенно не усердствуй, я законопослушная гражданка, и трупы мне без надобности.

Он серьезно кивнул и шагнул в баню, а мы с Сашкой побрели вдоль деревни.

— Не переживай, — сказала я ему. — Немного намнут бока, и всех делов. В мозгах светлее станет.

Я была уверена, что из их затеи ничего не выйдет, но парней вряд ли убедишь в обратном. Гуляли мы с полчаса, Сашке это надоело и мне тоже. Опять же, я беспокоилась, как бы ребята чересчур не увлеклись. Возвращаясь из рощицы, я заметила возле бани блондина. Пока мы шли, появились и двое других, закурили, наблюдая за нами.

— Ну что?

— Партизан. Ничего не знает, просто девушка понравилась.

— Значит, обыкновенный идиот. Занятно. — Я подумала и сказала: — В «Витязе» был парень, в компании молодых людей, что хотели ограбить бар. Нам он показался перспективным. Звать его Коля, больше ничего не известно. К ребятам прибился накануне и пригласил их в «Витязь». Ну что, будем объединять усилия? Как видите, я с открытым сердцем.

— Не бабье это дело — киллеров ловить, — влез блондин.

— У меня опыт есть. А у тебя?

— Ладно, поехали в город, — сказал Григорий.

— Он передвигаться может? — кивнула я в сторону бани.

— Парень крепкий, до машины доплюхает.

Я вошла в баню. Стас сидел, привалившись к стене, и выглядел как после неудачной встречи с экскаватором. Однако он и правда крепкий парень. Услышав, как скрипнула дверь, поднял голову и усмехнулся.

— Если сложности с речью, кивни. Буду знать, что живой, — предложила я.

— Большое тебе спасибо, — сказал он, с трудом шевеля разбитыми губами.

— Да ладно, — ответила я, устраиваясь на лавке по соседству. — У тебя даже зубы целы, так что без претензий.

Он неожиданно засмеялся и покачал головой:

— А ты...

— Скажи, не стесняйся. Ну, что? Любви поубавилось? С первой лошадью в Питер. А еще лучше на родину.

— Оставь тебя одну, таких дел наворотишь, — проворчал он.

— А ты мне помешаешь? Я ведь тебя по-хорошему предупреждала: не лезь куда не просят. Подняться сможешь или помочь?

— Обойдусь. — Он с трудом поднялся, подошел к ведру и умылся, разбрызгивая воду. Вытер лицо ладонями, пригладил волосы и спросил: — Как я тебе?

— Герой. Потопали.

— Хотелось бы знать, за что такая немилость?

— Ты у меня на подозрении. Уж очень боек и появился некстати.

— Когда я к тебе за стол садился, у тебя на лбу надписи не было «опасно для жизни». Красивая девушка...

— Случайность, значит.

— Конечно.

— Обожаю случайности. Пошевеливайся, народ ждет.

Парни были уже в машине. Я помогла Стасу надеть куртку, на этом настоял блондин, беспокоился за кожаную обивку сидений. Стас только головой покачал, отвернулся к окну и молчал всю дорогу.

— Мобильный где? — спросила я Стаса, завидев первые городские постройки.

— Эти отобрали.

Григорий протянул мне мобильный.

— Тоже разряжен, — вздохнула я, возвращая его Стасу.

— Держи мой, — предложил Григорий.

— Подожду до дома.

— Этого куда везти? — спросил Григорий, сворачивая на светофоре.

— Выбросим его здесь, — предложил блондин.

— Не зверствуй, — вступилась я. — Он дойдет только до первого мента. Вези ко мне. Там найду, во что переодеть его.

Нас подвезли к самому дому. Я вышла, держа Сашку под мышкой, следом выбрался Стас.

— Бывай, герой, — хмыкнул блондин презрительно, не стерпел и добавил: — Держался бы ты от нее подальше, не то точно головы не сносить.

— Тебя спрашивают? — одернул его Григорий. Захлопнул дверь, и джип покатил по улице.

— Будь как дома, — сказала я, отпирая дверь.

Сашка побежал к мискам, Стас сбросил ботинки, повесил куртку и спросил:

— Можно принять душ?

— А ты справишься?

— Хочешь мне помочь?

— Нет. Только если ты там отключишься, я не смогу сама помыться.

Он ушел, а я отправилась готовить завтрак и баловать Сашку печеньем.

Стас, вернувшись из ванной в белом Дедовом халате, плюхнулся на диван в гостиной и закрыл глаза. Я наблюдала за ним из кухни, подошла и предложила:

— Позавтракаешь?

— С удовольствием.

Для начала я решила принять ванну, постояла под душем, переоделась и вновь заглянула в гостиную.

— Лейкопластырь есть? — спросил Стас.

— Сколько угодно.

Я пошарила в аптечке в ванной и вернулась с лекарствами.

— Ребра целы?

— Не знаю. Все тело ноет.

— Это ерунда. Откинь голову.

Я пристроилась на диване рядом и принялась заклеивать его разбитую физиономию. Он открыл глаза, потом осторожно потянул меня за рукав халата.

— Опять любовь поперла? — удивилась я. — Рожа разбита, а тебе все мало.

Он задумчиво провел ладонью по моему плечу, освобождая его от халата.

— Это что?

— Ты же видишь.

— Откуда у тебя эти шрамы?

— Тебе что за дело? Все никак не угомонишься? Был бы умный, давно бы купил билет в Санкт-Петербург. С физиономией порядок, — сказала, возвращая рукав на место. — Можно идти завтракать.

— Знаешь, я на тебя совсем не сержусь, — заявил он. — Ты все правильно сделала. У тебя неприятности, и вдруг я... Действительно, вызывает подозрения.

— Спасибо за понимание.

— Поцелуй меня, — тихо сказал он, обнимая меня за талию.

— Я бы с удовольствием, но... я другому отдана и буду век ему верна. Поздняк метаться.

Я поднялась от греха подальше и отошла в сторону.

— Ты идешь? А то я одна весь завтрак съем.

— Все ты врешь, — отправляясь за мной на кухню, заметил он. — Такие, как ты, никому не принадлежат.

— Ага, я народное достояние. Шлюха, одним словом.

— Ты можешь говорить серьезно? — поморщился он.

— Иногда. Но не часто. Налегай на бутерброды, а мне надо позвонить.

Однако телефон зазвонил сам, и, сняв трубку, я услышала голос Вешнякова:

— Появилась? А чего мобильный отключен?

— Мобильный едва не остался у злых дядей. Но мы тоже не с пустыми руками, есть две пушки, хочешь подарю?

— Чего ты болтаешь? — обиделся Вешняков.

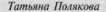

Я поведала ему о своих приключениях. Он только сердито сопел.

— Говорил, охрану надо. Сиди дома, — отрезал он. — Сейчас с Лялиным приедем.

— Сейчас не надо. Тачку хочу свою забрать, стоит сирота у супермаркета, если стоит. Давай через часик. Я бутылку захвачу, мне стресс снять надо.

Я быстро позавтракала, радуясь, что Стас, увлекшись едой, помалкивает.

— Ну что, барахлишко переодеться я тебе нашла. Дуй в гостиницу, а там как знаешь.

— Ты ж сама говорила, без тебя меня в три счета на кусочки разорвут.

— А уезжать ты не думаешь?

— Я должен выполнить волю почившей тети, не то миллионов мне не видать.

— Тогда сиди здесь. Посмотрите с Сашкой телевизор. Дверь никому не открывай, если что, звони Вешнякову. Номер я тебе записала.

Я вызвала такси и через полчаса была у супермаркета. Моя машина стояла там же, где и вчера, что меня порадовало.

Когда я вернулась домой, Стас спал в обнимку с Сашкой, укрывшись пледом. Я подошла и встала рядом, разглядывая его лицо.

— Я знаю, что ты здесь, — не открывая глаз, сказал он.

— А я и не прячусь.

— Ты ведь ему ничем не обязана.

— Кому?

— Своему Тимуру.

— Ничем. Если не считать, что пару раз он мне спасал жизнь. Но это ведь пустяки.

— Ты его не любишь.

— Откуда тебе знать? — удивилась я.

— Я знаю. Я все про тебя знаю.

— Интересно, откуда?

— Сердце подсказывает.

— А мое молчит.

— Правда? — Он открыл глаза. Я улыбнулась.

— Мое сердце в ларце, ларец в сундуке, сундук за семью печатями.

— Ты его любила?

— Кого?

— Того парня, что погиб?

— Какая разница? Любила, разлюбила. Его нет. Я немножко повыла на его могилке, а потом поняла, как мне повезло. Что бог ни делает, все к лучшему.

Тут в дверь позвонили, и нашу интересную беседу пришлось прервать. На пороге стоял Вешняков в компании Лялина. Оба были страшно недовольны, и их недовольство относилось ко мне.

— Проходите, — предложила я, радостно поприветствовав их.

— Жива, и слава богу, — пробубнил Олег, заметил Стаса и спросил: — А это кто?

— Так, прибился.

Мужчины переглянулись, и выражение недовольства на их физиономиях заметно усилилось. Мы прошли на кухню. Я поставила на стол бутылку и собрала закуску. Стас с милой улыбкой возник в дверях.

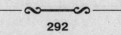

— Тебе что здесь понадобилось? — удивилась я. — Наш мальчишник не для тебя.

Стас ушел, а Лялин усмехнулся:

— Сурова ты, Ольга Сергеевна.

— Доверия он у меня не вызывает.

— А чего тогда за собой таскаешь? — удивился Олег.

— Так спокойнее.

— Чокнешься с тобой, ей-богу, — сразу же запричитал Вешняков. — Не думаешь ты о моем здоровье, а у меня давление зашкаливает.

— Водкой не увлекайся, и все будет в норме.

— При чем здесь водка? — обиделся Артем. — Водка... выпьешь-то раз в неделю, и то в спешке и без удовольствия.

— Ну, заныл... — махнула я рукой. — Разливай.

Артем выполнил команду, мы подняли рюмки, и Олег предложил:

— За удачу, други.

Мы выпили, Вешняков отправил в рот кусок рыбки и забурчал:

— Валяй в деталях, кто, что и по какой надобности.

Я вторично поведала о своих приключениях. Мужчины слушали молча, по окончании моего рассказа Вешняков кивнул Олегу:

— Что скажешь?

— А что тут скажешь? Выходит, лопухнулись мы. Киллер предназначался не Деду, а Тагаеву. Меня больше интересует, какова роль отца родного в этом деле?

— Дед вполне мог договориться с Валей. А что? Не

сам, конечно. Есть люди. Тагаев стал ему неугоден, решил сменить вождя.

— Может, так, а может... — Лялин нахмурился.

— Чего — может? — заволновался Артем. — Дурацкое ограбление в этом самом «Витязе» организовал Ларионов, это значит, что Дед в деле.

— Не скажи, — подумав, ответил Лялин.

— По-твоему, Ларионов мог действовать самостоятельно? Чисто теоретически он, конечно, мог снюхаться с Валей, но это чисто теоретически. Он должен понимать, что наживает двух могущественных врагов. С одной стороны, Дед, который не жалует самодеятельность, с другой — Тагаев, который наплюет на его высокий пост и врежет так, что рога отвалятся.

— Мне не дает покоя вот какой факт, — задумчиво сказал Олег. — Зачем вообще понадобилось это ограбление?

— Кислицын сидел вместе с Шестаковым, — начал загибать пальцы Артем. — Шестаков после освобождения обосновался в Москве. Группировка, в которую он входил, специализировалась на заказных убийствах. Не желая светиться здесь, Валя обращается к нему, понимая, что в случае угрозы обоими, и Кислицыным, и Шестаковым, можно пожертвовать. Дед узнает от Ольги о назревающей суете и вносит свои коррективы: в результате ограбления киллер должен был почувствовать неладное.

— Он и почувствовал, раз Кислицын оказался в туалете с дыркой во лбу, — заметила я.

— Может, ее киллер проделал, а может, и сам Валя с перепугу. Ну, подстраховался...

— А если бы эти дурачки появились в баре чуть раньше? Как, по-вашему, киллер к этому бы отнесся?

— Заподозрил бы подставу.

— Он и так ее заподозрил, — гнула я свое. — Напоминаю беспамятным: Кислицын к тому моменту уже был трупом.

— Но Дед в таком развитии сюжета уверен не был, — сказал свое слово Лялин. — К тому же Кислицына мог застрелить не киллер, а кто-то из ребят Тагаева, к примеру.

— То есть Тимур о замыслах Вали знал? — спросила я. Я вспомнила разговор с вдовой Молчуна: Тимур действительно мог что-то заподозрить.

— У Тагаева большие связи, — пожал плечами Артем. — Вполне мог знать о том, что Шестаков болтал в бреду, и взял сей факт на заметку. А потом и Кислицына шлепнули, чтоб ребятам игру поломать.

— Если ребята Тимура ищут киллера, — вновь заговорил Лялин, — значит, считают, что заказ он принял. А если принял, значит, вся эта суета в баре на него особого впечатления не произвела. Хотя он, может быть, нужен им еще по одной причине.

— Доказать причастность Вали к готовящемуся убийству? — подсказал Артем.

— Почему нет? Чтобы разделаться с Валей, нужны доказательства его вины. В противном случае пальба начнется будь здоров. Будем исходить из того, что киллер заказ принял, иначе чего ему делать в городе, — подвел итог Лялин.

— Так, может, его и нет давно? — вздохнула я.

— Есть. Если ищут, значит, здесь. У них разведка неплохо поставлена.

— Меня по-прежнему волнует вопрос: каким боком здесь Дед? — вздохнул Артем. — Судя по тому, как наши отцы-командиры стараются запихнуть Тагаева в тюрьму, он не прочь от него избавиться.

— Одно с другим не стыкуется, — заметила я. — Предположим, Валя выполняет директивы Деда, тогда на кой черт инсценировать ограбление в баре?

— К примеру, затем, чтобы киллер мог спокойно уйти, — вздохнул Лялин. — По идее, там ментов должно быть до черта. Правда, ни одного не было, — добавил он и сердито взглянул на Вешнякова.

— А я что?

— Ничего. Все вы...

— Хватит, — перебила я. — Что вы как дети малые.

— Надо попытаться нащупать связь между Валей и нашим Ларионовым, — вздохнул Лялин.

— Попытайся, — кивнул не без язвительности Артем.

— Не верю я, что Ларионов пошел против высочайшей воли, — не сдавалась я.

— Тогда есть еще вариант: Дед просто делал шаг наудачу, желая поломать чужую игру.

— Почему бы вместо этого не дать пинка ментам, чтобы они в «Витязе» устроили засаду?

— Чтобы Валины ребята с перепугу пошли на попятный или вовсе, увидев родную милицию, киллера не пришили? Тогда Валю за задницу не возьмешь.

При всей фантастичности этой мысли я не могла не

согласиться с Олегом, что и такое возможно. Вполне в духе Деда.

— А теперь Тагаева держат в тюрьме, чтоб киллер не мог до него добраться.

— Только не говори, что девушку убили для того, чтобы на время исключить Тимура из игры.

— Если так, то идея плохая, — усмехнулся Артем. — У следствия по-прежнему никаких зацепок, если они, конечно, не вынут нам убийцу, как кролика из цилиндра фокусника.

— Мне нужен киллер, — сказала я, обводя мужчин взглядом.

— Зачем? — скривился Артем. — Пусть его дружки Тагаева ищут.

— И это говоришь ты? Преступник должен сидеть в тюрьме...

— Ага. Дармоедов кормить... Они ж его найдут не для того, чтобы принять в братские объятия. Шлепнут, и вся недолга. Справедливость восторжествует, и затрат никаких.

— А главное, ментам ничего не надо делать.

— Кончайте базар, — махнул рукой Лялин. — Ты что, нашу девушку не знаешь? Если вбила себе в голову... И как ты его ловить собираешься? Мысли есть?

— Нет, — съязвил Артем.

— Потому я вас и позвала, — не осталась я в долгу.

— Самое простое: создать ситуацию, при которой он сам тебя найдет, — подергав рыжий ус, изрек Лялин. — Но и самое опасное.

— Если вы меня подстрахуете...

— Нет, — отмахнулся Артем. — Вы в своем уме?

У меня от одной этой мысли уже изжога. Сдохнешь с вами раньше времени.

— Подожди орать-то, — ласково попросила я. — Вале мой визит очень не понравился. Тут же появились его мальчики, и я оказалась под замком. А если подкинуть ему мысль, что есть у меня на него кое-что? Тогда парень должен засуетиться.

— Шлепнет он тебя без всякого киллера, — разозлился Артем. — Пошлет своих отморозков.

— Не скажи, — задумчиво изрек Лялин. — Большинство его ребят вряд ли знают о его замыслах и вполне лояльны к Тагаеву. Он может положиться лишь на нескольких доверенных лиц. И если поверит, что у Ольги что-то есть, рисковать не будет. Ее репутация хорошо известна. — Лялин подмигнул мне и ухмыльнулся. — Так что логично обратиться к киллеру.

— Вы рехнулись, что ли? — развел руками Артем. — Ладно, эта чокнутая, а ты — разумный мужик. Спятили. Киллера на живца ловить.

— Тогда еще предложение: арестуй ее суток на пятнадцать.

— За что? — растерялся Артем.

— Да хоть за пьяный дебош. Вольем в нее бутылку водки. Ты подержишь, я волью... С нами или без нас она все равно это сделает. Уж лучше с нами.

— А если... вы хоть понимаете... Не понимают! Я погон лишусь. Да черт с ними, с погонами. Как мы жить-то с тобой будем, если эту дуру похороним?

— Не будем. Застрелимся.

— Можешь забрать меня прямо сейчас, — съязвила

я. — И водка не понадобится. У меня две пушки в доме, я ж тебе рассказывала.

— И заберу, — начал он вредничать, горестно вздохнул и покачал головой. — Уроды, проворонили девку... посидела бы немного взаперти...

— Я бы посидела, а ты бы места себе здесь не находил.

— Я и сейчас не найду.

— Парочку надежных ребят я выделю, — серьезно заговорил Лялин. — А ты с Валей встречаться не смей. Позвонишь ему по телефону. Требуй у него киллера в обмен на кое-какие интересные сведения. Ничего конкретного, пусть сам гадает, что ты успела нарыть. Разговор не затягивай, вообще без лишних слов, чтобы не понял, что ты блефуешь. Из дома только под охраной. И в доме...

— Не пойдет, — покачала я головой. — В доме ребят засекут, да и охрана на глаза бросаться не должна. Пусть Валя считает, что я убеждена: деться ему некуда, и он на все согласится. Иначе он может заподозрить ловушку, и тогда все наши старания насмарку.

— У тебя пушка есть? — спросил Лялин.

— У Деда в сейфе.

— Здрасте, — пропел Лялин.

— Ну ее к лешему. Еще убью кого, на мне и так грехов, как блох на собаке.

— Нет, вы точно спятили, — приуныл Артем. — Ты еще себя наручниками к батарее пристегни, чтобы киллеру удобнее было, подошел и дал по башке, не мучаясь.

Он еще повозмущался, но понемногу успокоился.

Мы обсудили наши дальнейшие действия и выпили, как заявил Артем, без всякого удовольствия.

— Кстати, — надевая куртку, сказал Вешняков. — Бабка, что живет в доме напротив того дома, где убили Гаврилову, на стене что-то вроде видела.

— На какой стене? Дома, где убили Гаврилову?

— В том-то и дело. Стена относится к третьей квартире, а не к четвертой. Там выступы такие, вроде декоративной отделки. Вполне можно подняться, если человек тренированный. Но следов взлома ни в четвертой, ни в третьей квартире нет. Мы проверяли. Так что если кто и поднимался, то в квартиру проникнуть не мог, там стеклопакеты. Да и видела она это «что-то» уже после убийства, а что видела, толком не знает, бабка полуслепая, говорит, может, и кошка.

— Постой, в третьей квартире хозяев ведь нет?

— Да. Все семейство за границей. Ключ есть у матери хозяина, ее вызвали, все проверили, добро на месте, окна и двери заперты. Никаких следов взлома, — повторил он.

— Квартира на сигнализации?

— Нет. Там же консьерж. Территория огорожена, калитка заперта, собака бегает, к чему еще сигнализация? Должно быть, почудилось бабке или в самом деле кошка.

— Ты мне бабкин адресок дай, побеседуем на всякий случай. Пушки забери. Да, и еще, в лесу стоит машина. Хозяин, поди, места себе не находит...

Стас в гостиной смотрел телевизор в компании Сашки.

— Совещание на высшем уровне закончено?

— Закончено. Хочешь, отвезу тебя в гостиницу?

— А это обязательно?

— Ты что, здесь жить собрался? А как же бабушка? Займись прахом старушки, ей на родину пора.

— Одно другому не помеха, — философски пожал он плечами. — Я буду заниматься бабушкой. А жить у тебя.

— Вряд ли это понравится моему другу.

— Он же в тюрьме.

— Не вечно же ему там сидеть. Одевайся.

С большой неохотой он поднялся и удалился в ванную, вернулся он оттуда в джинсах и свитере Тимура (их я приготовила заранее). Надеюсь, Тимур пропажи не заметит, вещи Стаса пришлось выбросить.

— Ты в самом деле хочешь избавиться от меня? — спросил он с грустью.

— Избавляются обычно по-другому. Я просто хочу остаться наедине со своей собакой.

Я твердо вознамерилась отделаться от него. При сложившейся ситуации держать его в доме было не только глупо, но и опасно. А своей жизнью я все-таки дорожу.

Стас более возражать не стал, помахал Сашке рукой и вслед за мной направился к машине. Возле гостиницы я притормозила, Стас вышел, холодно бросив: «До свидания», а я ответила:

— Пока.

Я собиралась выехать со стоянки, когда заметила машину на углу. Возле нее скучали двое туповатого вида ребят. Увидев меня, они оживились, один стал звонить, другой направился в гостиницу. Я отметила, что позицию для наблюдения они выбрали разумно, рядом служебный вход — и центральный подъезд отлично просматривается. Я прикидывала, стоит ли помочь Стасу избавиться от этих типов. Ясно, что здесь они пасут его с не ясной пока целью. Может быть, в них сильна обида, а может, надеются вытрясти из него ценные сведения. На мой взгляд, никакими ценными сведениями он не располагал, а обида ребят была понятна и даже близка. В общем, я решила, что Стас сам прекрасно справится. Судя по всему, для него это дело привычное.

С этой мыслью я без особой надобности прокатилась по городу и вернулась домой. Открыла ворота гаража, поставила машину на ее законное место и отправилась в гостиную. Через двадцать минут позвонил Вешняков, а еще через десять я сама звонила Вале. Голос его был суров до непреклонности.

— Лев Сергеевич, — сказала я, — это Рязанцева.

— Я узнал, — ответил он без намека на приветливость.

— Мне нужен киллер, — незамысловато сообщила я. За сим последовала продолжительная пауза.

— Что? Не понимаю...

— Да бросьте вы, — отмахнулась я. — Мне нужен киллер, в знак вашей дружбы, а в ответ на эту любезность обещаю предать забвению кое-какие интересные моменты.

— Я не понимаю, о чем вы? — возвысил он голос, но как-то чувствовалось, что понял.

— Это ничего, — утешила я, — у вас еще есть время, скажем, до девяти вечера. Предлагаю встретиться в девять в «Пирамиде» и произвести обмен.

— Подождите...

Ждать я не стала и повесила трубку. После чего отправилась на кухню готовить обед. Где-то через час я обратила внимание на загадочное поведение Сашки. Он стоял возле лестницы, ведущей на второй этаж, задрав голову, и с интересом что-то разглядывал. Надо сказать, что моя квартира всегда вызывала у меня некое раздражение, в основном лишней площадью. На втором этаже две спальни. После того, как Тимура арестовали, наверх я поднималась редко, справедливо полагая, что делать там нечего. Спать можно в гостиной перед телевизором, заодно буду избавлена от необходимости бегать по лестнице туда-сюда. Однако внезапный интерес Сашки ко второму этажу заинтриговал меня. Пес лестницу ненавидел, то есть подняться он еще мог, но спуск никакого удовольствия ему не доставлял.

— Ты чего, пес? — спросила я, подходя ближе.

Сашка посмотрел на меня, потом на лестницу и отправился к любимому креслу. А я осторожно поднялась на второй этаж, держа в руке телефон. В этот момент предложение Вешнякова держать оружие в доме уже не казалось мне глупым. Двери в спальные комнаты были открыты. Я проверила сначала одну, потом другую. Как будто ничего не изменилось с моего последнего появления здесь. Следов вторжения не видно, и тишина, как в могиле.

Я перевела взгляд на лестницу, ведущую в мансарду. Было в моей квартире и такое. Мансарда с момента заселения так и осталась нежилой, потому что я не смогла найти ей применения. Тагаев собирался сделать там кабинет, библиотеку и бильярдную. Идея эта восторга у меня не вызвала. Бильярдом ни я, ни Тимур особо не увлекались, кабинет нам был без надобности, а книги я принципиально не читаю.

Все-таки я поднялась наверх и оглядела просторное помещение с застекленной лоджией.

— Бестолковое животное, — буркнула я, спускаясь вниз. Сашка мои слова, конечно, не слышал, но, когда я проходила мимо, с негодованием отвернулся. «На чужого он бы затявкал, — решила я, заваривая чай. — Только кто сказал, что киллер непременно чужой?»

Телефонный звонок прозвучал неожиданно громко. Звонила Ритка.

— Если меня ищет Дед, то я в зоне недосягаемости, — честно предупредила я.

— Дед о тебе в последнее время даже не заговаривает. Просто удивительно. Ты чем вообще занимаешься?

— Дурака валяю.

— Может, сделаешь доброе дело?

— Если это недорого.

— Надо свекровь из больницы забрать, а я не могу, к совещанию готовлюсь. Мой придурок опять в запое и про маму, конечно, забыл. Ну так что?

— Говори, какая больница, — сказала я.

Записав название отделения и палату, я стала собираться. Вряд ли стоит чего-то опасаться, прошло слишком мало времени, чтобы киллер включился в игру. Скорее Валя дождется девяти часов. Вот по дороге в

«Пирамиду» или на обратном пути мне стоит ждать сюрпризов.

— Останешься здесь, — сказала я Сашке. — Ритки-на свекровь не любит собак, у нее нервы, стоит их поберечь.

Я поехала в больницу. По дороге я позвонила Вешнякову.

— Как думаешь, — начал он, но я перебила:

— Не думаю. Слишком затейливо, это раз, да и время...

— Иногда они способны действовать очень быстро...

— Откуда Вале знать, что нашу старушку сегодня выпишут?

— А если к тебе «хвост» приставили?

— А вы на что? Ребята Лялина его засекут.

Я была в этом уверена, но иногда происходит то, что принято называть «его величеством случаем». В этот раз произошло следующее: ребята Лялина выезжали на проспект, когда в бок им въехала доисторическая «копейка» с древним дедком за рулем и багажником наверху, на котором дедок пристроил два кресла. При ударе кресла свалились.

На объяснения с дедом ушло минут пять. За это время я, оставив машину на стоянке, успела войти в здание больницы. Доброе дело заняло гораздо больше времени, чем я предполагала. Мы собрали вещи, потом я пошла подписывать бумаги к заведующей отделением, затем ждала, когда сестра принесет снимки. В общем, только через полтора часа мы отъехали от здания больницы.

Риткина свекровь жила в северном районе города, на дорогу ушло еще минут двадцать. Потом она попросила меня сходить в магазин, потому что жила одна, и, так как месяц пролежала в больнице, в доме не было даже хлеба. Гастроном находился напротив ее дома. Отправляясь туда, я не удержалась и немного повертела головой, стараясь делать это незаметно, с намерением высмотреть ребят Лялина. Не высмотрела, что и неудивительно, работать они умели. К моменту моего возвращения из магазина Светлана Игнатьевна успела заварить чай, пришлось выпить чашку и немного поболтать со старушкой.

По дороге домой мне позвонил Лялин, порадовать его я не могла, о чем и сообщила. Но на месте мне не сиделось, так обычно бывает, когда ждешь развития событий.

Если Валя позвонит или явится в «Пирамиду», значит, он намерен договориться, хотя я была уверена, что договариваться он не захочет. Слишком усердно он заметал следы, чтобы теперь рисковать.

Наконец я вернулась домой. Сашка выглядел сонным и недовольным, я отправилась гулять с ним. В парке напротив мы не встретили ни души, пес семенил впереди, то и дело поглядывая в сторону дома. Прогулку пришлось сократить. Я налила Сашке молока, а сама прошла в ванную. На полу что-то блеснуло, я наклонилась и в то же мгновение на моей шее оказалась удавка. Узкая веревка пребольно врезалась мне в шею. Я попыталась перехватить руки напавшего за своей спиной, но сил на это уже не было.

«Багажник», — с тоской догадалась я. Ребята Лялина не могли его упустить, но у него было несколько минут возле больницы. Я сама привезла этого гада в свой дом...

Я захрипела, сознание начало покидать меня, и в последний момент я подумала, что это достойный финал моей никчемной жизни. Собрав все силы, я попыталась вывернуться, одновременно ударив своего душителя ногой. Удар не достиг цели, но его хватка вдруг ослабла, а потом он и вовсе выпустил меня. Я повалилась на пол, подтянув ноги к животу и хватая ртом воздух. Прошло не меньше двух минут, прежде чем я смогла приподнять голову. В трех шагах от меня лежал парень без всяких признаков жизнедеятельности. Я его сразу узнала, тот самый Коля, что фигурировал в «Витязе». Несмотря на свое состояние, я испытала нечто похожее на удовлетворение, интуиция не подвела. Стас деловито обыскивал его.

— Ты здесь откуда? — первые два слова я прохрипела, третье прошептала, закашлялась и еще некоторое время полежала на полу. Стас подошел и присел рядом на корточки.

— Ты как? — поинтересовался он заботливо.

— Хуже не бывает, — нашла в себе силы ответить я.

— Бывает. Просто тебе не с чем сравнивать.

— Иди к черту...

Он помог мне приподняться, обнял за плечи и прижал к себе.

— Я мог опоздать, — сказал он печально.

— Герои не опаздывают, — опять захрипела я.

— Хочешь воды?

— Лучше телефон.

Он принес телефон, я позвонила. Через две минуты в квартире появились парни Лялина, а еще через десять начался форменный сумасшедший дом. Приехал Вешняков и сильно гневался. Потом явился Лялин и громко орал на своих парней, решив, что кухня для этого самое подходящее место. Еще какие-то люди понаехали, и всем что-то было от меня надо.

Я медленно приходила в себя. Моего незваного гостя к тому моменту тоже привели в чувство. Он сидел с мутным взглядом и большим недовольством в лице. Вешняков увез его, сказав на прощание что-то вроде «дуракам везет». Кого он имел в виду, я уточнять не стала.

Когда в квартире наступила тишина, а в моей голове малость прояснилось, я повторно спросила Стаса:

— Ты откуда взялся?

— Тебе подробно или в двух словах?

— Без разницы. Я все приму с благодарностью.

— В гостинице меня ждали довольно сердитого вида ребята. Я решил, что с утра меня уже били и этого более чем достаточно. Надо растягивать удовольствие. И я тихо ушел оттуда.

— Они тебя не заметили?

— Когда пришел, заметили, а как ушел, конечно, нет. Деваться мне было некуда, знакомых в городе нет, за исключением тебя. Но ты никак не хотела делить со мной кров, и я решил быть рядом инкогнито. Когда ты въезжала в гараж, я поджидал тебя в кустах и просто закатился следом.

— Гениально, — кивнула я. — Сам придумал или научил кто?

— Сам. Иногда я соображаю совсем неплохо.

— Да уж...

— Я полежал под машиной, а когда ты оказалась на кухне, спокойно поднялся наверх.

— Так вот что заинтересовало Сашку, — кивнула я.

— Я очень просил его не лаять. Он все понял. Действительно, гениальная собака. Когда ты поднялась в мансарду, я просто лег на балконе. Я тебя видел, а ты меня нет. Правда, меня так и подмывало крикнуть: «Ку-ку», но я был уверен, что тебе это не понравится и ты меня выгонишь. Ты спустилась вниз, а я перебрался в спальню. Когда ты уехала, я даже смог немного перекусить. Я слышал, как вы вернулись с прогулки, а потом... потом мне кое-что не понравилось. Сашка завыл. — «Странно, я даже этого не помню». — Я кубарем скатился вниз и увидел, что какой-то тип пытается тебя задушить. Я накинул ему ремень на шею, а когда он тебя отпустил, пару раз стукнул его на всякий случай. Как видишь, мое нежелание быть избитым спасло тебе жизнь. Я прятался здесь от сердитых мальчиков и...

— Счастливая случайность, — улыбнулась я. Он удовлетворенно кивнул.

На следующий день я уже настолько пришла в себя, что смотрела на жизнь с невероятным оптимизмом, и это в десять часов утра. Обычно в это время я смотрю на нее с плохо скрываемым отвращением. Стас ночевал у меня под тем предлогом, что плохие парни все еще могут иметь к нему претензии, и уж если он спас мне жизнь, то этим подвигом заработал себе ночлег.

Я не возражала, тем более что он обещал вести себя примерно, то есть не допекать меня болтовней.

В одиннадцать я поехала к Артему. Стас и Сашка увязались за мной, чему я всерьез не препятствовала. Едва я вошла в кабинет Вешнякова, как он огорошил меня сообщением:

— Валя сбежал.

— Откуда? — нахмурилась я. Артем зло фыркнул и развел руками.

— Не откуда, а просто. Нигде сукиного сына найти не можем.

— Я думала, за ним велось наблюдение, — с сиротским видом заметила я.

— Велось, но осторожничали. Ты ж сама боялась его спугнуть.

— Короче, проворонили.

— Можно сказать и так, — не стал спорить Вешняков. — Со вчерашнего дня у него работает налоговая полиция. Потом пожарных подключим, еще что-нибудь придумаем, глядишь и нароем...

— Объявим в розыск и будем ждать, — кивнула я.

Эта перспектива и Артему не понравилась, однако он предпочел не комментировать мои слова.

— Что Коля? Показания дает?

— Поначалу все больше ухмылялся. Ну, мы ему немного мозги вправили, объяснили, что в нашем городе правосудие на высоте. За убийство и попытку убийства, учитывая его биографию, он смело может рассчитывать на пятнадцать лет. Парень внял и кое-чем поделился.

— Валю сдал?

— Конечно. Что ему Валя? Вале теперь надо о сохранности собственной шкуры думать. На киллера вышли через Шестакова, и, когда тот скончался в больнице, Коле это не понравилось.

— Коля его настоящее имя?

— Нет, конечно. Шевырев Константин Иванович. Сейчас пытаемся выяснить, есть ли на нем еще грехи.

— Вряд ли он вам сам о них расскажет.

— Это точно, — не стал спорить Артем.

— Кислицын при встрече объяснил ему, что Шестаков ввязался в глупую историю, вот и пострадал. Убрать его пришлось, потому что боялись, как бы он в бреду не сболтнул лишнего. Как я уже сказал, Константину Ивановичу это очень не понравилось, и он заподозрил неладное. С Шестаковым они вроде бы были друзьями, а Кислицына он терпеть не мог. Они вместе сидели и что-то когда-то не поделили. К тому же из местных лишь Кислицын знал его в лицо, вот он и поторопился избавиться от ненужного свидетеля.

— И пристрелил Кислицына.

— Ага. При нем мы обнаружили пушку. Кислицын убит как раз из нее.

— Пожадничал, значит.

— И слава богу, а то хрен бы мы его зацепили. Сидел в баре, и что с того?

— Повезло, — согласилась я.

— С Валей они не встречались, разговаривали по мобильному телефону, который передал ему Кислицын.

— То есть Вале нам предъявить нечего?

— Это нам нечего, а ребятам Тагаева вещественные

доказательства без надобности. Вот Валя и поспешил смыться.

— Найдут, — вздохнула я. — И наверняка раньше нас.

— Конечно, если знают, где искать. Хотя, может, и сам вернется, если Тимур надолго в тюрьме обустроится. К убийству девушки наш Константин Иванович непричастен, по крайней мере настаивает на этом, и, похоже, говорит правду. Валя был очень осторожен и хотел, чтобы убийство Тагаева походило на несчастный случай. Такие вещи требуют подготовки, вот киллер и готовился. Пока вдруг не узнал, что Тагаев в тюрьме. Это ему тоже не понравилось. Но жадность, как известно, плохой советчик, он не отбыл восвояси, а сидел здесь, ожидая развития событий. За тобой он, кстати, тоже приглядывал, говорит, мол, на всякий случай. И когда Валя на тебя сильно осерчал... Он пристроился у тебя на хвосте...

— А потом залез в багажник моей машины, — поддакнула я.

— Если бы не твой латыш...

— Литовец, — поправила я.

— Какая разница. В общем, если бы не он...

— Вы бы с Лялиным уже застрелились, — поддакнула я.

— Не смешно. Говорил ведь, что затея дурацкая. Впредь, надеюсь, будешь осторожнее, хотя вряд ли, горбатого могила исправит.

— Кто бы говорил, — усмехнулась я. — Опять же, киллера поймал, премию получишь.

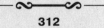

— Как же, раскошелятся... Хочешь смешное? — вдруг спросил Артем.

— Валяй.

— Кириллов мне сегодня сказал, может, мы с Тагаевым поторопились? Зачем ему убивать какую-то девицу, да еще самому? Надо, говорит, в этом разобраться, и побыстрее. В городе, видишь ли, нервозные настроения: арест Тагаева — удар по всем честным бизнесменам области, он ведь у них зам президента какой-то там ассоциации. Что скажешь?

— И вправду смешно, — покачала я головой и действительно засмеялась.

Не успела я покинуть кабинет Артема, как у меня зазвонил мобильный. Звонила Ритка.

— Он просил тебя приехать, — «просил» она произнесла так, что любое другое сердце замерло бы от восторга. Мое сердце к Дедовым выкрутасам давно привыкло и к Риткиной мольбе тоже.

— А меня здесь нет, я в Париже.

— Чего ты дурака валяешь? — обиделась она.

— Ничего подобного. Куда послал, там и нахожусь. Так ему и передай.

— По-моему, он очень переживает, и вообще... когда вам надоест ссориться?

— Теперь никаких ссор, — заверила я. — Он меня уволил, чего нам делить?

— Что мне ему сказать?

— Что в Париже прекрасная погода.

— Достали вы меня, — пожаловалась Ритка и отключилась.

Стас с Сашкой паслись возле машины, вид у обоих

был прямо-таки счастливый, так и подмывало сказать какую-нибудь гадость. Но я сдержалась, села в машину и пригласила их садиться.

— Ну, что? — спросил Стас.

— Сегодня в 15.30 тебе надо быть здесь.

— Зачем? Я же все рассказал, подписал... пять раз, по-моему.

— Ну, милый... добрые дела наказуемы. Придется в десятый раз все рассказать. Надеюсь, это отобьет у тебя охоту геройствовать.

— Ты так говоришь, будто не рада, что я оказался в твоем доме.

— Я рада, — подумав, серьезно ответила я. — А еще меня радует, что ты такой везунчик.

— У меня на этот счет сомнения. Ты чересчур сурова со мной, и это после того, как я совершил подряд несколько подвигов в твою честь.

— Ага. Ты невероятно шустрый парень. Не думал сменить профессию?

— Зачем? Я на днях получу миллионы, и профессия мне вообще без надобности. Представляешь, как мы могли бы замечательно бездельничать?

— Для некоторых безделье хуже смерти, — усмехнулась я. — От спокойной жизни их тошнит.

— Ты себя имеешь в виду?

— И себя тоже.

— Скажи честно, я хоть немного тебе нравлюсь?

— Ты мне совсем не нравишься. Но мне тебя жаль.

— Это почему? — Он засмеялся, но взгляд его был очень красноречив.

— Потому что именно такие, как ты, от скуки рисуют себе кружочек на лбу и...

— Ты в самом деле так думаешь?

— Ага. Еще в русскую рулетку играют на пять баксов. Не пробовал?

— Не пойму, почему у тебя обо мне сложилось подобное мнение? Потому что я не оставил тебя в беде и не смылся при первых же признаках опасности? По-моему, ты просто придираешься.

— Наверное, — не стала я спорить. — Терпеть не могу быть кому-то обязанной, а ты мне жизнь спас.

— Извини, — улыбнулся он. — Как думаешь, они случайно не за мной? — кивнул Стас, наблюдая за тем, как нас, мигнув фарами, обогнал джип, приглашая остановиться.

— Возможно, — флегматично ответила я.

— Не могла бы ты объяснить своим друзьям, что если я набил им морды, а они, в свою очередь, мне, то больше военные действия затевать не стоит?

— Попробую.

Из джипа появился Григорий. Я открыла окно, поджидая его, он подошел, а я сказала:

— Гони двадцать баксов.

Он поморщился:

— Я же просил тебя не лезть в наши дела.

— Ясно. Значит, Валю и вы прошляпили.

Это ему очень не понравилось.

— Тимур не придет в восторг, когда узнает, что этот тип живет в твоем доме, — в отместку съязвил он, кивнув на Стаса.

— Для начала Тимура надо вытащить из тюрьмы.

Он помолчал, разглядывая поток транспорта, и с неохотой спросил:

— Что надо делать?

— Убийцу искать, естественно. Только вряд ли вы его найдете. Тут головой надо работать, а не кулаками. Так что у меня убедительная просьба: теперь вы не суйтесь. Уяснил?

Он одарил меня очень красноречивым взглядом и направился к своей машине.

— Умеешь ты наживать врагов, — покачал головой Стас.

— Без них скучно жить, — ответила я, и мы поехали домой.

Теперь, когда киллер находился под неусыпной опекой, ничто не мешало мне вернуться к главному. И сложившаяся ситуация меня не радовала: несмотря на внезапное потепление, отношения правоохранительных органов к данному делу, реальных сдвигов в следствии не наблюдалось. Я бродила по гостиной, восстанавливая в памяти детали убийства гражданки Гавриловой, пытаясь найти хоть какую-нибудь зацепку.

— По-моему, у нас гости, — появляясь из кухни, сообщил Стас. В дверь позвонили, я пошла открывать и обнаружила за дверью Деда.

Он сердито взглянул на меня, молча прошел в холл, снял ботинки, поискал глазами тапки, не обнаружил их и тут заметил Стаса.

— Это кто? — спросил он без какого-либо намека на вежливость.

— Сашкин друг. Познакомились в парке.

— По-твоему, это смешно?

— Я уже давно не смеюсь, у собаки мания заводить знакомства. Ты прямо у двери будешь меня воспитывать или пройдешь?

Дед прошествовал, но не в гостиную, как я ожидала, а на кухню, задев Стаса плечом и даже не обратив на это внимания.

— Чаю налей, — буркнул он зло. Было ясно: Дед не в духе. Я прикидывала и так и эдак, в чем провинилась, потом решила не забивать себе голову и дождаться, когда он расскажет сам.

Я сделала Стасу знак удалиться, что тот незамедлительно и исполнил. Сашка ушел сам, Дед его недолюбливал, а Сашка терпеть не мог тех, кто был не способен им восхищаться.

— Это правда?

— Что? — заволновалась я.

— Ты едва не погибла... Твой Вешняков идиот, он у меня место участкового и то не найдет.

— Вешняков-то здесь при чем? — забеспокоилась я.

— Разумеется, он ни при чем. Это что, теперь такое развлечение у девиц: киллеров ловить?

К этому моменту мне его громогласные изречения уже надоели, да и фраза насчет участкового, признаться, напугала. Как хороший солдат, Артем мечтал стать генералом, а тут участковый...

— Я выполняла и более неприятные поручения, — сказала я. — Тебе напомнить? И жизнью рисковала не меньше, чем сейчас. Однако тебя это обстоятельство отнюдь не смущало.

Он поднял голову от чашки и несколько минут

весьма гневно смотрел на меня. Считалось, что этот его взгляд очень трудно выдержать. Некоторые даже утверждали, что невозможно. Но это не мой случай, я к Дедовым взглядам давно привыкла, и сейчас он меня не очень-то впечатлил.

— Когда это прекратится? — пробормотал он с досадой.

— Что? — заинтересованно спросила я.

— Твое дурацкое поведение. Почему ты вечно суешь свой нос...

— А ты ничего не путаешь? — Я изобразила удивление поднятием бровей. — По-моему, ты не меньше меня желал разобраться в этом деле и даже благословил... Правда, кое-что забыл рассказать, кое-что утаил, а кое-где просто врал, но это, конечно, пустяки.

— В чем ты меня опять обвиняешь? — возмутился Дед. Между прочим, возмущался он вполне искренне. Я даже почувствовала себя виноватой по неизвестной причине.

— Скажи, пожалуйста, начальник твоей охраны в здравом уме?

— Не болтай глупости...

— Нет, я серьезно. По-моему, у него серьезные проблемы с душевным здоровьем. Что еще можно подумать о человеке, который подбивает наркодилера организовать ограбление бара?

— Согласен, Ларионов идиот, — совершенно неожиданно кивнул Дед. — Но сейчас у меня нет ни малейшего желания обсуждать все это.

Я вздохнула и устроилась в кресле рядом с ним.

— Знаешь, я действительно думала, что тебе грозит

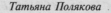

опасность. А еще я думала, что если вы вцепитесь друг другу в горло... Мне-то тогда что делать?

— Я понимаю, — вздохнул Дед и даже предпринял попытку меня обнять.

— Да ни черта ты не понимаешь, — разозлилась я. — Почему бы тебе не сказать мне тогда: слухи о том, что между нами пробежала черная кошка, сущая ерунда. Разумеется, я огорчен твоим выбором, но бизнес есть бизнес, и эмоции здесь не в счет. Оттого идея избавиться от Тагаева мне совершенно не симпатична.

— А ты бы мне поверила? — помолчав немного, спросил Дед. — Скажи я тогда это в своем кабинете, ты бы мне поверила? Ты ведь была убеждена, что я готов упечь его в тюрьму, даже не особо интересуясь за что.

Конечно, в его словах была истина. Наверное, не поверила бы. Усомнилась бы точно. Слишком часто его слова были далеки от его же истинных намерений, вот я и подвергала их сомнению. Иногда это было вполне разумно, но в этот раз я ткнула пальцем в небо. Дед, услышав от меня о появлении киллера, вряд ли был уверен, что явился он за Тагаевым, но, должно быть, такую возможность допускал, оттого и отправил меня по следу, а заодно внес свою лепту во всеобщую путаницу. Это его любимая тактика: бросить пробный камешек и посмотреть, что получится. Получилось много чего.

— Ладно, — вздохнула я. — Будем считать, что я не права, а ты, как всегда...

Он покачал головой с такой душевной мукой, что на какое-то мгновение мне стало его жаль, хотя и мука эта могла быть всего лишь просчитанным ходом, мне ли не знать? В этом весь Дед. Но, даже прекрасно зная об этом, я время от времени ловлюсь на его выкрутасы.

— Ты ничего не поняла...

— Я поняла. Ты обо мне беспокоился, ночей не спал, а я свинья неблагодарная.

— Кто этот парень? — спросил Дед, кивнув в сторону гостиной. Его способность мгновенно менять тему разговора меня тоже давно не удивляла. — Что у тебя с ним?

— В каком смысле? — прикинулась я дурочкой.

— Он ведь живет в твоем доме?

— В любом другом ему шею намылят. Он умудрился рассориться со всей городской шпаной.

— И как, по-твоему, к этому отнесется Тагаев?

— А тебя это волнует? — задала я встречный вопрос.

— Меня волнует твое будущее. И я бы хотел, чтобы ты серьезно...

— Ты хотел, чтобы мы расстались с Тимуром, — напомнила я. — Теперь ты чего хочешь?

— На смену ему тут же появляется этот тип. Ты хоть что-нибудь о нем знаешь? Сколько вы знакомы?

— С таким отношением мне никогда не выйти замуж, — пробормотала я. — Успокойся, я не собираюсь бежать за ним на край света и оставлять Тимура тоже не собираюсь. Теперь, когда мой выбор уже не бросит тень на всю твою команду, я вполне могу связать с Тимуром свою судьбу вполне официально. — Идея Деду явно не приглянулась, а я ядовито продолжила: — Или ты убежден, что из тюрьмы ему не выйти? — Это понравилось ему еще меньше.

— Если он виновен... — сурово начал он, но даже его эта мысль не увлекла. — Иногда очень трудно поверить в очевидные вещи, — подумав, изрек он.

— Ты хочешь сказать, что Тагаев убил девушку?

— Разве есть другие подозреваемые?

Я отошла к окну и поглядела на деревья в парке.

— Не хочу критиковать твои действия, — непривычно мягко заговорил Дед, — но пока ты добилась только одного: в городе назревает бандитская война, которую мы и в худшие годы смогли счастливо избежать. Не мне тебе говорить, что благими намерениями выстлана дорога в ад. Очень удобно действовать, как велит сердце, гораздо сложнее поступать правильно.

— Ты человек государственный и мыслишь масштабно, — съязвила я. — А я...

— Вот именно, — перебил Дед, вздохнул и заговорил тихо и доверительно: — Больше всего на свете я хотел бы видеть его в тюрьме. А еще лучше — на кладбище. Я ненавижу его так, как только может ненавидеть один мужчина другого. Он отобрал у меня самое дорогое — тебя, хуже того, он не сделал тебя счастливой. Это я тебе говорю как частное лицо, а теперь... сделай все возможное, чтобы его вытащить. Я прошу об этом тебя, потому что только тебе могу доверять. Несмотря на всю ту глупость, что сидит у тебя в башке, на твои вымышленные обязательства по отношению к нему и прочую чушь, я знаю, ты не станешь запихивать в тюрьму невиновного, лишь бы освободить своего любовника. Тут кое-кто уже готов расстараться... Если он виновен, значит, виновен, если нет...

Дед поднялся и пошел в холл, я последовала за

ним, наблюдая, как он обувается. Ни он, ни я более не произнесли ни слова. На прощание он все-таки по-отечески поцеловал меня и удалился. Я задумалась, чего в его словах больше: откровенности или хитрости. Теперь вроде бы все зависит от меня: останется Тагаев в тюрьме — Дед избавится от душевных переживаний, не останется — душевные переживания никуда не денутся, зато в городе будет тишь и благодать. В любом случае старый змей в выигрыше.

— Кто это был? — заглядывая в кухню, спросил Стас.

— Мой бывший работодатель.

— Звал назад?

— Сообщил, что мои дурацкие действия нанесли серьезный урон.

— Ему?

— И ему тоже. Вот что, мне надо навестить одну старушку.

— Можно нам поехать с тобой?

— Ты что, боишься оставаться один? — удивилась я.

— Конечно, у тебя кругом враги, теперь и у меня тоже.

— Поехали, — не стала я спорить.

Торчина Анна Григорьевна сама открыла нам дверь. На вид ей было никак не меньше восьмидесяти, се-денькая, сгорбленная, в очках с толстенными линзами. Ее вид, однако, не вызывал уныния и скверных мыслей о грозящей старости. Напротив, старушка казалась довольной жизнью и вкуса к ней явно не потеряла.

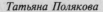

— Вы Оля? — спросила она, улыбнулась и добавила: — Проходите.

Полчаса назад я позвонила ей, чтобы договориться о встрече. Стаса с Сашкой я оставила в машине, чтобы не смущать старушку.

— Вот сюда... сейчас будем чай пить.

Я устроилась за столом, заинтересовавшись видом из окна. Прямо напротив был угол дома, где жила Гаврилова. Окна ее квартиры выходили на противоположную сторону, подъезда не увидишь.

— Вот тут оно лазает, — проследив мой взгляд, ткнула пальцем бабуля.

— Кто — оно? — улыбнулась я.

— А кто ж его знает. В темноте шасть вот по этим выступам. Юркий, вроде обезьяны. И за углом скроется, его и не видно.

Чисто теоретически человек мог подняться по стене и пролезть в окно третьей квартиры. Но квартиру проверили и следов взлома не обнаружили. Плюс калитка с замком, собака... и зрение у старушки так себе. Однако это единственная зацепка.

— Вчера опять лазил, — удовлетворенно сообщила старушка. — И калитка скрипела. Я нарочно окно открыла, дай, думаю, послушаю.

Если слух у нее такой же, как и зрение, неизвестно, что она там услышала.

— И часто вы его видите?

— Нет. Два раза видела.

— Первый раз до или после убийства в том доме?

— После. До убийства ничего не видела и врать не буду. А уж после того, как ваши тут ходили и выспрашивали, я и начала приглядываться. Ночью, бывает, долго не уснешь, вот и глядишь в окошко. Тут много чего увидеть можно. Однажды собака чуть с балкона не свалилась. Кот, такой хитрец, на дереве сидел, то ближе подберется, то попятится, а собачонка из себя выходит, и уж не знаю, как на балкон-то влезла, на самые перила. Я давай Василию звонить, где, говорю, хозяева, куда смотрят.

— Это какому Василию вы звонили? — заинтересовалась я.

— Нашему, Глымову.

— Тому, что в доме консьержем работает?

— Конечно. Он ведь в соседнем доме двадцать лет прожил, пока квартиру на Балакирева не получил. Он тогда на химическом заводе работал, бригадиром. Потом сняли его из бригадиров, но квартиру успел получить.

— А за что сняли?

— Не помню уж точно. Вроде бы он подрался с кем-то. Поди из-за бабы. Уж до чего по молодости был бабник, просто беда. Да и нравом горячий. Чуть что не по его... Покойная-то Лидия с ним намучилась, и мужики его из-за своих баб со всей округи колотили смертным боем, а ему все нипочем. Лидия ко мне часто приходила, делилась, я-то ведь никому ничего, ни словечка, а у нее душа болит, придет, поплачет, вроде и полегче на душе станет. Потом у Василия сердце прихватило, видно, бог наказал. Да так прихватило, еле-еле выжил. Лидия плакала, хоть и непутевый, а жалко, муж все-таки. Детей у них не было, у Лидии болезнь какая-то... не могла детей иметь, она его всегда и оправдывала, мол, оттого и шляется. А как его из больницы выписали, совсем другим человеком стал. Все чего-то пилит да строгает, в саду возится. Да уж и возраст, пора было остепениться. Лида нарадоваться не могла, она, и когда переехали, все ко мне ходила, нет-нет да и зайдет. Только недолго ей в счастье жить пришлось, померла уж лет пять назад. Вот такие дела твои, господи.

— Позвонили вы Василию и что? — решила я продолжить разговор.

— Сообщил хозяевам, те собаку в дом загнали.

— Номер телефона он вам дал?

— Конечно. Как устроился, так ко мне заглянул и телефон оставил. Иногда позвонит мне или я ему, дежурство-то у него долгое, да и мне охота поболтать. Целый день одна, мои все на работе, раньше семи никто не приходит, да и устают, им не до разговоров. Все телевизор смотрят, а у меня от него голова болит. Я к Клаве, соседке, хожу в лото играть.

Я пробыла у старушки около часа, выпила чаю и наконец покинула ее. Странное впечатление оставил этот разговор. Чувство было такое, точно я что-то просмотрела, что-то очевидное, лежащее на поверхности. Недовольная своим неизвестным промахом, я вернулась в машину.

— Ты выглядишь раздраженной, что-нибудь не так? — спросил Стас.

— Все не так. — Я набрала номер Вешнякова. — Скажи, кто-то устроил Глымова на эту работу или он просто так пришел, по объявлению?

— Нет. Его убиенная Гаврилова как раз и рекомендовала. До него парень молодой дежурил, студент, потом отказался. Срочно нужен был человек, вот Гаврилова его и прислала. Для пенсионера зарплата вполне приличная, так что место неплохое.

— То есть Гаврилова с консьержем были знакомы раньше?

— Да.

— Почему ты об этом молчал?

— Я не молчал. Ты, должно быть, забыла... а может, я забыл. Они раньше жили по соседству, он ее еще с пеленок помнит, так что...

— Ты это проверил?

— Конечно. Действительно, жили в соседних дворах. Встретились с Глымовым в магазине, разговорились, она и сказала, что консьерж нужен, потом позвонила. Это было три года назад. Общались они с убитой, по его словам, мало, в основном здоровались. Она поинтересуется его здоровьем, он спросит, как дела. Особо тем для разговоров не находилось, разница в возрасте, да и знали друг друга не то чтобы хорошо. Я тебя понимаю, — вздохнул Артем. — Но старику-то с какой стати убивать девчонку?

— Может, он ей денег должен?

— Да у него на книжке сто тысяч рублей. Сумасшедшие деньги для пенсионера. Дача, машина. И то и другое не нужно, продавать собрался. На даче одному тоскливо, и грядками жена занималась, а на машине из-за здоровья ездить боится.

Говорил Артем весьма эмоционально, должно быть, решив, что я намерена вытащить Тагаева любыми способами, даже если для этого придется посадить невинного человека.

Закончив разговор, я с неодобрением взглянула на Стаса. Когда у человека скверно на душе, всегда приятно сорвать на ком-нибудь злость, так что дитя литовских пущ в этом смысле подвернулся весьма кстати.

— Может, ты объяснишь мне суть проблемы? — вдруг заговорил он, хотя мог бы сидеть и помалкивать. — Вдруг в голову придет гениальная мысль?

— У меня в этом большие сомнения, — буркнула я, но ситуацию описала довольно подробно, может, и скажет что путное.

— Значит, в доме трое, один из них убит, а кто-то из оставшейся парочки — убийца. Твой Тагаев на эту роль подходит идеально, — улыбнулся он.

— Но он не убивал, — отрезала я. Стас покачал головой.

— Я даже не спрашиваю, откуда у тебя такая уверенность. Ну, если не убивал он, значит, убил старик. Остается понять за что, а там... — Он посмотрел на меня и опять улыбнулся. — А если старик все-таки не убивал?

— Значит, в доме был еще кто-то.

— Тагаева ты категорически исключаешь?

— Будь добр, заткнись, если нечего сказать, — попросила я.

— Хорошо, хорошо. Давай поищем этого четвертого. Слова бабули стоит проверить, вдруг в самом деле кто-то по стене проникает в дом. Только я не знаю, зачем ему это нужно после убийства.

Слова старушки я и без его умных подсказок собиралась проверить, поэтому, когда стемнело, мы устроились в машине неподалеку от дома так, чтобы та самая стена хорошо просматривалась.

Стемнело быстро, пялиться в одну точку занятие не из особо приятных. Меня тянуло в сон. Я радовалась, что не взяла с собой Сашку, и печалилась, что столь же разумно не поступила в отношении Стаса. Похоже, сидеть молча он никак не мог.

— Ты думаешь, он сегодня появится?

— Я не думаю, я жду. С думаньем у меня вообще проблемы.

— Я бы так не сказал.

— А я и не прошу.

— Знаешь, у тебя тяжелый характер, — выдал он ценную мысль.

— Ага. По этой причине ты и торчишь здесь.

— Ты не дослушала. У тебя тяжелый характер, но я готов с этим мириться, — лучезарно улыбаясь, закончил он. — Почему ты не спросишь, с какой стати я тебе помогаю?

— Да мне по фигу, — отозвалась я. — К тому же никакой помощи я от тебя не вижу.

— Серьезно? — съязвил он. — А кто тебя от смерти спас?

— Ты же сам говорил, что у тебя это случайно получилось, — зевнула я.

— Нет, это даже странно. Я спасаю девушку от гибели, и в ответ никакой благодарности.

— Будет тебе благодарность. Я отыщу твою бабушку и лично передам ее тебе из рук в руки.

— Бабушка само собой, но мне хотелось бы...

— Я подружка мафиози, он тебе голову оторвет, — весело напомнила я.

— Он пока еще в тюрьме, и я бы не возражал, если бы он там и остался. Вместо этого я ломаю голову над тем, как ему помочь. Как думаешь, почему?

— Потому что дурак, наверное. Или есть еще варианты?

— Большое тебе спасибо, — язвительно ответил он и поклонился. — Просто я прекрасно понимаю, что, пока он там, говорить с тобой совершенно бесполезно.

— О чем ты собираешься говорить? — удивилась я.

— Ясно о чем. Я хочу, чтобы ты со мной уехала.

Я повернулась к нему и с минуту разглядывала его физиономию, благо свет фонаря, что был не так далеко, позволял это. Изучение его физиономии ничего, кроме досады, у меня не вызывало. Я покачала головой и отвернулась, никак не желая все это комментировать, но Стас вновь полез с вопросами:

— Чего ты головой качаешь?

— Ты редкий нахал. Я одного такого уже встречала, правда, он меня с собой не звал, наоборот, отпихивался. Но тоже кончил плохо.

— Почему «тоже»?

— Потому что твоя любовь к экстриму до добра тебя не доведет.

— Кто это тут говорит об экстриме? — усмехнулся он.

— Я рискую, выполняя свою работу, то есть делаю это во имя чего-то такого, что считаю важным. А ты просто так. За компанию.

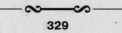

— Экстрим закончится, как только ты скажешь «да», — весело заявил Стас.

— С какой стати мне заниматься глупостями?

— Ты не любишь своего Тагаева, — сказал он со знанием дела.

— Так я и тебя не люблю.

— Это мы еще посмотрим. Ты чувствуешь себя перед ним виноватой, и это мешает тебе оценить мои прекрасные человеческие качества. Как только он вернется, ты поймешь...

— Заткнись, — шепнула я, потому что кое-что заметила.

На верхнем выступе стены появилась тень. Сначала я даже не поняла, что это такое, но уже через несколько секунд стало ясно: по стене дома спускается человек, используя декоративную отделку как ступени. Когда до земли оставалось чуть больше метра, человек спрыгнул. Из-за угла появилась собака, он замер, собака тоже замерла, а потом спокойно подошла к нему, и они вместе отправились к задней калитке.

У мужчины, а теперь ясно было, что это мужчина, был ключ. Он открыл калитку, вышел, запер ее, погладил собаку и зашагал по улице как ни в чем не бывало. Руки он держал в карманах, на воришку не был похож. Других вариантов не было. Оттого парень очень меня заинтересовал. Малым ходом я отправилась за ним, надеясь, что он не обратит внимания на машину. Парень ни разу не оглянулся, похоже, его мало что интересовало из того, что происходило вокруг. Я пыталась понять, куда он направляется, через час стало ясно: он идет по кругу, в центре которого тот самый дом. Оставалась пара кварталов до того, чтобы круг замкнулся, когда парень свернул в переулок и направился в супермаркет, который работал круглосуточно.

Здесь он повел себя загадочно. Замер в кустах напротив входа и стоял так минут пятнадцать, затем быстро вошел в магазин. Стас остался в машине, а я последовала за парнем.

Несмотря на ночное время, народу в магазине было довольно много. Парень двигался быстро, от витрины к витрине, держа в руках корзину. Я обратила внимание, что в корзину он набирал в основном всякую дрянь, вроде лапши, которую заваривают кипятком, а еще печенья, килограмма три, не меньше. Он прошел к первой кассе, я ко второй, прихватив буханку хлеба. Парень стоял ко мне спиной, я расплатилась раньше и встала у окна, точно кого-то поджидая, это позволило мне как следует рассмотреть его. Ему было не больше восемнадцати. Светлые волосы, угревая сыпь на подбородке, что особенно его не портило, парнем он был красивым. На мир он смотрел с детским любопытством. Правда, сейчас в нем чувствовалось беспокойство, он торопился покинуть магазин и нырнуть в темноту. Переулком парень вернулся к интересующему нас дому, открыл калитку, погладил подбежавшую собаку, угостил ее печеньем, снял кроссовки, подвесил пакеты за шнурок себе на шею и по-обезьяньи ловко взобрался на второй этаж. Машину мы к тому времени покинули и из своего укрытия видели, как он толкнул створку застекленной лоджии и она открылась. Парень быстро влез в лоджию и закрыл створку.

— Как все просто, — пробормотал Стас. — По-тво-ему, он и есть убийца?

Я пожала плечами, набирая номер Вешнякова. Разумеется, он мне не обрадовался, потому что, в отличие от меня, спал. Однако, как только я рассказала ему о своем открытии, сонную одурь с него точно ветром сдуло, и жаловаться на свое сиротство он тоже перестал. Теперь его переполняла энергия.

— Оставайся возле дома, чтобы парень не смылся. Я сейчас пошлю кого-нибудь за родственницей, у которой ключи, и через полчаса буду там.

— У меня создалось впечатление, что парень просто прогуливался, — заметил Стас. — Ну и продуктами заодно запасся. Похоже, он здесь от кого-то прячется.

— Это мы у него узнаем, — не стала я опережать события.

Вешняков появился через двадцать минут. Заметив его машину, я вышла из тени деревьев, чтобы он мог меня увидеть.

— Он все еще там? — спросил Артем, выходя из машины.

— По крайней мере больше мы его не видели.

Вешняков удовлетворенно кивнул.

— Сейчас ребята подъедут.

Ждать пришлось довольно долго. Как выяснилось позднее, мать владельца третьей квартиры, у которой были ключи, не желала открывать дверь в столь неурочное время и звонки игнорировала. Пришлось звонить ей раз двадцать, прежде чем она сняла трубку, объяснять ситуацию, затем описывать внешность сотрудников, лишь после этого женщина открыла дверь.

Прибыла она крайне раздраженной и недовольной, что и понятно.

— С этими ключами одна морока, — сразу же заявила она. — Больше ни за что не соглашусь, пусть у охранника внизу оставляют. И что бы в самом деле не оставить? А тут вот ночей не спи...

В этот раз дежурил молодой мужчина, он открыл дверь подъезда, узнал Артема и поздоровался, не обратив внимания на документы. Артем вкратце объяснил, в чем дело, мужчина удивился, но возражать не стал. Женщина и один из сотрудников остались внизу вместе с консьержем, а мы втроем, взяв ключи, поднялись на второй этаж.

Из квартиры не доносилось ни звука. Замков было два, и оба открылись практически бесшумно. Мы вошли в темный холл, он был огромным, где-то впереди тускло белело большое зеркало. Оставив возле двери еще одного сотрудника, мы очень тихо проследовали дальше. Артем здесь уже был и оттого ориентировался неплохо. Свет от уличного фонаря освещал столовую и кухню, что значительно облегчало нам жизнь.

Артем осторожно открыл дверь следующей комнаты, но тут же схватил меня за руку и сделал знак молчать. Очень тихий монотонный звук доносился из дальней комнаты. Мы проследовали туда, Артем приоткрыл дверь, и в первое мгновение я увидела только работающий телевизор, который почему-то стоял на полу. Напротив него, вытянув ноги и привалясь спиной к кровати, сидел паренек и уминал печенье. Занятие так его увлекло, что нас он не услышал. Лишь только когда Артем нащупал выключатель и вспыхнул свет, парень вздрогнул и резко повернулся.

— Привет, — сказала я. Не знаю, чего было больше в его лице: удивления или ужаса.

— Привет, — пробормотал он, взгляд его метался от меня к Артему. — А вы кто? — робко спросил он.

Артем подошел ближе, сунул ему под нос удостоверение. Возможно, мне показалось, но парень вздохнул с облегчением.

— А ты кто? — в свою очередь спросила я.

— Я? Дмитрий. Игошин моя фамилия. У меня и паспорт есть.

Он, все еще сидя, потянулся к куртке, которая лежала неподалеку, а Артем ласково сказал:

— Спокойно. Сиди на месте.

Парень замер, Артем поднял куртку и извлек из ее кармана паспорт.

— Так... Игошин Дмитрий Валерьевич, прописан Северная, 2а, 15. А здесь ты что делаешь, Дмитрий Валерьевич?

— Я? Ну... — Вопрос вызвал у него затруднение. — Живу... временно.

— Живешь? А чего по стене лазишь?

— Просто... У меня ключи есть в кармане, можете проверить.

Ключи действительно были, точно такой же комплект, как и тот, что Артем получил от матери владельца квартиры. Артем со вздохом устроился в кресле, сверху вниз глядя на растерявшегося парня.

— Ты давай-ка поподробнее: что делаешь в чужой квартире, кто тебе дал ключи.

— Ленка дала, — ответил он. Мы переглянулись.

— Дочка хозяев, что ли? — уточнил Артем.

— Ага.

— А зачем она тебе ключи дала? Ты давай, начинай говорить. Я что, слова из тебя клещами буду вытаскивать?

— Она с предками уехала, — заторопился парень, — а мне ключи оставила, потому что мне жить негде.

— А родители о ее доброте знают? — спросила я.

— Нет, — помявшись, ответил он.

— Поэтому ты дверью и не пользовался?

Я потерла лицо ладонями. Похоже, я опять тяну пустышку. Этот парень к убийству никакого отношения не имеет. Но я все же решила дослушать его до конца.

— Если бы охранник засек меня и рассказал ее родителям, Ленке здорово бы влетело.

— Надо думать. А ты сообразительный: кроссовки снимал, чтоб на стене отпечатков не было, с собачками подружился.

— Мы с Ленкой больше года встречаемся, я ее провожал...

— Понятно. Ты мне вот что скажи, — устало вздохнул Артем. — От кого прячешься?

— Не прячусь я вовсе... просто мне жить негде.

— Чего дома не живешь?

— С родителями поссорился...

— Придется поговорить с родителями.

— Да в чем дело-то? Мне же Ленка ключи дала, можете у нее спросить.

— Спросим. Сейчас речь не о Ленке, а о тебе. Сидишь здесь целыми днями, ночью совершаешь прогулки и вылазки в магазин. Для такого поведения должна быть причина. Ты рассказывай, я все равно докопаюсь что к чему, только тебе все это время придется посидеть у нас. — В этом месте Артем сделал сердитое лицо. По мне, так он выглядел очень забавно, но Диме так не показалось.

— За что? — попытался возвысить он голос.

— За то, что ты находишься в чужой квартире и никак не объясняешь своего странного поведения...

— Я деньги одному типу должен, — понуря голову, сообщил Дима. — Тачку я у него разбил, случайно... Он сам виноват, посадил меня за руль, хотя я был не трезвее, чем он. Ехали по Ильича, там яма, я ее не заметил, со всей дури — бух! Занесло меня и прямо в столб. Сначала вроде бы решили, что, раз оба виноваты, значит, будем как-то вместе тачку восстанавливать. Потом папаша на дружка наехал, а они вместе на меня. Только где у меня такие деньги? А они грозят. Папаша у него, кстати, крутой, вполне могут и в самом деле...

— И долго ты собираешься прятаться? — спросил Артем.

Дима пожал плечами:

— Не знаю. Может, они малость успокоятся, хоть разговаривать начнут по-человечески. В институт не хожу, на работе пришлось отпуск взять. Вляпался, короче.

— Ты даже сам не знаешь как, — кивнул Артем.

Парню это очень не понравилось.

— Что вы хотите сказать? Я здесь ничего не брал, и ключи мне дала Ленка...

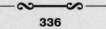

— Я хочу сказать, что в соседней квартире женщину убили, и твое появление здесь в свете данного события более чем подозрительно.

— Я-то при чем? — Теперь парень испугался по-настоящему. — Я тут сижу тише воды, чтобы не засекли только... Ну, видел в глазок, что менты понаехали... извините... даже видел, как носилки вытаскивали. Ведь кого-то арестовали? С ней же парень был?

— Значит, на момент убийства ты находился в этой квартире? — спросил Артем, быстро взглянув на меня.

— Ну... был.

— Квартиру проверяли, но ты предпочел не общаться с сотрудниками милиции.

— На фиг мне это? Ленка позвонила, предупредила, что предков расспрашивали и что у бабки ключи от квартиры есть. Я и смылся. Но по улицам особо не набегаешься, у меня знакомых полно, можно и нарваться, вот я опять вернулся.

— Когда квартиру проверяли, окно лоджии было закрыто, — напомнил Артем. — Как же ты выбрался?

— Через черный ход. У меня и от него ключ есть. Когда охранник телик смотрит, пройти легче легкого, по лестнице спустился, и все. И вошел так же, окно-то я закрыл. Рисковал, конечно, но повезло. Я почему по стене лазаю — чтоб не нарваться. Хотя дом чудной, жильцов совсем ничего. А за деревьями не видно, как я по стене. И охранник из дома ночью не выходит. Они вообще всю ночь спят. Просто я боялся в подъезде с кем-то ненароком столкнуться, да и услышать могли, как я дверь отпираю.

— Это мы уже поняли. Ты нам про убийство расскажи, — напомнила я.

Парень нахмурился.

— А чего я знаю-то? Ну, шумели... Я к двери подошел, заглянул в глазок. Соседка с парнем дверь открывали, оба на ногах не стоят, он даже пьянее, чем она. Зашли и ключ в замке оставили, совсем голова не варила. Я успокоился и пошел телик смотреть. Потом девка заорала.

— Что значит заорала? — насторожился Артем.

— То и значит. Как завопит: «Дядя Вася...»

— Дядя Вася — это консьерж, что ли?

— Ну... Она его за бутылкой посылала, за шампанским. Давай, говорит, бегом, одна нога здесь, другая там. По-моему, она уже ничего не соображала.

— А что дядя Вася?

— Откуда я знаю? Подошел, сказал: «Что ты кричишь, весь дом на ноги поднимешь». Кого поднимешь, если нет никого.

— Он подходил сюда? — уточнила я.

— Конечно, раз я его слышал. Я с кухни шел. Слышу, они говорят.

— К глазку не подходил?

— Нет. Очень мне нужны их пьяные разборки. Потом все стихло, я еще до комнаты не дошел, а они уже угомонились.

— Ты уверен в том, что консьерж поднимался сюда?

— Конечно. Что я, врать буду? Потом он еще раз здесь был, с соседом. Я в глазок видел. Я днем сплю, а ночью от безделья прислушиваюсь, да и страшновато.

— Вот что, — сказал Артем, поднимаясь. — Поедешь с нами. Не волнуйся, надолго не задержу, если не врешь, конечно. Проверим твои показания, и гуляй.

Ехать Диме очень не хотелось, но он, разумеется, понимал, что выбора у него все равно нет.

— Старик соврал, — с неудовольствием глядя на меня, заметил Артем, точно не старик, а я соврала. — И этому должна быть причина.

— Значит, она у него была, — кивнула я.

— Думаешь, убил он? Но какая причина?

— Давай ее поищем. Где, кстати, сейчас Глымов?

— В больнице, у него же сердце больное, а здесь убийство...

Я пошла к двери, собираясь проститься с Артемом, но вдруг замерла, ибо ко мне пришла мысль, которая, должно быть, и не давала мне покоя все это время: сестра Гавриловой говорила, что художник, тот самый, с кем у Гавриловой была несчастная любовь, знакомил Настю с отцом, а по документам у него вроде бы отца нет. Странно, что я тогда не придала этому значения, решив, что она оговорилась.

— По документам эта женщина — мать-одиночка, но отчество у сына Васильевич. Неужто все так просто? — покачал головой Артем.

— Да уж, — вздохнула я. — Простота большой трагедии.

Стас спал в машине, дожидаясь, когда я вернусь от Артема.

— Ну что? — зевая, спросил он. — Парень рассказал что-то интересное или мы зря потратили столько времени?

— Тебе его точно тратить ни к чему, в то время, как прах твоей бабушки до сих пор лежит в чужой земле. Завтра попробую тебе помочь и восстановить историческую справедливость в знак большой любви и благодарности к братскому литовскому народу.

— Хочешь сказать, что своих дел у тебя больше нет? Неужели парень видел убийцу?

— Так мне еще никогда не везло. Однако надо и ментам поработать. Не только мне чужие пороги обивать.

— Куда ты едешь? — удивился Стас, заметив, что я сворачиваю на светофоре.

— В гостиницу, где ты живешь. У меня ты все-таки загостился.

— Гонишь? А как же плохие ребята?

— Ты с ними прекрасно справляешься.

Он еще что-то говорил, но я в ответ лишь дипломатично улыбалась и с облегчением высадила его возле гостиницы.

Все действительно оказалось до банальности просто. Много лет назад и Глымов, и погибший художник Сушков, и Гаврилова жили неподалеку друг от друга. Молодые люди знали друг друга с детства. Правда, потом долго не виделись, пока уже взрослыми людьми не встретились вновь. Но не это обстоятельство было для нас самым интересным. Глымов, по рассказам его бывшей соседки, охотно заводил романы на стороне. Результатом одного из таких увлечений стало рождение мальчика, которому дали имя Борис, отчество он получил Васильевич, хотя отец категорически отказывался признать его своим ребенком. В конце концов женщине стало обидно, что родной отец ходит мимо мальчишки, делая вид, что не замечает его, и она поменяла квартиру на жилье в другом районе. По иронии судьбы, через несколько лет в соседнем доме получил долгожданную квартиру и Глымов. Но теперь он совершенно по-другому отнесся к мальчику. Может, остепенился, а может, понял, что другого сына у него уже никогда не будет. Он помогал парню деньгами и всячески демонстрировал свою любовь. Когда остался вдовцом, даже хотел жениться на своей прежней возлюбленной, чтобы семья после стольких лет воссоединилась, но мать мальчика, а тогда уже молодого человека, категорически этому воспротивилась. Видно, обида еще жила в ней и давнюю любовь сменила ненависть. Теперь она на Глымова не обращала внимания и даже имени его не упоминала, хотя сыну видеться с отцом не препятствовала. А потом парень погиб. Покончил жизнь самоубийством или был убит любовником девушки, с которой он собирался связать свою жизнь. Горе не объединило его родителей, и каждый свое переживал по отдельности.

— Поехали в больницу, — сказал Артем. — Мне сообщили, что ему стало лучше.

В десять часов утра мы были у здания больницы. Тут же прошли в отделение, не вызвав ни у кого ни вопросов, ни особого внимания. Артем постучал в пятнадцатую палату, услышал «да», и мы вошли. В палате находилось трое мужчин. Двое лежали на своих постелях, ожидая обхода, Глымов сидел возле окна, разглядывая ветви березы, что легонько постукивали по стеклу.

Когда мы вошли, он повернулся, потом медленно встал, держась за подоконник, и пошел нам навстречу.

— Идемте в коридор, — сказал он тихо. В коридоре он устроился на диване, вздохнул и пробормотал, не глядя на нас: — Я знал, что вы придете. Докопаетесь. Я и не думал ее убивать, не знаю, что на меня нашло. Она моего сына погубила, она... мерзкая шлюха. Но я не думал... а когда увидел ее, пьяную, полуголую... она меня за шампанским посылала, сбегай, говорит... это я ей побегу, еще в ноги поклонюсь, что на работу пристроила, а сына... Ну, и случилось со мной что-то, в глазах потемнело, и я... убил, одним словом. Испугался, конечно. Кому в тюрьму охота... Но потом решил, что пойду и все как есть расскажу. Но смелости не хватило. А когда узнал, кто этот ее ухажер, подумал: такому в тюрьме как раз и место... хотя знал, что вы докопаетесь. Чувствовал. Чего теперь? Арестуете?

— До суда, думаю, можно будет ограничиться подпиской о невыезде, — ответил Артем, с сочувствием глядя на старика. Может, о своих детях вспомнил. У меня же старик сочувствия не вызывал, какую-то брезгливую жалость — да, но не сочувствие. А потом я подумала, что не мне его судить, и мне стало даже хуже. Жизнь так устроена: спасая одного, ты роешь яму другому. Может, от этого и скребли на душе кошки.

— Ты поезжай, — сказала я Артему, — а у меня здесь дело.

— В больнице? — удивился он. — Чего ты мне голову морочишь?

— Я что, не могу сходить к врачу?

— К какому врачу?

— Тебе мой врач без надобности.

— А-а... так бы и сказала.

— Так я и говорю.

— Надо бы это... отметить, — покаянно добавил он.

— Отметим, — я махнула ему рукой на прощание и направилась в поликлинику.

Администратор на четвертом этаже сказала мне, что жилец из четыреста семнадцатого у себя. Гостиницу Стас выбрал неплохую, но далеко не лучшую в городе, и номер, конечно, самый обыкновенный. Со старыми привычками не просто расстаться, хотя он без пяти минут миллионер. Я постучала, он открыл дверь и улыбнулся.

— Рад, что ты пришла, — сказал он

— Сейчас ты еще больше обрадуешься. — Я протянула ему пластиковую папку с бумагами. — Можешь забрать бабушку хоть сегодня.

— Ты это серьезно? — не поверил он.

— Абсолютно. Я же обещала помочь, вот и помогла. Я направилась к двери. Стас заволновался:

— Куда ты?

— У меня есть дела и помимо твоей бабушки.

— Подожди. И что дальше?

— Дальше? Ты заказываешь транспорт на историческую родину. Не думаю, что это вызовет особые трудности. Деньги у тебя есть.

— Ты же прекрасно понимаешь, что я не об этом.

— А о другом и говорить не стоит, — широко улыбнулась я.

— Чепуха.

— Чепуха то, что ты сейчас намерен мне сказать. Тебе у бассейна лежать надоело, вот и все. Так что твои рыцарские подвиги меня не впечатлили.

— Да не любишь ты своего Тагаева.

— Откуда тебе это знать? Люблю, не люблю...

— Я знаю. Я...

— Т-шш, — прижала я палец к губам. И продекламировала: — «Любимый мой вчера убит, любимый мой в гробу лежит, и солнца луч навек погас, мой милый не откроет глаз».

— Что это за чушь, скажи на милость?

— Это шотландский классик. Когда-то давно я любила читать книги, но это не пошло мне на пользу.

— Ты его не любишь, дура, мать твою, — не выдержал он и на мгновение стал похож на себя прежнего, хотя теперь у него было другое лицо.

— Точно, — кивнула я. — Дура. А ты всегда был очень разумным парнем. Чего ж тебе тогда так тошно, Саша? Не явился бы ты сюда, будь все по-другому. Я сначала подумала, ты снова взялся за старое, оказалось, что все даже хуже...

— Ты мне мстишь, сучка, вот и все. Только кому ты делаешь больнее?

— Уж точно не тебе, — усмехнулась я, направляясь к двери, распахнула ее и сказала: — Кстати, ты бы поторопился убраться отсюда. Не одна я такая умная, вдруг сообразят ненароком, кто ты такой, герой. — Я махнула рукой и добавила: — «Аста ла виста, беби!»

Закрыла дверь и пошла по коридору, беспричинно улыбаясь. Впрочем, причина была. Я прощаюсь с прежней жизнью. Как ни странно, легко прощаюсь. В тот момент я верила: та жизнь, что ждет меня впереди, непременно будет счастливой. Я так и думала: с завтрашнего дня начинаю новую жизнь, где я буду счастлива. С утра до вечера, без перерыва на обед. И все у меня получился. Вот так.

Я ждала Тимура дома. Сначала я хотела встретить его возле ворот тюрьмы, как в гангстерских фильмах. Но, узнав, что его товарищи по оружию пасутся там с восьми часов утра, готовя торжественную встречу, решила не вносить смятение в их дружные ряды. Пусть мужчины обнимутся по-братски, похлопают друг друга по плечам, троекратно лобызаясь, а я скромно дождусь своей очереди.

На самом деле я боялась, что мы будем испытывать обоюдную неловкость. А так как я твердо решила, что никаких недомолвок теперь между нами быть не может, то и пришла к выводу, что встретиться нам стоит наедине.

Я разожгла камин, силясь придать нашей встрече некую торжественность, к тому же меня отчего-то знобило и я хотела согреться.

Ждать пришлось долго. Может, Тимур готовился к трудному разговору, а может, просто не спешил домой. Наконец хлопнула дверь, я услышала его шаги. Он появился в гостиной в куртке и обуви, хотя я вроде бы приучила его разуваться у порога. Привалился плечом к стене и сказал:

— Привет.

— Привет, — ответила я и улыбнулась. — У меня

есть для тебя потрясающая новость, хотя она тебе таковой может и не показаться.

— Да? Отлично, — кивнул он.

— Чего не раздеваешься?

— Я на минуту.

— Какие-то дела?

— Дел полно, — вздохнул он.

— Поесть успеешь?

— Спасибо, я поел. Я хотел поблагодарить тебя. Ты, как всегда, вела себя героически. И вообще... Он улыбнулся и развел руками.

— Ты говоришь с иронией?

— Пытаюсь. Не хочу придавать нашей встрече мелодраматический характер. — Он провел рукой по волосам, посмотрел на меня, и в глазах его появилась печаль. — Знаешь, это ужасно смешно, но, когда я сидел там, я вдруг понял, как это несправедливо, жестоко и глупо держать кого-то в клетке. И дал себе слово: если выйду оттуда, непременно выпущу тебя на волю, — он улыбнулся. — Прости меня, если можешь. Я хотел как лучше. Честно хотел. — Он сделал шаг к двери, но все-таки обернулся. — Ты ведь знаешь, что он жив? Знаешь... оттого и жила со мной.

Он бросил ключи на консоль в холле.

— За вещами придешь? — не зная, что сказать, спросила я.

— Бог с ними. Выброси.

И ушел.

— Да, — сказала я подошедшему Сашке. — Что ты на меня смотришь? Ну, побежала бы я за ним, и что? Сказала бы ему, он остался бы и думал, что это и есть причина, почему я хочу быть с ним. Хуже того, я сама бы начала думать, что он лишь поэтому и остался. Так что фигня все это, мой гениальный друг. Что должно быть, то и будет.

Я прошла на кухню, с тоской думая, что теперь и не напьешься. Включила магнитофон погромче и голосила что-то о своей звезде, пытаясь переорать Бутусова. Потом зазвонил телефон, и я бросилась к нему со всех ног, потому что хотя и храбрилась, но на душе было скверно, хоть волком вой. Вдруг и ему тоже? Звонил Дед.

— Не помешал? — спросил он.

— Нет, — вздохнула я.

— Чем занимаешься?

— Песни пою.

— Какие песни, что еще за глупость?

— Хорошие песни. Вот, послушай. «И все тюлени, все киты, звезду завидя, горько плачут, она не светит никому, она не греет никого, она приводит всех к заветной цели».

На третьей строчке он бросил трубку. Должно быть, песня ему не понравилась, а может, мое исполнение.

Но через полчаса он стоял на моем пороге с очень сердитым лицом.

— В чем дело? — спросил он, приглядываясь ко мне. — Ты что, опять пьешь?

— Нет, я в завязке. Проходи, чего у дверей стоять.

Я села возле камина, положив Сашку себе на колени. Дед устроился в кресле. Чувствовалось, что он не знает, что сказать и как себя вести. Теперь он выглядел не сердитым, а скорее огорченным.

— Где Тагаев? — спросил он нерешительно.

— Ушел, — пожала я плечами.

— Куда?

— Он не куда. Он совсем ушел.

— И что?

— Ничего. Просто ушел.

— Мое мнение тебе известно, — кашлянув, заметил Дед, с еще большим вниманием приглядываясь ко мне. Я смотрела на огонь. Было тихо, и никто из нас не решился нарушить эту тишину.

— Игорь, — вздохнула я.

— Да?

— Я беременна.

Если б потолок вдруг рухнул, это не произвело бы на него такого впечатления.

— От кого? — брякнул он.

— Глупостей-то не спрашивай.

— Тагаев знал об этом и ушел?

— Я ему не сказала.

Мы опять замолчали. На этот раз первым тишину нарушил Дед:

— Ты считаешь, что вправе поступить с ним так?

— Можно, для разнообразия я подумаю о себе?

Литературно-художественное издание

Полякова Татьяна Викторовна
АСТА ЛА ВИСТА, БЕБИ!

Ответственный редактор *О. Рубис*
Редактор *Г. Калашников*
Художественный редактор *С. Курбатов*
Художник *Е. Шувалова*
Технический редактор *О. Куликова*
Компьютерная верстка *И. Ковалева*
Корректоры *Л. Квашук, Н. Овсяникова*

ООО «Издательство «Эксмо»
127299, Москва, ул. Клары Цеткин, д. 18, корп. 5. Тел.: 411-68-86, 956-39-21.
Home page: www.eksmo.ru E-mail: info@eksmo.ru

По вопросам размещения рекламы в книгах издательства «Эксмо»
обращаться в рекламный отдел. Тел. 411-68-74.

Оптовая торговля книгами «Эксмо» и товарами «Эксмо-канц»:
ООО «ТД «Эксмо». 142700, Московская обл., Ленинский р-н, г. Видное,
Белокаменное ш., д.1. Тел./факс: (095) 378-84-74, 378-82-61, 745-89-16,
многоканальный тел. 411-50-74.
E-mail: reception@eksmo-sale.ru

Мелкооптовая торговля книгами «Эксмо» и товарами «Эксмо-канц»:
117192, Москва, Мичуринский пр-т, д. 12/1. Тел./факс: (095) 411-50-76.
127254, Москва, ул. Добролюбова, д. 2. Тел.: (095) 745-89-15, 780-58-34.
www.eksmo-kanc.ru e-mail: kanc@eksmo-sale.ru

Полный ассортимент продукции издательства «Эксмо» в Москве
в сети магазинов «Новый книжный»:
Центральный магазин — Москва, Сухаревская пл., 12
(м. «Сухаревская»,ТЦ «Садовая галерея»). Тел. 937-85-81.
Москва, ул. Ярцевская, 25 (м. «Молодежная», ТЦ «Трамплин»). Тел. 710-72-32.
Москва, ул. Декабристов, 12 (м. «Отрадное», ТЦ «Золотой Вавилон»). Тел. 745-85-94.
Москва, ул. Профсоюзная, 61 (м. «Калужская», ТЦ «Калужский»). Тел. 727-43-16.
Информация о других магазинах «Новый книжный» по тел. 780-58-81.

В Санкт-Петербурге в сети магазинов «Буквоед»:
«Книжный супермаркет» на Загородном, д. 35. Тел. (812) 312-67-34
и «Магазин на Невском», д. 13. Тел. (812) 310-22-44.

Полный ассортимент книг издательства «Эксмо»:
В Санкт-Петербурге: ООО СЗКО, пр-т Обуховской Обороны, д. 84Е.
Тел. отдела реализации (812) 265-44-80/81/82/83.
В Нижнем Новгороде: ООО ТД «Эксмо НН», ул. Маршала Воронова, д. 3.
Тел. (8312) 72-36-70.
В Казани: ООО «НКП Казань», ул. Фрезерная, д. 5. Тел. (8432) 78-48-66.
В Киеве: ООО ДЦ «Эксмо-Украина», ул. Луговая, д. 9.
Тел. (044) 531-42-54, факс 419-97-49; e-mail: sale@eksmo.com.ua

Подписано в печать 23.12.2004.
Формат 84x108 $^1/_{32}$. Гарнитура «Таймс». Печать офсетная.
Бум. газетная. Усл. печ. л. 18,48. Уч.-изд. л. 13,2.
Тираж 90 000 экз. Заказ № 0416540.

Отпечатано
в ОАО «Ярославский полиграфкомбинат»
150049, Ярославль, ул. Свободы, 97

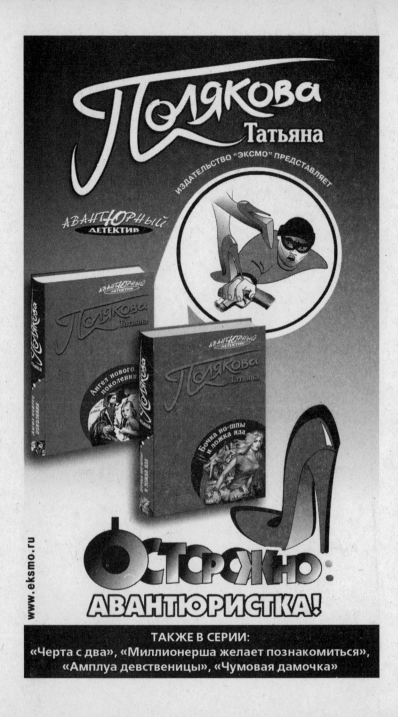